ESPIONNE

ŒUVRES DE DANIELLE STEEL
AUX PRESSES DE LA CITÉ

Album de famille
La Fin de l'été
Il était une fois l'amour
Au nom du cœur
Secrets
Une autre vie
La Maison des jours heureux
La Ronde des souvenirs
Traversées
Les Promesses de la passion
La Vagabonde
Loving
La Belle Vie
Kaléidoscope
Star
Cher Daddy
Souvenirs du Vietnam
Coups de cœur
Un si grand amour
Joyaux
Naissances
Le Cadeau
Accident
Plein Ciel
L'Anneau de Cassandra
Cinq Jours à Paris
Palomino
La Foudre
Malveillance
Souvenirs d'amour
Honneur et Courage
Le Ranch
Renaissance
Le Fantôme
Un rayon de lumière
Un monde de rêve
Le Klone et Moi
Un si long chemin
Une saison de passion
Double Reflet
Douce-Amère
Maintenant et pour toujours
Forces irrésistibles
Le Mariage
Mamie Dan
Voyage
Le Baiser
Rue de l'Espoir
L'Aigle solitaire
Le Cottage
Courage
Vœux secrets
Coucher de soleil à Saint-Tropez
Rendez-vous
À bon port
L'Ange gardien
Rançon
Les Échos du passé
Seconde Chance
Impossible
Éternels Célibataires
La Clé du bonheur
Miracle
Princesse
Sœurs et amies
Le Bal
Villa numéro 2
Une grâce infinie
Paris retrouvé
Irrésistible
Une femme libre
Au jour le jour
Offrir l'espoir
Affaire de cœur
Les Lueurs du Sud
Une grande fille
Liens familiaux
Colocataires

(Suite en fin d'ouvrage)

Danielle Steel

ESPIONNE

Roman

Traduit de l'anglais (États-Unis)
par Nelly Ganancia

Les Presses de la Cité

L'édition originale de cet ouvrage a paru en 2019 sous le titre *Spy* chez Delacorte Press, Random House, Penguin Random House Company, New York.

Les Presses de la Cité, un département Place des Éditeurs
92, avenue de France 75013 Paris

ISBN : 978-2-258-19187-7
Dépôt légal : novembre 2022

À mes enfants chéris,
Beatie, Trevor, Todd, Nick,
Samantha, Victoria, Vanessa,
Maxx et Zara.

Puissiez-vous toujours être heureux
et entre de bonnes mains,
puissent vos aventures vous combler,
vos partenaires vous choyer,
puissiez-vous être bénis par la grâce et la sagesse.

Que vos vies soient longues et emplies de bonheur.
Avec tout mon amour,

Maman/D S

Tout grand rêve commence avec un rêveur.
Souvenez-vous toujours que vous avez en vous la force,
la patience et la passion qui vous permettront de toucher
les étoiles et de changer le monde.

Harriet Tubman

1

En y repensant, longtemps après, Alexandra Wickham s'apercevrait que son dernier été un tant soit peu normal remontait à 1939. À ce moment-là, cinq ans s'étaient déjà écoulés depuis sa première « saison » à Londres, un événement que ses parents attendaient avec impatience depuis son enfance. Elle-même avait rêvé toute sa vie de ce jour où elle serait enfin présentée à la Cour. Depuis le premier bal donné en 1780 par le roi George III en l'honneur de son épouse la reine Charlotte, une grande soirée portant le nom de la souveraine offrait chaque année l'occasion à toutes les jeunes filles de la noblesse de faire leur entrée dans le monde. L'idée étant qu'elles attirent l'attention d'un homme de la haute société, et qu'un mariage s'ensuive, dans un délai relativement bref. Même si, près de deux siècles plus tard, les parents modernes l'avouaient moins facilement, le résultat escompté restait le même.

En 1934, Alex s'était donc pliée à la tradition. Elle avait été présentée à la cour du roi George V et de la reine Mary dans une délicieuse robe blanche en dentelle et satin, signée Jean Patou : sa mère l'avait emmenée à Paris pour les essayages. Avec sa haute taille, sa blondeur et ses traits ciselés, Alex n'avait pas manqué de prétendants. Ses frères William et Geoffrey l'avaient pourtant taquinée sans merci pour n'avoir pas su harponner un beau parti dès les premiers mois de son séjour à Londres. Il faut dire que les *five o'clock* auxquels on la conviait représentaient un bouleversement considérable par rapport à la vie au grand air qu'elle menait jusque-là. Férue d'équitation depuis sa plus tendre enfance, élevée à la dure par ses frères aînés, elle n'avait eu d'autre choix que de devenir un vrai garçon manqué. Changer de toilette matin, midi et soir s'était révélé plus fastidieux qu'elle ne s'y attendait.

Alex avait noué de nombreuses amitiés parmi les autres débutantes, qui n'avaient quant à elles pas déçu les espoirs de leurs parents ; la plupart s'étaient fiancées avant la fin de la saison. Mais à 18 ans, Alex n'était plus la petite fille qui jadis rêvait d'un mariage de princesse : elle aurait préféré faire des études – au grand dam de son père, qui n'en voyait pas l'utilité, et de sa mère, qui trouvait cela inconvenant pour une fille. Une armée de gouvernantes zélées lui avaient transmis une grande soif de connaissance et l'amour de la littérature tout en l'aidant à se perfectionner dans l'art de l'aquarelle et les travaux d'aiguille. C'était sans effort qu'elle avait appris le français et l'allemand. On n'en attendait certes pas moins d'une jeune lady de son rang, mais elle parlait de surcroît la langue de Dante. Elle dansait avec grâce et était une cavalière très convoitée dans les bals auxquels elle se rendait avec sa famille.

Mais Alex ne brillait pas seulement par les figures de quadrille qu'elle exécutait à merveille, par son amour des lettres ou sa virtuosité dans les langues. « Vous êtes une femme d'esprit ! » s'exclamaient les hommes qui la rencontraient en découvrant son sens de l'humour et son franc-parler. Ses rapports avec les amis de ses frères relevaient de la camaraderie : en dépit de sa grande beauté, peu d'entre eux auraient imaginé l'épouser un jour. Quant aux rares jeunes gens qui avaient osé lui faire leur demande, Alex les trouvait mortellement ennuyeux. Elle n'avait pas non plus la moindre envie de rester coincée dans son Hampshire natal, à faire du point de croix au coin du feu et à élever une ribambelle d'enfants turbulents. Tout cela arriverait bien assez tôt, si jamais cela arrivait.

Les cinq années suivantes s'étaient écoulées sans changement majeur. L'existence d'Alex était rythmée par les voyages avec ses parents en Europe et en Amérique, les chasses à courre, les fêtes et les visites à ses amies – dont plusieurs étaient déjà mères de famille. Elle assistait son père dans la gestion des terres, s'intéressant davantage au domaine que ses deux frères, qui avaient fui le manoir pour la capitale.

William était l'aîné. À 27 ans, son statut de pilote d'élite l'auréolait de prestige et il menait une vie sociale intense. Sa réputation de Don Juan le précédait et, à l'instar d'Alex et de Geoffrey, leur frère de 25 ans, il n'était pas pressé de se marier. Passionné par les aéronefs, il ne manquait pas une occasion d'assister à des courses aériennes, aussi bien en France qu'en Angleterre. Après ses études d'économie, Geoff avait pour sa part décroché un poste intéressant au sein d'une grande banque londonienne.

« Leur vie est bien plus excitante que la mienne », soupirait Alex, dépitée de se voir reléguée à l'arrière-plan sous prétexte qu'elle était une femme. Lors de ses voyages à New York, elle avait constaté que les Américains étaient généralement plus ouverts d'esprit que les Anglais à ce sujet. Et même si elle adorait parler de politique avec son père et ses frères, tous trois lui conseillaient de ne pas aborder le sujet dans les dîners, sous peine d'effrayer ses prétendants.

— Jamais je ne voudrais d'un homme qui ne respecterait pas mon opinion, répliquait Alex.

— Tu finiras vieille fille, si tu ne tiens pas ta langue et que tu ne cesses pas de courir la campagne à cheval ! raillait Geoffrey.

En réalité, ses frères étaient fiers de son intelligence, de son courage et de son audace. Ses parents, même s'ils n'en disaient rien, commençaient à s'inquiéter devant le manque d'intérêt de leur fille pour la vie matrimoniale.

Mais, à 23 ans, Alex était bien trop préoccupée par les affaires du monde. Elle écoutait la radio allemande pour suivre en version originale tous les discours de l'inquiétant chancelier Hitler. Elle en avait conclu, bien avant les événements de cet été 1939, qu'un conflit armé était inévitable. Entre-temps, son père et ses frères s'étaient eux aussi rendus à l'évidence. Ainsi ce fut avec tristesse, mais sans surprise, qu'ils accueillirent le 3 septembre la nouvelle de la déclaration de guerre de la Grande-Bretagne et de la France à l'Allemagne nazie. La famille s'était réunie autour du poste de TSF pour écouter l'allocution du roi George VI, appelant tous les Britanniques à défendre leur patrie avec force et courage. À l'instar de la majorité de leurs concitoyens, les Wickham ne tardèrent pas à répondre présents. Les deux frères d'Alex s'enrôlèrent sans hésiter dans la Royal Air Force ; Willie comme pilote de chasse et Geoff comme bombardier.

De leur côté, M. et Mme Wickham avaient décidé de participer à l'effort de guerre en accueillant sous leur toit une vingtaine de petits Londoniens. Le gouvernement encourageait en effet l'évacuation des villes, et de nombreux parents recherchaient un abri à la campagne pour leurs enfants. Victoria, la mère d'Alex, avait commencé à aménager des dortoirs de quatre lits dans la dépendance où étaient hébergés les domestiques. La place ne manquait pas, d'autant que le personnel masculin du manoir était grandement diminué par la conscription. Trois femmes de chambre, aidées par deux jeunes filles du village, prendraient soin des petits pensionnaires, tandis que deux enseignantes de l'école s'étaient portées volontaires pour leur donner des cours tous les après-midi. Victoria espérait qu'Alex se joindrait à elles.

La jeune femme prit ses parents de court en leur annonçant qu'elle partait à Londres conduire des camions et des ambulances pour venir en aide aux hôpitaux. Elle s'était portée volontaire pour remplir toutes les missions que l'on voudrait bien lui confier au sein de la First Aid Nursing Yeomanry, ou FANY, une unité d'infirmières à la discipline quasi militaire. Quoique très fiers de leur fille, ses parents s'alarmèrent de la voir se jeter au cœur de la fournaise : le gouvernement annonçait des raids aériens d'un jour à l'autre.

Alex avait mûrement réfléchi à la façon dont elle pourrait mettre ses compétences à profit. Pas question de rester enfermée dans un bureau : elle avait besoin de travaux plus physiques. Pour autant, elle ne se voyait pas éteindre des incendies ni organiser des hébergements d'urgence ou distribuer des repas. Forte de son expérience sur les terres de ses parents, elle aurait facilement pu, après une courte formation, prendre la relève des exploitants agricoles mobilisés. Cependant, elle n'avait pas envie de demeurer dans le Hampshire. La grande ville exhalait un charme nouveau, qui n'était plus celui des bals, des soirées au théâtre et des beaux atours : Londres avait tout à coup le parfum de l'aventure. L'idée de devenir l'une de ces conductrices-ambulancières ne l'effrayait guère car, dès ses 17 ans, l'un des palefreniers du château lui avait appris à tenir le volant. De plus, la FANY lui avait laissé entrevoir une possibilité d'évolution, avec des responsabilités plus importantes au fil du temps...

Ses frères, qui venaient de terminer leurs classes et attendaient leurs premiers ordres de mission, la prévinrent dans leurs lettres qu'ils la tiendraient à l'œil. Ils ne plaisantaient qu'à moitié. « Promets-moi d'être prudente », l'exhorta sa mère, les yeux pleins de larmes, le jour de son départ. Mais Victoria ne savait déjà plus où donner de la tête avec ses petits pensionnaires, âgés de 5 à 11 ans. Quelles que soient les missions que l'on confierait à Alex, ce serait sans doute moins difficile que de canaliser ce groupe turbulent...

La jeune femme arriva à Londres en octobre. Le roi avait de nouveau pris la parole sur les ondes, saluant les efforts fournis par l'ensemble de ses sujets. Alex avait enfin l'impression de prendre part à quelque chose d'important. Au cours de sa formation, qui dura un mois, elle côtoya des femmes de tous âges, issues des milieux les plus variés et venues des quatre coins de Grande-Bretagne. Enfin, elle découvrait là cet horizon plus vaste dont elle aurait tant voulu bénéficier à l'université.

À l'occasion d'une permission, Geoff vint la voir et l'emmena dîner chez Rules, l'un de leurs restaurants préférés. Les autres clients esquissèrent des sourires approbateurs en voyant ces deux jeunes gens de noble allure porter l'uniforme. Alex expliqua à son frère tout ce qu'elle avait déjà appris.

— Fantastique ! railla Geoff. J'ai toujours rêvé d'avoir une sœur conductrice de camions. Cela te va bien, Alex. Une chance que tu ne te sois jamais mariée !

— Oh, ça va… Je ne suis pas *encore* mariée, nuance !

— Mais tu pourrais continuer dans cette voie après la guerre : tu t'apercevras peut-être que c'est ta vocation…

— Et toi ? Quand est-ce que tu commences tes missions ? coupa Alex, sachant que leur frère aîné avait déjà effectué plusieurs vols de reconnaissance.

— C'est pour bientôt. J'ai hâte de faire pleuvoir un enfer de bombes sur les Allemands !

Malgré le climat d'inquiétude qui régnait, ils passèrent un bon moment ensemble, puis Geoff raccompagna Alex jusqu'à ses quartiers. Le *blackout* était déjà en vigueur. Il fallait obstruer toutes les fenêtres après la tombée de la nuit pour plonger la ville dans le noir et protéger la population des bombardements ennemis. Ils se retrouvèrent donc dans la plus grande obscurité dès leur sortie du restaurant.

Partout, on bâtissait des abris antiaériens et, à toute heure du jour, la ville bourdonnait d'activité dans l'attente des combats.

Sur le chemin, Geoff sembla penser que le moment était bien choisi pour mettre sa sœur en garde contre les beaux parleurs qui abusaient de l'innocence des jeunes femmes, et les conséquences désastreuses qui pouvaient en résulter. Alex éclata de rire.

— Vraiment ? Maman elle-même ne m'a rien dit de tel quand je lui ai fait mes adieux.

— Notre mère n'en parlerait jamais ouvertement : elle pense que l'éducation qu'elle t'a donnée suffit à faire de toi une jeune fille rangée.

— Et tu penses que ce n'est pas le cas ? demanda Alex en haussant un sourcil.

— Je connais les hommes. Et si tu tombes amoureuse d'un salaud sans scrupules, il pourrait te convaincre de faire une bêtise.

— Dis tout de suite que je suis idiote !

— Mais non, voyons... Je m'inquiète à ton sujet, voilà tout. Tu n'as jamais vécu loin de la maison, et dans les circonstances actuelles tu risques de rencontrer un genre d'hommes auquel tu n'es pas habituée. Certains n'ont pas froid aux yeux.

— Moi non plus, si cela peut te rassurer.

— Bref, si tu tombes enceinte, je te tue ! Sans parler du fait que cela briserait le cœur de nos parents.

— Figure-toi que je suis ici pour travailler, pas pour trouver un homme ni passer mes soirées dans les pubs !

— Bon, je préfère ça, conclut Geoff. Il est vrai que la FANY a très bonne réputation. Et dans le fond tu sais combien je suis fier que tes missions ne se limitent pas aux soins infirmiers. Mais je te connais par cœur : tu as intérêt à ne pas te faire congédier pour impertinence envers ta hiérarchie !

— Occupe-toi de tes oignons... et débrouille-toi pour descendre les Allemands avant qu'ils ne t'attrapent, dit-elle un ton plus bas, en le serrant contre elle.

Ils étaient arrivés devant l'immeuble qui abritait l'unité d'Alex. Geoff attendit de la voir entrer dans le hall pour héler un taxi.

Elle souriait encore en montant l'escalier. Avant de se quitter, ils avaient parlé de leur prochain retour dans le Hampshire pour Noël. Tout comme leur frère aîné, ils n'avaient eu aucun mal à obtenir une permission. En cette fin d'année 1939, la guerre était latente. Les deux camps fourbissaient leurs armes et préparaient la défense : à Londres, des bénévoles arrivaient de tous les pays alliés. Alex avait ainsi fait la connaissance, au sein de son unité, d'une Australienne et de deux Américaines, qu'elle admirait pour leur attitude libre et indépendante.

Comme les années précédentes, Alex, Willie et Geoff se retrouvèrent donc au manoir pour Noël. Tout le monde n'avait pas eu leur chance, car le rationnement en essence limitait les déplacements. La campagne n'avait rien perdu de son calme. Le changement n'était perceptible que dans les rues de Lyndhurst, la pittoresque bourgade voisine, où les commerçants avaient protégé leurs devantures. Et il était impossible cette année-là d'honorer la tradition qui consistait à se promener en admirant les sapins illuminés derrière les fenêtres : le *blackout* était passé par là. Mais pour le moment, les vivres ne manquaient pas ; hôtels et restaurants affichaient complet.

Le gouvernement avait déconseillé aux familles d'accueil, comme aux parents des centaines de milliers d'enfants évacués à la campagne, de laisser les petits réfugiés rentrer en ville ou d'aller leur rendre visite pour les fêtes, de peur qu'une nouvelle séparation début janvier ne soit trop difficile. Victoria Wickham s'était juré que, malgré tout, ses jeunes protégés passeraient un merveilleux Noël.

Chaque enfant aurait droit à son cadeau. Victoria avait veillé plusieurs soirs de suite pour coudre des petits ours en peluche, et les femmes de chambre et les jeunes filles du village s'étaient jointes à elle pour tricoter des chandails : bleu marine pour les garçons, rouges pour les filles. Comme toutes les femmes du pays, elle ne lâchait plus ses aiguilles et suivait les différentes recommandations gouvernementales pour économiser le textile. Alex apporta sa contribution le soir de son arrivée, en nouant des rubans au cou des oursons.

Juste avant le dîner de fête qui leur était consacré, les pensionnaires ouvrirent de grands yeux en découvrant l'immense sapin de Noël illuminé dans le grand salon – on avait bien sûr tiré les rideaux pour se plier aux mesures de sécurité. Et ils poussèrent des cris de joie au moment d'ouvrir leurs paquets. Tous les tricots étaient à la bonne taille, au grand soulagement de Victoria. En prime, chacun eut droit à un sachet de friandises achetées à l'épicerie du village. Une fois les enfants couchés, la famille se retrouva dans la salle à manger pour le réveillon traditionnel, en queue-de-pie et robe de soirée. Ils échangèrent leurs cadeaux après le souper. Victoria avait tricoté un cardigan en angora rose pour Alex, à qui elle offrit également une paire de boucles d'oreilles en saphir, assorties à ses yeux. En retour, Alex donna à sa mère un sac à main dernier cri, un peu plus grand que les pochettes qui étaient de mise jusque-là. Victoria pourrait y transporter les nombreux cahiers de tickets de rationnement dont elle aurait besoin pour nourrir sa maisonnée. Le gouvernement venait en effet d'annoncer qu'ils seraient distribués juste après les fêtes. Comme souvent dans l'Histoire, la mode s'adaptait aux circonstances…

Alex en apporta une preuve supplémentaire le lendemain, lorsqu'elle se présenta à la table du déjeuner vêtue d'un pantalon. Si ses parents ne purent cacher leur surprise, ses frères parurent franchement horrifiés.

— Qu'est-ce que c'est que *ça* ? lâcha William. Ça fait partie de ton uniforme ?

— Mais non… Mon uniforme comporte une jupe avec une veste militaire à ceinturon et un képi. Mets-toi à la page, voyons ! À Paris, Mlle Chanel porte des pantalons depuis plusieurs années !

— Est-ce que j'aurais dû venir en robe ?

— Seulement si cela te chante… Le pantalon, c'est pratique et confortable. Tu en portes bien, toi !

— Parce que je suis un homme. Est-ce que tu imagines maman affublée comme ça ?

— Dieu nous en préserve ! intervint leur père en souriant. Votre mère est charmante dans sa belle toilette. Mais si Alex veut expérimenter un nouveau style, autant le faire ici, où cela ne gêne personne.

— Après tout c'est vrai, détends-toi, William ! renchérit Geoff. Et cette nouvelle coiffure te va à ravir, chère sœur.

Alex avait délaissé la longue tresse qu'elle portait depuis l'enfance au profit d'un élégant chignon bas et d'une frange-rouleau impeccablement lissée.

Le festin, composé de faisan et d'oie rôtie, finit de réconcilier tout le monde. Dans l'atmosphère policée de la grande salle à manger, sous le regard des portraits de famille, rien n'indiquait qu'une guerre était déclarée, si ce n'est que les femmes de chambre servaient désormais à table à la place des valets de pied, puisque tous les jeunes hommes avaient été mobilisés.

Après le repas, les Wickham sortirent se promener dans le parc, évitant soigneusement de parler de l'actualité inquiétante. Depuis le mois de septembre et le début de cette « drôle de guerre », comme on disait en France, une seule action militaire aérienne s'était déroulée au-dessus du sol britannique. Mi-octobre, la Royal Air Force avait abattu un seul avion allemand de type Junkers Ju 88. Mais Winston Churchill, Premier Lord de l'Amirauté, n'avait cessé de le répéter à la radio : c'était le calme avant la tempête.

Alex devisa donc avec ses parents des potins de la paroisse, tandis que ses frères marchaient devant en conversant d'un ton badin. La jeune femme finit par les rattraper.

— De quoi parlez-vous, tous les deux ?

— D'avions de chasse et de filles faciles, lâcha Geoff avec un sourire impertinent.

— Vous préférez que je vous laisse ?

— Mais non, je plaisantais. À propos, est-ce que tu es sage, à Londres ?

— Si tu crois que j'ai le temps de m'amuser ! répliqua Alex, qui était devenue une conductrice appréciée pour son sérieux et sa fiabilité. Et vous autres, vous êtes sages ?

William posa une main sur son cœur, l'air de dire « Tu me connais ! ».

— Je ne vais pas faire le détail de mes conquêtes à ma petite sœur, lâcha Geoff après un instant d'hésitation.

— Allons donc, tu te vantes ! railla-t-elle.

— Il voulait dire « le détail de mes fantasmes », plaisanta William. Qui pourrait bien vouloir de lui ?

— Des dizaines de femmes, figure-toi ! lança le cadet en subtilisant le chapeau de son aîné, ce qui initia une folle course-poursuite entre les arbres.

C'était si apaisant de se retrouver dans le Hampshire ! Par contraste avec sa vie à Londres, Alex appréciait maintenant ce calme qui l'ennuyait autrefois. Le domaine familial était leur refuge.

En regardant ses trois enfants rire et jouer comme quand ils étaient petits, Edward Wickham passa un bras autour des épaules de son épouse. « Tout va bien se passer », murmura-t-il alors qu'elle frissonnait. Victoria acquiesça : l'inquiétude lui nouait la gorge. Pourvu qu'il ait raison...

Ils rejoignirent le manoir à la nuit tombante pour passer un moment avec les pensionnaires. L'une des institutrices dont les deux fils, mobilisés dans des bases éloignées, n'étaient pas rentrés pour les fêtes, avait passé la journée à jouer avec ses jeunes élèves, assistée des domestiques du manoir. Ces enfants n'apportaient que de la joie !

Deux jours après Noël, William reçut un télégramme lui ordonnant de rejoindre sa base dès le lendemain. Aux questions de sa famille, il répondit qu'il ne connaissait pas lui-même la nature de sa mission, ce qui était vrai. Geoff s'en alla pour sa part au matin du 31 décembre : après avoir promis d'emmener très bientôt sa sœur au restaurant, il monta à bord du premier train pour Londres, où il avait prévu de sortir avec des amis.

Enfin, Alex se retrouva à son tour devant le perron du manoir pour faire ses adieux à ses parents. Sa mère la serra longuement contre elle avant de scruter son regard.

— Sois prudente, ma chérie. Tu as entendu Churchill : il faut nous attendre au pire, même si nous sommes bien préparés.

— Ne vous inquiétez pas, maman. On nous a entraînées pour toutes les situations et les volontaires sont prêts à orienter les gens vers l'abri antiaérien le plus proche dès que les sirènes retentissent.

Victoria hocha la tête, les yeux humides. Quel merveilleux Noël ils venaient de passer tous ensemble… Elle priait pour que ce ne soit pas le dernier. Comment pourrait-elle supporter qu'il arrive malheur à l'un de ses enfants adorés ?

Alex l'étreignit une dernière fois avant de monter à bord de l'auto, puis elle agita la main tandis que l'un des vieux fermiers du domaine démarrait pour la conduire à la gare. À ce moment-là, les 20 petits Londoniens surgirent derrière ses parents pour la saluer à leur tour. Alex vit qu'un garçonnet s'était collé aux jambes de Victoria, qui lui caressait les cheveux avec la douceur qui la caractérisait. Cette image resterait à jamais gravée dans son cœur. Mais dès que la voiture eut quitté l'allée pour s'engager sur la route, l'esprit d'Alex se tourna vers Londres, vers le feu de l'action. Le fermier l'aida à monter sa valise à bord du train, puis la jeune femme alla s'asseoir et adressa au vieil homme un signe amical par la fenêtre. L'imposante locomotive se mit en branle quelques minutes plus tard, et Alex garda les yeux fixés sur la gare jusqu'à ce qu'elle disparaisse à l'horizon.

2

Au début de l'année 1940, telle une catastrophe inéluctable, la guerre ouverte devint imminente. Des milliers d'hommes avaient été mobilisés à la suite des premiers engagements volontaires. Dans un camp comme dans l'autre, on effectuait des missions de reconnaissance, des avions étaient abattus sporadiquement, mais aucun combat de grande ampleur n'avait encore éclaté. À son retour du Hampshire, Alex eut la surprise d'être convoquée par ses supérieures. Elles avaient eu vent que leur jeune recrue parlait plusieurs langues étrangères.

— Vos parents sont-ils français ? Allemands ? lui demanda la sergente.

Alex secoua la tête.

— Ni l'un ni l'autre. Ce sont mes gouvernantes qui m'ont appris ces langues dans mon enfance. Je parle également plutôt bien l'italien.

— Merci, mademoiselle Wickham, vous pouvez disposer.

Alex supposa qu'elles voulaient simplement s'assurer de sa fidélité à la Couronne ; elle reprit son travail sans accorder la moindre importance à cet entretien.

Pour les fêtes de Pâques, elle rentra chez ses parents. Elle s'y sentit un peu seule. Ses frères n'avaient malheureusement pas obtenu de permission. Sa mère tricotait sans cesse pour aider les hôpitaux du comté. C'était devenu une passion nationale : même à Londres, Alex voyait des femmes jouer des aiguilles dans tous les lieux publics, et en particulier les files d'attente qui s'étiraient devant les magasins depuis que le rationnement était entré en vigueur.

En mai, l'Allemagne envahit les Pays-Bas, la Belgique, le Luxembourg et la France. Winston Churchill devint Premier ministre à la place de Neville Chamberlain. Ce dernier était désormais déconsidéré en raison de son inaction face à Hitler. Le nouveau chef du gouvernement prit quotidiennement la parole sur les ondes, exhortant la nation à se tenir prête et à ne pas baisser les bras. Il répétait que l'armée nazie n'oserait ou ne parviendrait jamais à envahir la Grande-Bretagne. Mais pour cela, il était primordial de ne pas se laisser démoraliser et de continuer à soutenir l'effort de guerre. Or, le 10 juillet, les avions allemands grondèrent dans le ciel britannique. Ce fut le début de la bataille d'Angleterre, et pendant plus de trois mois la Luftwaffe se déchaîna au-dessus des villes du pays. Alex parvenait néanmoins à recevoir des nouvelles de ses frères et à appeler régulièrement ses parents pour les rassurer.

La nuit, elle se réfugiait dans l'abri antiaérien de son quartier, au milieu des cris des bébés, des relents de sueur et des sanglots. Et le jour, dans son ambulance, elle traversait ruines et décombres pour acheminer les blessés ou pour transporter des corps devant être identifiés. Les immeubles s'écroulaient autour d'elle, la poussière de plâtre la faisait tousser en permanence. La vue et l'odeur de la mort lui étaient devenues familières. Malgré tout, elle voyait bien que les Londoniens faisaient preuve d'une force et d'une solidarité exceptionnelles.

Un matin du mois d'août, la sergente demanda à Alex de la rejoindre dans son bureau. La jeune femme se levait à peine et enfilait son uniforme. Devant la porte de sa supérieure, elle reconnut l'un des officiers de la compagnie de William qui l'attendait. En avisant sa mine sombre, Alex comprit immédiatement. Elle trembla de tout son corps et dut lutter pour ne pas s'évanouir. L'homme alla droit au but : l'appareil de William avait été touché lors des combats du 13 août. Hélas, son frère n'avait pas survécu. Mais il était mort en héros ; grâce à son dévouement et son courage, la Royal Air Force avait remporté la bataille. Alex hocha la tête, remercia le chef d'escadrille, puis retourna au dortoir dans un état de sidération. Toutes ses pensées allaient à ses parents. Comment pourraient-ils supporter la disparition de leur fils aîné ? Elle aurait tant voulu parler à Geoff, mais tous les pilotes étaient mobilisés et travaillaient sans relâche.

La sergente revint la voir pour lui annoncer qu'elle avait une permission de cinq jours. Si elle le souhaitait, elle pouvait prendre le premier train et rentrer chez ses parents. Alex la remercia, le visage baigné de larmes. Elle trouva la force de rassembler quelques affaires et courut à la gare de Waterloo.

Un train lui permit de rejoindre le Hampshire avant la tombée de la nuit. À Brockenhurst, un homme accepta de la conduire jusqu'au manoir pour une somme dérisoire. Sur les marches du perron, Alex trouva des bouquets de fleurs et des messages de condoléances griffonnés par les petits pensionnaires. Certains de ces enfants avaient déjà perdu leurs parents dans les bombardements… Elle fut très touchée de leur attention. Elle trouva Victoria et Edward assis dans la bibliothèque, immobiles, comme frappés de stupeur. En la voyant entrer, ils se levèrent pour la serrer dans leurs bras. Tous trois éclatèrent en sanglots. Bien sûr, une guerre appelait toujours des sacrifices et des morts, et William était un pilote aux premières lignes des combats. Mais ils avaient tous nourri une telle foi en son habileté, sa jeunesse, sa force et sa propre confiance en lui qu'ils n'avaient pas vraiment imaginé qu'il puisse mourir. Leur veillée funèbre ne fut interrompue que par la visite du vicaire de la paroisse.

Après son départ, Alex avait déjà tout oublié de ses vaines paroles de réconfort. La maison paraissait si vide. William avait été tué dans une guerre absurde. Et d'autres jeunes gens allaient trouver la mort… sans parler de son frère qui était encore au front. À minuit, Alex prépara de quoi dîner : les voisins avaient tous apporté des petits plats, mais personne n'eut la force de toucher à la nourriture. Désormais, Alex se sentait responsable de ses parents et voulait tout faire pour prendre soin d'eux.

Elle les laissa se reposer. Pour sa part, elle passa la nuit à penser à William, ce jeune homme si sérieux, conscient depuis l'enfance de son rôle d'aîné qui devait un jour hériter du manoir, du domaine et de toutes les responsabilités qui y étaient associées. À présent, c'était à Geoffrey, le boute-en-train de la famille, qu'échoyait cette tâche. Les pensées tournoyaient dans la tête d'Alex. À l'aube, elle entendit le bruit de la porte d'entrée. Elle sortit sur le palier et s'appuya à la balustrade. Geoff était là, dans le grand hall : lui aussi avait obtenu une permission. Comme frappé par la foudre, il levait vers elle des yeux cernés. Alex descendit les escaliers quatre à quatre pour se jeter dans ses bras, et tous deux fondirent en larmes.

Elle le suivit dans la cuisine pour préparer un petit déjeuner. S'ils pouvaient encore profiter des œufs du domaine et de la confiture confectionnée par Victoria, le beurre était désormais remplacé par la margarine rance du rationnement, et on économisait autant que possible le thé. Tout en mangeant, frère et sœur échangèrent quelques mots sur la tragédie. Ils avaient peine à croire qu'ils n'étaient plus que deux. Leur famille avait perdu son équilibre.

Edward et Victoria les rejoignirent dans la matinée et ils restèrent un long moment assis autour de la grande table.

Puis, tandis qu'Alex accompagnait sa mère pour l'aider à faire sa toilette et passer une robe de deuil, Geoff et son père sortirent dans le parc. Edward tenta de transmettre à son fils quelques informations sur le domaine, puisqu'il en était maintenant l'héritier, mais Geoff coupa court : la disparition de William était bien trop récente.

Le vicaire revint ensuite pour organiser une cérémonie funéraire qui aurait lieu le lendemain. Le chœur de la paroisse chanterait les airs choisis par Victoria, et Alex insista pour préparer elle-même les compositions florales. Le corps de William n'ayant pas été retrouvé, il ne serait jamais enterré près de ses ancêtres. On érigerait, plus tard, une simple stèle à son nom dans le petit cimetière du domaine.

Après le départ de l'homme d'Église, le temps s'écoula jusqu'au soir avec une lenteur désespérante. Tout semblait irréel. William était mort. Comment était-ce possible ? En arpentant le corridor, Alex constata avec soulagement que la porte de la chambre de son frère était fermée. Elle était encore trop fragile pour voir ce qui avait été son intimité. Alors que sa mère se mit au lit dès le coucher du soleil, son père passa la soirée à boire du whisky. Puis Alex se retrouva seule avec Geoff, qui lui offrit un verre.

— Je déteste ce truc, grimaça-t-elle après avoir trempé les lèvres dans l'alcool.

— Ça te fera du bien, assura Geoff, vidant son verre d'un trait, avant de s'en servir un autre. Tu vois, j'étais sûr que ce serait moi qui mourrais dans cette fichue guerre. Willie était un sacré pilote de chasse. Pour moi, il était le meilleur… il était intouchable.

— Si tu meurs, je te tue, marmonna Alex en buvant une nouvelle gorgée.

La repartie arracha un sourire à son frère.

— En fait, il n'y a aucune raison que je meure. Moi, je me contente de lâcher des obus depuis un gros bombardier. Je laisse les acrobaties aux autres… Ils m'ont dit que William était mort en héros, mais qu'est-ce que ça change ? Il est mort quand même. Il se prenait tellement au sérieux. L'aîné de la fratrie par excellence… Contrairement à lui, je n'ai aucune idée de comment gérer ce domaine.

— Tu apprendras après la guerre, asséna Alex. Papa t'expliquera.

— Je ne veux rien apprendre du tout, je veux que Willie revienne, lâcha Geoff dans un sanglot.

Alex passa un bras autour de ses épaules. Elle n'avait jamais vu son frère dans un tel état. Ils restèrent assis dans la bibliothèque jusqu'à 3 heures du matin. Geoff était alors passablement ivre. Malgré la fatigue, Alex le soutint pour monter l'escalier et le mit au lit tout habillé. Elle regagna ensuite sa propre chambre et s'endormit aussitôt. En s'éveillant aux premières lueurs de l'aube, elle se souvint de ce qui les attendait ce jour-là. Les funérailles de William. Pas l'anniversaire du jeune homme ni quelque occasion festive. Son grand frère était mort.

À 10 heures, la famille se réunit dans le hall. Victoria serrait son mouchoir entre ses mains, les yeux rougis, vêtue d'une robe noire et d'un chapeau assorti qu'Alex ne lui connaissait pas. La jeune femme avait trouvé dans son armoire une robe de deuil, ainsi qu'une paire de bas noirs dont elle se serait volontiers passée, car il faisait étonnamment chaud pour la saison. Son père portait un costume bleu foncé, une chemise blanche, une cravate noire, et il était coiffé d'un homburg en feutre dans le style de celui de Churchill. Quant à Geoff, malgré son bel uniforme, il était dans un état pitoyable. Alex prit le volant de l'automobile familiale pour les conduire à l'église. À l'approche du lieu de culte, ils restèrent bouche bée. La nouvelle de la mort du jeune châtelain s'était répandue comme une traînée de poudre. Tous les employés et fermiers du domaine étaient là, ainsi que toutes les familles des environs.

Au bas mot, 300 personnes étaient rassemblées. Ceux qui n'avaient pas trouvé de place à l'intérieur laissèrent passer les Wickham dans un silence respectueux. Seule l'absence d'une petite amie de son frère étonna Geoffrey, qui savait qu'il fréquentait une fille engagée dans la Women's Auxiliary Airforce – mais ce n'était apparemment pas une histoire sérieuse. En remontant la nef jusqu'au premier rang, tous les quatre ne pouvaient dissimuler leur émotion. Et Alex ressentait maintenant l'absence de cercueil comme un soulagement.

La cérémonie fut simple et digne, accompagnée par les voix cristallines des choristes. Le révérend Peterson évoqua l'enfant et le jeune homme que William avait été, loua ses talents de pilote et souligna le vide qu'il laisserait dans le cœur de ceux qui l'avaient connu et aimé.

Le vicaire prit une rose blanche et la tendit à Victoria. Puis la famille sortit de l'église, un peu perdue sous le soleil hivernal. Les Wickham laissèrent les membres de la congrégation leur présenter un à un leurs condoléances, assorties d'une poignée de main ou d'une accolade. Depuis le début de la bataille d'Angleterre, de telles scènes avaient lieu chaque jour aux quatre coins de la Grande-Bretagne.

Ils rejoignirent le manoir à l'heure du déjeuner. Les deux hommes s'assirent à la cuisine pendant qu'Alex et Victoria préparaient une collation.

Ensuite, alors que leurs parents montaient se reposer, Alex et Geoff sortirent se promener près de l'étang, aux confins de la propriété, où ils couraient après les oies et les canards quand ils étaient petits.

— Tu te souviens de la fois où cet imbécile de Willie m'avait poussé dans l'eau glacée ? demanda Geoff.

— Tu n'as pas arrêté de pleurer sur le chemin du retour, et papa lui a bien sonné les cloches : Willie aurait pu te noyer. Je n'avais que 5 ans, mais je m'en souviens comme si c'était hier.

Bien que l'expérience fût plutôt traumatisante sur le moment, tous deux échangèrent un sourire nostalgique.

— Je n'arrive pas à croire qu'il ne reviendra plus jamais, reprit Geoffrey. J'ai tout le temps l'impression qu'il va apparaître d'un instant à l'autre et nous dire qu'il y a erreur.

Parents et enfants se tinrent compagnie ce soir-là et toute la journée suivante. Puis le moment vint pour Geoff de rejoindre sa base. Alex le serra dans ses bras de toutes ses forces et Victoria pleura en le suppliant d'être prudent. La jeune femme passa un jour de plus auprès de ses parents, avant de repartir à son tour. Elle était assise dans un compartiment de première classe et pensait à ses frères, les yeux baissés sur ses souliers, lorsqu'un jeune homme entra et s'assit en face d'elle. Voyant qu'il portait l'uniforme de la Royal Air Force, Alex évita son regard. Elle n'avait pas le cœur à parler, et encore moins avec un pilote. L'homme se taisait, lui aussi, et se contentait de regarder le paysage. Après un moment, il se plongea dans un livre tiré de sa poche. Alex ne prit pas la peine d'en déchiffrer le titre. Elle remarqua cependant que l'homme était grand, de belle prestance, avec des cheveux noirs et des yeux bruns et chaleureux.

Au bout d'une heure de voyage, alors que le train s'arrêtait dans une énième gare, l'homme leva le nez de son livre, vérifia où ils se trouvaient et adressa un sourire à Alex.

— À ce rythme, nous ne sommes pas près d'arriver… si vous allez aussi à Londres.

Comme elle se contentait de hocher la tête, il rouvrit son livre et ne le referma qu'une trentaine de minutes plus tard.

— Étiez-vous en visite chez des amis ? demanda-t-il.

— Chez mes parents. J'ai grandi dans le Hampshire.

— Moi, j'étais chez des amis pour deux jours. Malheureusement, ils ont dû s'absenter une matinée pour assister à des funérailles.

Alex, tout de noir vêtue, se renfrogna. Le pilote, qui n'avait eu d'yeux que pour le teint de porcelaine et la silhouette parfaite de la jeune femme, comprit sa maladresse.

— Oh, comme je suis navré ! Votre frère, peut-être ?

Elle acquiesça à nouveau en silence, les larmes aux yeux.

— Je suis Richard Montgomery, dit-il en tendant une main qu'elle serra. Toutes mes condoléances, mademoiselle.

— Alexandra Wickham.

— Cette guerre est vraiment affreuse, conclut-il, avant de la laisser à son chagrin.

Alex se cala contre la vitre et ne tarda pas à s'assoupir. À leur arrivée à Londres, Richard l'aida à descendre son sac sur le quai.

— Vous pensez pouvoir rentrer seule ? demanda-t-il en la voyant si ébranlée.

— Oui, merci, ça va aller, je rejoins la caserne de la FANY.

Elle lui demanda où se trouvait sa brigade. Par une étrange coïncidence, il vivait dans la même caserne que Geoffrey.

— Il est bombardier, précisa-t-elle. Mon frère aîné, celui qui vient de mourir, était pilote de chasse.

— Alors peut-être serons-nous amenés à nous recroiser un jour, dit-il en lui tendant son sac. Prenez bien soin de vous, mademoiselle.

Il la salua avant de s'éloigner sur le quai, non sans se retourner au bout de quelques pas pour lui adresser un signe de la main. Elle rentra épuisée, mais confirma à la responsable qu'elle reprendrait le travail dès le lendemain. La femme la gratifia d'une petite tape de réconfort sur l'épaule et lui souhaita bonne nuit.

Le lendemain, il était 6 heures quand Alex sortit pour prendre son ambulance au dépôt, et elle ne rentra que douze heures plus tard, à bout de forces. Au moins, quand elle conduisait, elle n'avait pas le temps de penser... En consultant le tableau de la caserne, elle eut la surprise d'y trouver un message épinglé à son intention : un certain capitaine Bertram Potter la priait de le rappeler. Comme les administrations militaires fermaient tôt, Alex dut attendre le lendemain matin pour retourner le coup de fil. Le capitaine décrocha à la première sonnerie.

— Mademoiselle Wickham ? Merci de me rappeler. Ici le Bureau des opérations secrètes. J'imagine que vous n'avez pas encore entendu parler de nous. Notre administration n'a obtenu son autorisation ministérielle qu'en juillet. L'une de vos supérieures m'a vanté vos mérites et j'aimerais m'entretenir avec vous. Votre maîtrise des langues pourrait tout particulièrement nous intéresser. Pourriez-vous passer nous voir dans la journée ?

— Euh... non, capitaine, je travaille au moins jusqu'à 20 heures ce soir.

— Et à quelle heure commencez-vous demain ?

— À 8 heures si on m'attribue une ambulance, un peu plus tard si je dois conduire un camion.

— Est-ce que 7 heures serait trop tôt pour passer nous voir sur Baker Street ?

— Non, c'est très bien.

Il lui donna l'adresse exacte et lui indiqua que son bureau était au deuxième étage.

— Je vous ferai un café bien noir, promit-il. Le monde appartient à ceux qui se lèvent tôt !

Après avoir raccroché, Alex se demanda ce qu'il attendait d'elle. Il s'agissait sans doute de travaux de traduction. La sergente non plus n'avait encore jamais entendu parler de ce Bureau des opérations secrètes. En cet été 1940, on créait presque chaque jour de nouvelles organisations de volontaires.

Le lendemain matin, Alex se réveilla à 5 h 30 pour être à l'heure au rendez-vous. Elle devait finalement récupérer son ambulance à 8 h 30, ce qui lui laisserait une bonne heure en compagnie du capitaine Potter. Ils auraient le temps de parler des possibles travaux de traduction, et Alex prévoyait déjà de se mettre au travail après son service, quitte à utiliser une lampe torche sous sa couverture.

Dans le bâtiment indiqué, elle se renseigna auprès d'une jeune femme en uniforme qui l'annonça au capitaine. Elle la conduisit dans un petit bureau aux murs nus. Le capitaine lui-même était un homme austère, avec des cheveux blonds clairsemés et des yeux bleus perçants. Il portait une vieille veste en tweed et devait être âgé d'une quarantaine d'années. Alex se demanda quelle pouvait bien être l'activité de ce service puisque le décor ne dévoilait aucun indice.

— Comme je vous l'ai dit au téléphone, notre unité est toute récente, elle a un mois à peine, expliqua l'officier. Nous ne sommes pas tout à fait installés, mais les moyens humains se mettent rapidement en place. Ce service est constitué d'un certain nombre d'agents dont l'identité reste secrète, et nous avons une proportion importante de femmes. Les missions dont ils sont chargés sont strictement confidentielles. Certaines peuvent être dangereuses. Mais il s'agit parfois de simples travaux de traduction, or on nous a parlé de vos compétences en français et en allemand. Ce qui pourrait se révéler fort utile pour nous, pour traduire des messages radio codés, en écrire, rédiger des rapports, ou établir de faux documents. Si vous acceptez de vous joindre à nous, vous pouvez être envoyée derrière les lignes allemandes pour y collecter des renseignements, établir des cartes d'état-major, ou nous rapporter des formulaires qui permettront à nos agents de s'infiltrer.

Après l'avoir écouté parler pendant quelques minutes, se demandant si elle comprenait bien le sens de ses propos, Alex demanda d'une voix sourde, presque un murmure :

— Mais... comment pourrais-je passer en territoire ennemi ?

— De différentes façons : parfois par les moyens de transport habituels, parfois en parachute, selon les cas. Encore une fois, les missions seront de nature et d'intensité très variées. À l'occasion, vous devrez vous livrer à des actes de sabotage. Votre formation comprendra une initiation au maniement des armes et à l'autodéfense. Depuis la capitulation de la France, des groupes de résistants ont commencé à se constituer, et il s'agira notamment de leur venir en aide pour organiser la riposte.

— En somme, vous me proposez d'entrer dans les services secrets ?

— C'est cela même, répondit le capitaine avec un bref hochement de tête. Vous êtes sûrement une candidate idéale. Alors, seriez-vous intéressée ? Bien entendu, votre discrétion devra rester absolue, ce qui ne va pas de soi lorsqu'on souhaite avoir une vie privée. Vous devrez parfois disparaître pendant quelque temps puis, après avoir quitté notre service, vous serez tenue de garder secrètes les missions que l'on vous aura confiées. Personne ne doit en entendre parler, pas même votre conjoint ni vos enfants. Officiellement, notre unité n'existe pas. Si vous acceptez de travailler pour nous, vous serez dotée d'une habilitation de haute sécurité. Vous aurez accès à des informations sensibles et strictement confidentielles. Bien entendu, nous vous formerons et vous recevrez tout le nécessaire. Jusqu'à la pilule de cyanure, si jamais vous vous retrouviez… en difficulté. Voilà qui est dit ! Mais rassurez-vous : si votre allemand et votre français sont aussi bons qu'on le dit, et avec des papiers d'identité appropriés, vous réunirez les meilleures chances de vous en sortir et de rendre un très grand service à votre pays.

— Vous voulez faire de moi une espionne ? souffla Alex, toujours aussi incrédule.

— Pour être exact, un agent du *Special Operations Executive*, ou SOE, corrigea le capitaine. Notre unité se développe rapidement, en recrutant aussi bien dans les rangs de l'armée que chez les volontaires comme vous, mademoiselle Wickham. L'avantage de notre service est que nous pouvons nous permettre bien plus de choses que les divisions militaires. Notre marge de manœuvre est supérieure, pour le dire simplement.

— Mon frère vient d'être abattu par les Allemands, intervint Alex, l'air sombre.

— Je suis navré de l'entendre, mais dans un sens, cela n'entre pas en ligne de compte pour nous. Nous vous demanderons d'effectuer vos missions avec précision, en conformité avec l'entraînement que nous vous aurons dispensé. Les raisons qui peuvent vous pousser à rejoindre nos rangs vous appartiennent, mais vous ne devrez jamais laisser vos sentiments nuire à votre travail. Il faut que ce soit clair pour vous dès le départ.

— Eh bien, je n'aurais jamais imaginé m'engager dans ce genre d'activités… En m'inscrivant à la FANY, je souhaitais simplement soutenir l'effort de guerre, comme tout le monde.

— Je ne doute pas que vous soyez utile à votre poste actuel, mais quelqu'un d'autre pourra conduire une ambulance à votre place. En revanche, il n'est pas si facile de trouver des jeunes femmes dotées de votre niveau d'éducation et qui soient prêtes à s'engager dans des missions parfois risquées. Bien entendu, il ne s'agirait plus de volontariat. Vous serez payée de la main à la main, de façon à ne laisser aucune trace. Je vous préviens que la rémunération n'est pas exorbitante mais, en même temps, si vous vous retrouviez soudainement propriétaire d'une forte somme, cela attirerait les soupçons. Disons que c'est un salaire raisonnable. De toute façon, vous bénéficiez jusqu'à présent du soutien financier de vos parents, je présume ?

La jeune femme acquiesça, avant de consulter brièvement sa montre. Il était bientôt l'heure pour elle de partir... Devait-elle donner une réponse immédiate ? Alex aurait voulu en discuter avec son père ou son frère... mais le capitaine lui avait bien fait comprendre que c'était exclu. La décision lui appartenait.

— Prenez le temps d'y réfléchir, dit l'homme. Il ne s'agit clairement pas de missions ordinaires. Mais songez combien cela peut être excitant, passionnant... et surtout utile. Car votre participation à l'effort de guerre sera plus concrète que jamais. Vous récolterez des informations cruciales, et vous sèmerez la pagaille au sein des rangs ennemis. C'est tout ce dont nous avons besoin pour gagner la guerre.

En dépit de l'avertissement du capitaine, Alex pensa encore à son frère disparu. Et tout à coup, elle sut qu'elle était prête à accepter l'offre. Non pour se venger, mais pour rétablir la justice. Il fallait arrêter la folie meurtrière de Hitler avant que la moitié des enfants d'Europe ne perdent la vie ou ne se retrouvent orphelins.

— C'est d'accord, lança-t-elle. Je vous suis. Quand voulez-vous que je commence ?

Le capitaine Potter vit alors briller dans le regard de la jeune femme la flamme qu'il espérait. Un amour, un sens du sacrifice pour son pays. Le SOE avait besoin de personnes comme elle, prêtes à risquer leur peau pour la liberté. Il se leva pour lui serrer la main solennellement.

— Ni vos amis ni votre famille ne doivent savoir que vous quittez la FANY, lui rappela-t-il. S'ils s'en aperçoivent, dites-leur que vous avez changé de corps de volontaires. Êtes-vous prête à garder le silence pendant vingt ans à compter d'aujourd'hui ?

Alex opina du chef.

— Oui, capitaine. Je n'en parlerai à personne.

— Alors nous vous indiquerons bientôt l'adresse de nos quartiers. Nos recrues y sont hébergées sous couvert d'être bénévoles dans différentes organisations. Désormais, ce que vous faites, où vous allez, qui vous rencontrez ne regarde personne, pas plus votre fiancé, si vous en avez un, que les autres agents. Si vous soupçonnez quelqu'un de votre connaissance de faire partie des nôtres, ne posez pas de questions. Si vous croisez un agent dans un lieu public, ne le saluez pas. Nous vous recontacterons dans le courant du mois. À partir de ce coup de fil, il faudra rejoindre le lieu indiqué dans les quelques heures qui suivent. C'est bon pour vous ?

— Oui, capitaine.

— D'ici là, prenez soin de vous, dit-il en la raccompagnant à la porte.

Alex avait peine à croire ce qui était en train de lui arriver. À tout juste 24 ans, elle venait de devenir espionne pour le compte du gouvernement britannique. Elle faisait partie du SOE, dont elle ignorait la veille jusqu'à l'existence. Ne pouvant partager son émotion avec son entourage, elle se dit que son frère aurait été fier d'elle. Désormais, quoi qu'il advienne, elle ne pouvait s'en remettre qu'à elle-même.

3

Fidèle à sa promesse, Alex ne parla à personne de sa rencontre avec Bertram Potter. La semaine suivante, son frère vint la voir à Londres. Son cher Geoff, d'habitude si jovial, était devenu amer et colérique, tenaillé par son désir de vengeance. Il était encore sous le choc de la mort de leur frère et ne parlait que de tuer des Allemands, ce qui attrista Alex.

Tard dans la nuit, alors qu'elle peinait à trouver le sommeil dans son lit superposé, se demandant quand le SOE l'appellerait, la sirène antiaérienne retentit. Ces alertes presque quotidiennes faisaient maintenant partie de la routine : l'important était de garder de bonnes chaussures toujours près de soi. Heureusement, Alex avait rapporté de chez elle une paire de bottillons vieille de dix ans. Vêtues de leur robe de chambre, elle et ses 50 camarades descendirent l'escalier en bon ordre, puis sortirent du bâtiment et se frayèrent un passage entre les gravats des bombardements précédents, jusqu'à l'abri souterrain du bout de la rue. Une bonne centaine de personnes y étaient déjà entassées ; pour ceux qui habitaient près d'une station de métro, les couloirs offraient davantage d'espace.

La cave était éclairée par des ampoules nues suspendues au plafond. On avait aménagé un plancher grossier et disposé des bancs un peu partout. Une organisation bénévole avait laissé un tas de couvertures pour se protéger du froid pénétrant, ainsi qu'une caisse de jouets pour les enfants. Il fallait parfois attendre plusieurs heures avant que retentisse la seconde sonnerie, annonçant la fin de l'alerte. Alex prit place sur l'un des bancs en compagnie d'autres femmes. Plusieurs d'entre elles tenaient des bébés dans les bras, et quelques-unes les allaitaient pour les calmer.

Les hommes, pour la plupart, s'étaient assis à même le sol. Il y avait là des militaires en uniforme ; sans doute étaient-ils de sortie, peut-être pour retrouver leurs fiancées... Elle remarqua que l'un d'entre eux, qui lui tournait le dos, était un officier de la Royal Air Force, mais ne lui prêta pas plus d'attention. Il était tard, chacun était fatigué et stressé à l'idée de découvrir ce qu'il resterait de son immeuble. Le bruit des bombes était assourdissant, les murs tremblaient. L'espace d'un instant, Alex eut la nostalgie du manoir de ses parents, de la vie calme et protégée qu'ils menaient là-bas. Deux heures s'écoulèrent avant que la sonnerie annonce que la voie était libre : les appareils de la Luftwaffe, ayant fini leur funeste mission, rentraient en Allemagne.

En sortant de l'abri, Alex et ses camarades découvrirent que plusieurs bâtiments du quartier étaient en flammes. Les équipes de pompiers volontaires se démenaient tant bien que mal. Un immeuble s'était entièrement effondré et Alex aida une femme et ses deux enfants à se frayer un chemin dans les gravats. La dame lui expliqua que son mari était mobilisé dans la Marine. Arrivée sur une partie dégagée de la chaussée, tenant un petit garçon par la main, Alex esquiva une ambulance, qui fonçait tous feux éteints en raison du *blackout*. Elle se retrouva soudainement juste à côté de l'homme en uniforme de pilote.

— Mademoiselle Wickham ?

Levant les yeux vers lui, elle reconnut l'officier avec qui elle avait échangé quelques mots dans le train après les funérailles de William. Quelle coïncidence ! Elle essaya de retrouver son nom de famille. Richard… quelque chose. Dans son état de fatigue, la mémoire lui faisait défaut.

— Oh, bonsoir ! dit-elle brièvement, avant de se tourner vers la dame qui récupéra son petit garçon, remercia Alex et s'en fut dans la nuit.

— Richard Montgomery, lui rappela aimablement l'officier. Vous n'êtes pas blessée ? Où habitez-vous ? Je vous raccompagne !

— Merci, ma caserne est juste au bout de la rue. Ne vous inquiétez pas.

De nouveaux camions de pompiers se frayaient un passage vers l'incendie, tandis que les équipes de bénévoles avaient commencé à dégager la voie. Richard prit le bras d'Alex alors qu'elle trébuchait sur une pierre.

— Il y a eu du dégât, ce soir, commenta le jeune homme. Je venais de rendre visite à un ami et j'étais sur le point de rentrer à la caserne quand les sirènes se sont déclenchées. Et dire que je suis de service dans quelques heures...

Alex se demanda s'il allait partir en mission. En même temps, les raids aériens avaient lieu le plus souvent la nuit... à moins que les pilotes n'aient besoin de la lumière du jour pour frapper plus précisément.

— Depuis que je suis rentrée de chez mes parents, trois immeubles de la rue ont été abattus, soupira-t-elle. Ils ne nous laissent aucun répit.

Elle était bouleversée par le malheur de ceux qui avaient perdu leur logement, ou qui fouillaient les décombres dans l'espoir de retrouver des proches. Tous deux étaient maintenant devant la caserne, qui avait une fois de plus échappé aux bombes. Richard se tourna vers elle.

— Le contexte peut sembler particulièrement mal choisi, mais... accepteriez-vous de dîner avec moi un soir ? Disons après-demain ?

Alex sentit un frisson lui parcourir l'échine en songeant qu'il risquait de ne pas se présenter au rendez-vous si jamais son avion était touché d'ici là. Tout était devenu si incertain. Avec son récent engagement dans le SOE, ce n'était pas le moment de nouer une relation. D'ailleurs, ne risquaient-ils pas de l'appeler dès le lendemain pour commencer son entraînement ? Mais Richard la regardait avec tant d'étoiles dans les yeux qu'elle n'eut pas le cœur à décliner son invitation.

— Je vais essayer, dit-elle sans rien promettre. Il arrive qu'on me demande de travailler à la dernière minute, parfois pour toute la nuit. Puis-je vous laisser un message quelque part, si jamais c'était le cas ?

Richard griffonna un numéro de téléphone sur un bout de papier, et Alex fit de même, lui donnant celui de sa caserne.

— Où allons-nous ?

Il lui communiqua le nom d'un restaurant de poisson qu'elle connaissait. Ce n'était pas luxueux, mais c'était propre, la cuisine était bonne, et on pouvait parler en toute tranquillité. Surtout, c'était encore ouvert le soir, alors que de nombreux établissements ne servaient plus qu'au déjeuner, en raison du *blackout* et du rationnement.

— Disons… 19 heures ?

— Je finis vers 18 heures, acquiesça Alex.

— Ne vous inquiétez pas. Si vous avez du retard, je vous attendrai. À bientôt !

Alex nota à nouveau que son regard respirait la bienveillance : elle l'avait déjà remarqué dans le train. Il y avait en lui quelque chose de très doux, malgré sa force évidente, sa haute stature et ses larges épaules. Il était beau, mais était-ce le plus important ? Elle lui adressa un signe de la main en s'engouffrant dans la caserne, priant pour qu'il revienne sain et sauf de sa mission.

Quelques heures plus tard, Alex était de retour à son poste. Elle s'efforça de ne pas penser à Richard : elle ne pouvait pas se permettre de se laisser aller à des émotions trop intenses, surtout pas envers un pilote qui risquait sa vie tous les jours, et alors qu'elle-même venait de s'engager dans le SOE.

Par miracle, il n'y eut pas de bombardement la nuit suivante. Le jour du rendez-vous, elle conduisit son ambulance douze heures durant. Elle eut tout juste le temps de se débarbouiller et de troquer son uniforme contre une jupe et un chemisier, par-dessus lequel elle enfila une veste rouge. Bien qu'elle se soit préparée à la hâte, elle était pimpante en arrivant devant le restaurant. Le visage de Richard s'illumina lorsqu'il la vit.

— Je suis vraiment heureux que vous ayez pu venir, dit-il alors qu'ils prenaient place à une table. Surtout par les temps qui courent. Oh, excusez-moi de dire des choses pareilles. Vous allez imaginer que j'ai des idées noires !

— Ne vous excusez pas, c'est la réalité qui est sombre. Moi non plus, je n'aime pas y penser, mais plusieurs de mes collègues sont mortes dans les bombardements, sans parler de mon frère... D'un autre côté, j'ai vu des gens s'extirper des décombres alors qu'on les tenait pour disparus. Comme cet homme, l'autre jour : il m'a dit qu'il était âgé de 85 ans !

— Ma sœur Jane a été tuée durant l'un des premiers raids... Elle était pompier volontaire, confia Richard. Elle aidait une vieille dame à rejoindre l'abri antiaérien, on ne l'a jamais revue. La guerre nous apprend que la mort peut toucher n'importe qui, n'importe quand. Moi, je vais en mission derrière les lignes ennemies et je suis encore là, alors que Jane est morte.

— Vos parents doivent être anéantis, compatit Alex.

— Tous deux sont morts avant la guerre dans un accident de voiture. C'est peut-être mieux ainsi... Mais parlez-moi plutôt de votre vie d'avant !

— Oh, il n'y a pas grand-chose à en dire, fit Alex en riant. Une vie tranquille, trop tranquille pour moi, dans le Hampshire. Je montais à cheval tous les jours. C'est de famille : j'accompagnais souvent mes frères à la chasse. Il y a déjà six ans, j'ai été présentée à la Cour et j'ai fait toute une saison à Londres, ce qui m'a paru un peu ridicule, quoique assez amusant. Six mois de fête, de bals et de belles robes, et puis plus rien. J'ai échoué à trouver un mari ! Disons plutôt que je n'en voulais pas... Sur le moment, j'ai été assez soulagée de rentrer chez mes parents. J'aime la campagne, et je crois que j'en sais davantage que mon père sur le domaine et ce qu'on y cultive ! Je faisais aussi un peu de peinture, de broderie... et je lisais beaucoup. Mais au bout d'un moment, j'ai fini par m'ennuyer. À peine la guerre déclarée, je suis venue à Londres pour m'engager. J'aurai bien du mal à rentrer chez moi quand toute cette folie sera passée. Ici, au cœur de l'action, je me sens utile. Je ne me vois pas conduire des camions toute ma vie, mais je n'ai pas eu le temps d'aller à l'université ! Si mon père me l'avait permis, j'aurais fait des études de lettres. Moi qui ai été élevée par des gouvernantes et des préceptrices, j'ai toujours rêvé d'aller à l'école…

— Vous n'êtes peut-être pas diplômée, mais je gage que vous en avez appris davantage dans la bibliothèque de vos parents que la plupart des pensionnaires dans leurs écoles privées. Pensez-vous donc rester à Londres après la guerre ?

Richard était lui aussi fils d'un propriétaire terrien, cependant il comprit au récit d'Alex que la famille de la jeune femme, contrairement à la sienne, appartenait à l'aristocratie. Autrement dit, les parents d'Alex risquaient de ne pas apprécier qu'il courtise leur fille, même si elle-même ne semblait pas se soucier de son rang, tenant avant tout à sa liberté.

— Eh bien je vais essayer, sans aucun doute, répondit Alex. Même si je sais que mes parents ne le verront pas d'un bon œil. Ils acceptent que je sois ici temporairement, pour servir le pays. Mais une fois l'effort de guerre terminé, ils feront des pieds et des mains pour que je rentre.

— Je pense que bon nombre de femmes seront dans la même situation que vous. Elles constituent maintenant une part importante des travailleurs. Certes, elles sont moins bien payées que les hommes, ce qui est terriblement injuste, mais elles peuvent enfin sortir de la cuisine où on les cantonnait pour prendre une vraie place dans les bureaux et à l'usine. Elles ne seront pas prêtes à renoncer à leur indépendance quand les hommes reviendront.

Alex fut agréablement surprise par ce discours : pour un Anglais, Richard semblait vraiment progressiste. La conversation glissa sur les voyages que la jeune femme avait faits en compagnie de ses parents. Il y avait eu l'Amérique, New York et Boston, mais ils avaient aussi visité les pyramides d'Égypte, l'Italie et l'Espagne. Elle avoua à Richard son rêve de se rendre un jour en Asie.

La vie de Richard avant la guerre se cantonnait à un périmètre bien plus restreint. Il avait fait ses études à Cambridge après huit ans dans un internat en Écosse, qui tenait plus de la prison que de l'école. Sa sœur Jane avait elle aussi étudié dans un excellent pensionnat réservé aux jeunes filles. L'éducation ne compenserait certainement pas le manque de fortune aux yeux des parents d'Alex, mais cela n'empêchait pas Richard de vouloir se rapprocher d'elle. La guerre leur donnait une occasion de se rencontrer qu'ils n'auraient sans doute pas eue dans d'autres circonstances : ne dit-on pas qu'à quelque chose malheur est bon ? Il était âgé de 32 ans, huit de plus qu'elle, ce qui ne posait de problème ni à l'un ni à l'autre.

Au terme d'une délicieuse soirée, Richard raccompagna Alex. Comme elle le remerciait pour le dîner, il lui demanda si elle était disponible le samedi suivant, qui serait le premier jour de congé de Richard depuis un mois. Par chance, elle non plus ne serait pas de service, aussi convinrent-ils d'aller se promener à Hyde Park.

Le samedi, à midi, il passa la chercher à la caserne. Ils achetèrent en route des *fish and chips*, qu'ils mangèrent sur un banc du parc, puis ils firent une longue promenade, admirèrent les jardins et les pavillons, et louèrent une barque. Sur le lac, ils poursuivirent leur conversation, et Richard fut impressionné par la culture artistique d'Alex, qui se passionnait pour les impressionnistes français et la Renaissance italienne.

— Vous pourriez très bien enseigner l'histoire de l'art, remarqua Richard.

— Difficilement, car je n'ai aucune méthode. Je sais ce que m'a appris ma gouvernante, pour briller dans les salons. Mais je ne connais rien à la science, et je suis très mauvaise en mathématiques.

— Et moi, je ne connais rien aux beaux-arts, confia Richard. Quant à la littérature, j'ai certes étudié Chaucer et tous les classiques anglais à l'école, mais cela ne me sert absolument à rien dans mon métier !

— Quand avez-vous appris à piloter ? s'enquit Alex.

— Mon père était un as de l'aviation pendant la Grande Guerre. Très jeune, il m'a emmené à bord de son appareil. C'est lui qui m'a transmis le virus. Je suis devenu instructeur à ma sortie de Cambridge, et je participais souvent à des concours de voltige. Mais ce n'est pas une activité très lucrative et elle ne m'aurait pas permis de faire vivre une famille, par exemple. En revanche, j'imagine que je pourrais devenir pilote de ligne. Je dois dire que je n'avais pas encore décidé ce que j'allais faire de ma vie quand la guerre a éclaté. Comme j'avais quinze ans d'expérience, j'ai automatiquement été nommé chef d'escadrille. J'ai avec moi quelques pilotes brillants, bien qu'ils soient tous plus ou moins débutants. Et ce que j'ai appris en voltige m'a sauvé la vie plus d'une fois depuis que nous avons commencé nos missions.

— Mon frère William était passionné par son métier, lui aussi… Je n'arrive pas à croire qu'il soit parti.

Sans un mot, Richard posa la main sur celle d'Alex.

— Un jour, après la guerre, je vous emmènerai en avion et nous volerons ensemble, promit-il.

Alex sourit. Il était si difficile de penser à « l'après »… Mais ils avaient tous les deux besoin de cet espoir, pour apaiser la douleur de leurs deuils récents et se projeter dans cet avenir incertain.

L'heure du dîner approchait, et comme ils n'arrivaient pas à se quitter, ils retournèrent dans le petit restaurant du premier soir. Dans cette atmosphère chaleureuse, Richard évoqua ce qui le tracassait : malgré sa bonne éducation, il s'était déjà senti disqualifié par les parents de jeunes filles nobles… Alex balaya cette remarque d'un revers de main. D'abord, Richard avait tout d'un gentleman, ensuite il ne s'agissait pas d'une demande en mariage ! Pour le moment, ils étaient simplement en train de dîner ensemble.

Ils avaient passé une journée délicieuse, une parenthèse enchantée loin des horreurs des derniers mois. Pour tenir le coup, tout le monde suivait le sinistre décompte des batailles perdues ou gagnées, et même si l'avantage allait aux Alliés, les chiffres cachaient des milliers de familles endeuillées.

En déposant Alex devant sa caserne, Richard dut se retenir de l'embrasser, de peur de la brusquer. Il était respectueux, poli… et commençait à tomber amoureux. Il lui annonça qu'il devrait partir en mission au-dessus de l'Allemagne la semaine suivante, mais qu'il l'appellerait dès qu'il aurait une nouvelle permission. Tous deux espéraient que ce jour arriverait vite.

Alex monta jusqu'au dortoir sur un petit nuage, et s'endormit en pensant à Richard. Le dimanche, toutefois, elle ne parla pas de lui à Geoff quand il l'appela pour prendre des nouvelles : au bout de deux rendez-vous seulement, il ne s'était pour ainsi dire rien passé.

Le dimanche après-midi, Alex se promena avec quelques-unes de ses camarades. À son retour à la caserne, vers 18 heures, elle reçut un coup de fil du capitaine Potter. Il lui donna l'adresse d'un baraquement qui avait été aménagé pour les « bénévoles », selon sa propre expression, et lui indiqua le nom de la personne qui l'accueillerait.

— Rendez-vous demain, 7 heures. De là, on vous emmènera au centre d'entraînement. Ne vous inquiétez pas pour la FANY, vous n'êtes pas la première que nous débauchons dans leurs rangs. Ce soir, vous n'avez qu'à leur dire que vous ne pouvez pas travailler demain. Nous nous occuperons de vous libérer de votre engagement. Bonne chance et bon courage, mademoiselle.

En raccrochant, la main d'Alex tremblait. Avait-elle bien fait d'accepter ces missions ? Il était trop tard pour changer d'avis, et l'excitation l'emportait sur l'appréhension.

Au dîner, Alex quitta le réfectoire avant ses camarades pour boucler sa valise. Lorsqu'elles remontèrent, elle leur dit simplement qu'on lui avait proposé une place dans un autre dortoir, sans pouvoir leur faire des adieux dignes de ce nom. Les reverrait-elle un jour ?

Et si Geoffrey ou Richard cherchaient à l'appeler, les filles de la FANY ne pourraient pas non plus donner de ses nouvelles. Pendant son mois de formation au SOE, Alex devrait limiter autant que possible ses contacts avec l'extérieur. Des heures supplémentaires, un surcroît de travail, un épisode de grippe : Alex trouverait bien une excuse pour expliquer à son frère et à son prétendant qu'elle ne pouvait pas les voir. Elle allait devoir s'habituer à leur mentir, sa double vie ne faisait que commencer. Certes, eux aussi étaient tenus à une certaine confidentialité, mais tout le monde savait plus ou moins quand ils partaient en mission, et ce qu'ils y faisaient. La nouvelle activité d'Alex, au contraire, requérait une discrétion absolue.

Richard ne l'appela pas ce soir-là et elle fut soulagée de ne pas avoir à lui mentir. Elle n'était pas encore prête pour ça. Pourtant, elle savait qu'un jour il le faudrait, et pendant très, très longtemps – vingt ans lui avait dit le capitaine du SOE –, pour peu que Dieu les garde en vie, tous les deux, l'un près de l'autre.

4

Alex avait accepté de devenir espionne mais elle ignorait tout du métier. Heureusement, sa capacité à apprendre rapidement était impressionnante. Dès qu'elle posa sa valise au centre de formation du SOE, tout s'enchaîna à la vitesse de l'éclair. Tout comme les 11 autres nouvelles recrues, elle alla chercher l'uniforme élimé qu'elle devrait porter pendant la durée de son entraînement. Chacune d'entre elles se vit attribuer un nom de code, avec l'interdiction formelle de divulguer sa véritable identité, y compris au sein du groupe. Alex devint ainsi le « Cobra ». Une heure après leur arrivée, elles reçurent leur première leçon de judo et d'autodéfense. Les instructeurs ne leur firent pas de cadeau, retournant chacune d'entre elles comme une crêpe sur le tatami. Pour simuler attaques et prises d'otage, ils leur infligeaient toutes sortes de sévices, puis chacune dut affronter ses camarades à tour de rôle. Alex termina sa première leçon avec des contusions des pieds à la tête, mais c'était déjà l'heure de passer à un autre cours…

Le programme continuait par de la cartographie, où on leur apprit à établir et mémoriser des plans et des schémas. Il s'agissait tout d'abord de copier des cartes à main levée, puis de les reproduire de mémoire, sans modèle, le plus précisément possible. On leur fit répéter l'exercice jusqu'à l'épuisement.

— Je n'arrive presque plus à marcher depuis le cours de judo, murmura une des filles à l'intention d'Alex.

Après une brève pause-déjeuner, la formation continuait par un cours de falsification de documents. Les filles commettaient tellement d'erreurs basiques qu'elles auraient été immédiatement repérées au cours d'une vraie mission. Aussi durent-elles recommencer encore et encore… On leur assura qu'en s'entraînant tous les jours, elles seraient parfaitement au point. Enfin, la journée se termina par une démonstration de maniement du poignard de combat. C'était une arme légère qu'elles devaient toujours avoir à portée de main. De fait, on leur expliqua qu'avec un peu de maîtrise et de technique cette arme, qui ressemblait à un jouet, pouvait tuer même le plus fort des hommes. Deux des filles s'entaillèrent la main pendant l'exercice. Quand elles rentrèrent à leurs baraquements, elles étaient toutes épuisées, aussi bien physiquement que mentalement.

Alex était si fatiguée qu'elle alla se coucher sans dîner, à l'instar de plusieurs de ses camarades. À 2 heures du matin, on les réveilla pour un cours de judo surprise. Puis on leur accorda encore un peu de sommeil, avant de les réveiller à 6 heures pour une séance de renforcement musculaire. On leur servit ensuite un bol de porridge et on les mena au stand de tir, où on leur montra comment se servir des petits pistolets qu'elles devaient toujours avoir avec elles, et des fameux pistolets-mitrailleurs Sten, légers et démontables.

L'entraînement au tir se poursuivit après le déjeuner, puis la journée se termina par un nouveau cours de falsification, mené par un membre de Station XIV, le service du SOE chargé de l'émission de faux documents. Ces faussaires possédaient le talent et la précision des vieux maîtres de la peinture flamande. Par comparaison, les femmes du groupe d'Alex avaient toutes l'impression d'être d'une maladresse irrécupérable.

En soirée, elles eurent droit à un cours de conversation en allemand et en français. Du tac au tac, il fallait répondre aux instructeurs dans la bonne langue. Seule Alex, qui pensait aussi bien dans ces deux langues qu'en anglais, ne se laissa jamais déstabiliser.

Au cours des jours suivants, on leur enseigna les bases de l'espionnage et du sabotage. On leur montra comment dégoupiller une grenade, comment toucher le cœur de l'adversaire avec leur poignard, et comment tirer de plus en plus précisément au pistolet. On leur demandait de mémoriser une énorme quantité d'informations.

Exténuées par la pression, le niveau d'exigence, les mises à l'épreuve, trois des douze femmes abandonnèrent dès la fin de la première semaine. Celles qui restaient étaient déterminées à tenir le coup jusqu'à la fin, mais chacune des leçons les poussait dans leurs retranchements. Et elles repoussèrent chaque fois plus leurs limites. On leur apprit à nager sur de longues distances en apnée, à sauter en parachute, à extraire une balle de pistolet et à suturer une plaie. On leur apprit à chiffrer et déchiffrer des messages dans différents codes et à les transmettre par radio. Elles durent s'entraîner à mémoriser des textes de plusieurs pages, dans le cas où elles auraient à détruire un document essentiel et le restituer par cœur à leur retour de mission. On leur apprit quoi dire si elles étaient arrêtées.

Ce fut le mois le plus effrayant, épuisant et éprouvant qu'Alex ait jamais vécu. Les femmes avaient à peine le temps de dormir qu'on exigeait encore d'elles la perfection. Car des vies en dépendaient, et pas seulement la leur. On leur montra comment dissimuler une pilule de cyanure, comment la prendre et à quel moment. À la fin du mois, Alex avait le corps et le cerveau en compote, mais ses faux documents étaient insoupçonnables et elle tirait toujours dans le mille, quelle que soit l'arme. Lors d'un combat contre le professeur de judo, elle lui brisa le nez… et il la félicita. La jeune femme ne craqua que le dernier jour : elle n'en crut pas ses yeux et fondit en larmes quand on lui annonça qu'elle avait passé toutes les épreuves avec succès.

Pendant son entraînement, elle avait appelé Geoff seulement deux fois, et elle avait contacté Richard pour lui dire qu'elle enchaînait les tours de garde, en horaires décalés, de sorte qu'elle ne pourrait pas le voir pendant quelques semaines. En retour, il lui avait laissé plusieurs messages pour qu'elle le rappelle une fois revenue à un emploi du temps normal.

À la fin de la formation, on l'envoya dans une autre caserne, où n'étaient hébergées officiellement que des volontaires. En réalité, cette unité dépendait des services secrets de l'armée et s'occupait surtout de la transmission de messages codés. Si on lui posait des questions, elle devait répondre qu'elle ne conduisait plus d'ambulances, seulement des camions, et qu'elle effectuait des livraisons partout en Angleterre et en Écosse, ce qui permettait d'expliquer ses brèves mais fréquentes absences. Avant de lui confier sa première mission, on lui donna trois jours de congé. Elle ne rêvait que de dormir mais, fidèle à sa promesse, elle laissa des messages à l'intention de son frère et de Richard. Alors que Geoff était parti en mission, le deuxième la rappela deux heures plus tard, visiblement soulagé d'avoir de ses nouvelles.

— Alex, vous devez être épuisée ! Vous avez tellement travaillé pendant quatre semaines et deux jours ! lança-t-il, ayant visiblement tenu un compte précis.

— Je suis un peu fatiguée, je l'avoue…

Elle ne pouvait en dire davantage. Pendant son absence, elle s'était transformée en une machine de guerre, capable de collecter un maximum d'informations et de tuer quiconque se mettrait en travers de sa route.

— Auriez-vous maintenant le temps de dîner avec moi ?

— J'en ai le temps, mais je risque de piquer du nez dans mon assiette. Je crains d'être de fort mauvaise compagnie.

— Vous pourrez ronfler pendant tout le repas s'il le faut, j'ai vraiment très envie de vous voir. Ce soir ?

— Avec plaisir !

Richard suggéra cette fois un petit restaurant indien proche de l'ancienne caserne d'Alex. Elle en profita pour lui expliquer qu'elle avait déménagé et changé de service : elle devrait maintenant convoyer les débris des immeubles bombardés en direction des îles britanniques, où ils serviraient à la construction de bunkers et de batteries.

— Oh, je pensais que vous appréciiez votre poste d'ambulancière…

— En effet, mais on ne m'a pas vraiment laissé le choix.

En fin de journée, Alex troqua l'uniforme de la FANY (que le SOE lui demandait de continuer à porter au quotidien), contre un pantalon et un chandail tout simples. Richard l'accueillit devant le restaurant avec un grand sourire. Elle aurait tout aussi bien pu se présenter en robe de chambre qu'il aurait été le plus comblé des hommes. Il la salua d'une chaleureuse accolade, et lui tint la main toute la soirée quand ils n'étaient pas en train de manger. Comme il faisait chaud dans la salle de restaurant, Alex finit par retrousser les manches de son pull. Richard regarda alors ses avant-bras d'un air horrifié et les effleura du bout des doigts : ils étaient constellés de bleus. Alex les recouvrit aussitôt. Et dire que c'était encore pire sur le reste de son corps…

— Ce n'est rien, dit-elle. J'ai dû porter des blocs de ciment la semaine dernière ; certains me sont retombés dessus alors que je les entassais dans mon camion. Ne vous inquiétez pas ; je ne les sens même plus.

— Je n'ai rien contre l'engagement des femmes dans l'effort de guerre, répliqua Richard en fronçant les sourcils, mais vous ne devriez pas accepter de travailler si votre sécurité est compromise. Ces tâches devraient franchement être assignées à des hommes.

Elle lui sourit, heureuse de se retrouver dans un environnement civilisé, après les brutalités endurées au cours des dernières semaines.

— Concernant vos missions, peut-on vraiment parler de sécurité ? lui retourna-t-elle d'une voix douce. Chacun d'entre nous fait ce qu'il a à faire. À l'heure actuelle, conduire des camions est un travail de femmes, quel que soit le chargement. Mais je vous assure que je vais très bien.

— Vous m'avez manqué, Alex, j'ai l'impression de ne pas vous avoir vue depuis un an.

— Moi aussi, avoua-t-elle.

Alex avait même la sensation de sortir de prison... Mais tout ce qu'elle venait d'apprendre lui serait d'un grand secours quand elle serait envoyée derrière les lignes ennemies.

À la sortie du restaurant, il la prit dans ses bras et l'embrassa passionnément.

— Oh, Alex, le mois qui vient de s'écouler m'a fait comprendre que je veux passer avec vous chaque minute de mon temps libre... Accepteriez-vous de faire une escapade avec moi, si nous arrivions à avoir quelques jours de permission au même moment ?

Elle hésita un instant.

— J'aimerais beaucoup, mais... pas tout de suite. Apprenons d'abord à mieux nous connaître.

— Je vous aime, souffla-t-il dans ses cheveux.

— Moi aussi, mais je ne veux rien faire que nous regretterions ensuite.

— Si vous tombez enceinte, je vous épouserai, promit-il d'un ton solennel.

— Si nous nous marions un jour, je voudrais que ce soit par choix, non par nécessité.

Richard hocha la tête. La séparation du dernier mois avait attisé ses ardeurs ; il ne voulait plus se contenter d'un simple dîner en tête à tête. Mais il savait qu'Alex avait raison.

Il la raccompagna jusqu'à sa nouvelle caserne (un bâtiment sinistre, encore plus laid que le précédent) et ils s'embrassèrent longuement sur le trottoir.

— Puis-je vous revoir après-demain ? demanda-t-il enfin.

— Avec joie. C'est mon dernier jour de congé avant longtemps. Richard, j'aimerais beaucoup vous présenter à mes parents un jour, ainsi qu'à mon frère.

— J'en serais très honoré, déclara-t-il en la regardant dans les yeux.

Ils s'embrassèrent une dernière fois en haut du perron, et Richard laissa Alex regagner ses quartiers. La jeune femme avait entendu dire que certaines filles laissaient parfois leurs fiancés entrer, mais elle n'avait pas besoin de rendre sa vie encore plus compliquée...

Alex s'endormit dès qu'elle posa la tête sur l'oreiller. La responsable du dortoir la réveilla le lendemain vers 8 heures pour lui annoncer que son frère la demandait au téléphone. Elle descendit l'escalier en courant : cela faisait un mois qu'ils ne s'étaient pas parlé.

— Où diable étais-tu passée ? s'écria-t-il, mi-inquiet, mi-furieux.

— Sur les routes d'Angleterre. Je suis désormais affectée à du transport de matériel.

— Ils t'ont congédiée des ambulances ? lança-t-il en riant, soulagé. Qu'est-ce que tu as encore fait ? Il est vrai que tu conduis comme un pied, ma pauvre ! Est-ce que tu es de service aujourd'hui ?

— Non, j'ai ma journée, dit-elle en réprimant un bâillement.

— Alors donne-moi ta nouvelle adresse, je passe te prendre pour le déjeuner.

Fidèles à leurs habitudes, ils se rendirent chez Rules, qui n'ouvrait plus que le midi. Puis ils marchèrent dans les rues dévastées du quartier. Ils ne se souvenaient presque plus du temps d'avant, comme si la guerre avait toujours existé. Tant de vies avaient été fauchées… Pourtant, Geoff avait bien meilleure mine que la dernière fois. Il parla à sa sœur de sa nouvelle petite amie, une jeune fille qui vivait près de la base aérienne. Son père était boucher, précisa-t-il, et leur servait du filet de bœuf de contrebande chaque fois que Geoff venait dîner. De son côté, Alex jugea qu'il était encore trop tôt pour parler de Richard. Après tout, elle ne le connaissait que depuis deux mois, sans compter qu'elle avait été absente la moitié du temps. Mais la guerre accélérait les choses et intensifiait les sentiments. Chaque rendez-vous était peut-être le dernier.

Lorsqu'elle revit Richard, leurs échanges furent encore plus intenses et leurs baisers plus fougueux. Alex eut bien du mal à s'arracher à ses bras : elle aurait préféré prendre une chambre d'hôtel avec lui tout de suite, comme la plupart des jeunes couples londoniens ! Mais d'un autre côté, elle désirait faire de leur première fois un beau souvenir ; elle ne voulait pas d'un établissement minable où le réceptionniste les regarderait de haut, sachant pertinemment qu'ils n'étaient pas mariés. En vrai gentleman, Richard n'insista pas.

C'est deux jours plus tard qu'Alex reçut un coup de fil du SOE lui demandant de se rendre à Baker Street le lendemain. Son heure était venue ! À son arrivée au bureau, sa tutrice, qu'elle connaissait sous le nom de code de « Marlene », lui remit de faux papiers allemands et une valise pleine. Tout était prêt pour sa première mission en Allemagne. Elle passerait par la Suisse et devrait rapporter une liasse de « lettres de transit », ces attestations estampillées par la Wehrmacht indispensables pour voyager librement à l'intérieur du pays. On lui en demandait au moins une centaine d'exemplaires, mais l'objectif était d'en collecter autant que possible.

— C'est tout ? s'étonna Alex. Vous voulez que je vous rapporte une pile de formulaires ?

— Pour cela, il vous faudra entrer dans un commissariat de police ou un bureau de la Gestapo, et dérober les documents sans vous faire prendre.

Toute sa panoplie, y compris ses chaussures, son chapeau, les vêtements et la lingerie contenus dans la valise, avait été achetée en Allemagne. Elle se ferait passer pour une secrétaire médicale vivant à Stuttgart, de retour de Suisse après un congrès professionnel, et allant rendre visite à sa sœur à Berlin. Une fois sur place, elle n'aurait qu'à entrer dans un commissariat, et prétexter vouloir dénoncer un suspect. Elle placerait les sauf-conduits dans une pochette cousue sous sa robe, le tout dissimulé par son manteau d'hiver à petit col de fourrure. Elle se montrerait aussi charmante que discrète et parlerait un allemand irréprochable. Dès qu'elle aurait les laissez-passer, elle rebrousserait chemin jusqu'en Angleterre via la Suisse.

En théorie, la mission était très simple. Mais elle risquait de se compliquer à tout moment si Alex éveillait le moindre soupçon. On pouvait l'emprisonner, l'envoyer dans un camp de travail ou même la fusiller si son statut d'espionne était découvert. Les formateurs du SOE lui avaient clairement fait comprendre qu'elle ne pourrait s'en remettre qu'à elle-même si les choses tournaient mal. Ils ne pourraient lui venir en aide.

Le lendemain, elle quitta Londres direction Zurich. Une fois à destination, elle s'enferma dans les toilettes de la gare et détruisit son faux passeport britannique à l'aide d'une petite fiole d'acide muriatique camouflée en tube de rouge à lèvres. Puis elle plaça dans son sac le faux passeport allemand, qu'elle portait jusque-là scotché à la taille. Ensuite, elle sauta dans le prochain train pour Berlin : un voyage de plus de quatorze heures en seconde classe. Dès son arrivée, elle se rendit au commissariat le plus proche après avoir demandé son chemin dans la rue. Elle entra, les joues roses d'émotion, parfaite dans son rôle de jeune fille timide et innocente. Avec un léger accent souabe inspiré par l'une de ses gouvernantes, elle demanda à parler à un agent, et on la fit entrer dans le bureau du sergent au bout de quelques minutes. Alors que le policier était en train de sermonner vertement sa secrétaire, le sourire d'Alex fit fondre toute l'agressivité de ce vieux dur à cuire.

— Comment puis-je vous être utile, Fräulein ?

Endossant le rôle de la « bonne citoyenne » du Reich, Alex lui débita son récit, selon lequel un homme au teint basané avait essayé de lui acheter ses papiers d'identité. Elle venait donner une description du suspect.

— *Ach* ! Encore un de ces maudits gitans.

Il la remercia pour cette délation, qu'il qualifia sur un ton flatteur de « très courageuse », puis s'excusa pour aller chercher le formulaire adéquat. Dès qu'il quitta la pièce, Alex se dirigea vers le bord de la fenêtre, sur lequel étaient posées plusieurs piles de documents. En une seconde, elle identifia les laissez-passer qu'elle était venue chercher. Elle en empoigna une grosse liasse, qu'elle glissa dans sa poche secrète, avant de s'asseoir sur une chaise. Le policier reparut cinq minutes plus tard, soudain peigné et parfumé à l'eau de toilette bon marché.

Il rédigea son rapport en demandant un maximum de précisions à Alex, autant par zèle que pour la garder aussi longtemps que possible dans son bureau. Tout en signant sa déposition, la jeune femme déclara en battant des cils qu'il était rassurant de savoir que des hommes de sa stature étaient là pour protéger les honnêtes gens. Il la regarda sortir avec des yeux de merlan frit, puis se remit à crier sur sa secrétaire tandis qu'Alex hélait un taxi pour rejoindre la gare. Sa mission était accomplie… ou presque. D'une cabine publique, elle appela un numéro en Suisse et indiqua, selon un code préétabli, l'horaire d'arrivée de son train à son interlocuteur. Elle débarqua à l'heure prévue à Zurich. Elle venait de franchir le seuil des sanitaires lorsqu'elle heurta une femme qui en sortait. Alex s'excusa poliment et chacune poursuivit son chemin. L'échange de papiers d'identité avait eu lieu en une fraction de seconde. Impossible de s'en apercevoir. En ressortant des toilettes, son cœur battait la chamade. Alex était à nouveau une citoyenne britannique munie d'un passeport en règle.

À son retour à Londres, elle prit le taxi jusqu'à Baker Street, où Marlene l'attendait. Alex déposa les laissez-passer sur son bureau : il n'y en avait pas tout à fait 100. Puis elle se rendit au vestiaire pour se débarrasser de sa valise et de ses vêtements allemands.

— Vous vous en êtes bien tirée, reconnut Marlene.

— La chance du débutant, répondit modestement Alex.

Marlene ne lui retourna pas son sourire. Elle était là pour faire son travail, pas pour se lier d'amitié avec les agents.

— Nous vous rappellerons quand nous aurons besoin de vous, dit-elle en guise d'adieu.

Alex était partagée entre un sentiment de victoire et une sorte de terreur rétrospective. Elle frémit en repensant au policier obèse et affreux qui empestait la gomina et l'eau de Cologne. Elle venait de passer le baptême du feu. Cette fois, elle était espionne pour de bon et ne serait revenue en arrière pour rien au monde. Par-dessus tout, elle ressentait la profonde fierté d'avoir agi pour la liberté, la justice et la démocratie. Elle était prête à risquer sa vie aussi souvent qu'il le faudrait pour défendre ces valeurs.

5

Pendant les deux semaines qui suivirent son retour d'Allemagne, Alex fut en état de choc et en prise à une sensation de vertige. Elle se rendait compte des risques qu'elle avait courus, et surtout qu'elle l'avait échappé belle. Mais la cause était noble, et c'était sa façon à elle de venger son frère et de s'en prendre aux nazis sur leur propre territoire. Au début, elle s'était évidemment demandé : *Ai-je choisi d'intégrer le SOE pour défendre un idéal ou par goût du défi ?* Les deux étaient sans doute vrais. Ce qui ne faisait aucun doute, en revanche, c'est que ses parents souffriraient s'il lui arrivait quelque chose.

En attendant que Marlene la rappelle, Alex continuait à conduire des camions. Avec Richard, ils se voyaient chaque fois qu'ils étaient libres. Geoffrey, lui, était peu disponible car il passait tout son temps avec sa nouvelle amie. Alex en était soulagée. Ainsi, elle n'avait pas à lui cacher son état.

L'une des choses que la jeune femme préférait dans cette nouvelle vie, c'était qu'elle avait l'occasion de rencontrer des femmes venues de milieux très variés.

On comptait dans les rangs du SOE des aristocrates comme elle, qui avaient appris le français avec leur gouvernante, mais aussi des filles issues de familles bien moins policées. Toutes étaient intelligentes, dévouées, incroyablement courageuses et déterminées. Quels que soient leur passé ou leur origine sociale, toutes étaient maintenant de jeunes espionnes surentraînées. Leurs parents auraient été horrifiés en apprenant de quoi leurs filles étaient capables. En cela, le SOE élargissait l'horizon d'Alex et elle sentait que, malgré la guerre, le danger et les conditions de vie difficiles, elle arrivait à s'épanouir. Dans ce nouvel univers, elle n'était plus enfermée dans les règles et les traditions avec lesquelles elle avait grandi. Elle n'aurait jamais cru mener un jour une existence aussi trépidante. Et quand il lui arrivait d'y penser, elle se demandait si elle serait un jour capable de retourner à sa paisible vie campagnarde dans le Hampshire… Même si elle ne pouvait pas tout raconter à Richard, elle était fière d'incarner une jeune femme libre et indépendante. Son existence avait désormais un sens, une orientation dont personne ne pourrait la détourner.

Après cette première mission, Alex eut droit à une formation complémentaire dans le domaine de la transmission radio, puisqu'elle présentait un don particulier pour le déchiffrage des différents codes. Au bout de quelques semaines seulement, son niveau lui permit d'intégrer au sein du SOE l'unité spécialisée dans l'interception et l'envoi de messages militaires secrets, jusque-là exclusivement composée d'hommes. On l'envoya alors remettre au Premier ministre en personne le message urgent qu'elle venait de décoder.

Elle devait pour cela se rendre aux New Public Offices, situés à l'angle de Horse Guards Road et de Great George Street, tout près de Parliament Square. Elle s'imaginait pénétrer dans un immeuble classique à l'atmosphère feutrée, où elle laisserait son enveloppe à une secrétaire, juste devant le bureau lambrissé de M. Churchill, qui fumerait son cigare en donnant des ordres de la plus haute importance. Au lieu de cela, on conduisit Alex jusqu'au sous-sol d'un bâtiment, dans un dédale de couloirs bordé de bureaux et de salles de réunion, d'où entraient et sortaient des officiers de tous les corps de l'armée. Elle passa devant une immense salle des cartes et plusieurs salles de transmission, où des dizaines d'opératrices, casque sur les oreilles, étaient assises face à des machines qui paraissaient extrêmement complexes. L'espace d'un instant, elle aperçut bel et bien le Premier ministre, alors que quelqu'un entrouvrait une porte… C'était donc dans ce bunker surpeuplé, à l'abri des attaques aériennes, que se décidaient le sort de la Grande-Bretagne et sa participation à la guerre.

Après avoir demandé son chemin plusieurs fois, Alex arriva devant une femme à l'air sérieux, plus âgée qu'elle, qui lui prit l'enveloppe des mains en promettant de la remettre à son destinataire. Alex n'avait fait que transmettre un message, mais elle avait la sensation d'avoir accompli une mission sacrée, en étant ainsi admise au sein du quartier général du royaume. Elle quitta, non sans fierté, les New Public Offices, véritable ruche souterraine où les gens travaillaient à toute heure du jour et de la nuit.

Le soir venu, elle mourait d'envie de raconter à Richard tout ce qu'elle avait vu de cet endroit fascinant. Elle-même avait encore du mal à y croire ! Mais une simple bénévole de la FANY n'avait aucune raison d'y mettre les pieds, aussi ne pouvait-elle pas se permettre de lui en parler. Au fil des rendez-vous, ils en étaient venus à se tutoyer.

— Comment s'est déroulée ta journée ? demanda-t-il alors qu'ils s'installaient à leur table préférée dans la salle du restaurant indien.

— Eh bien nous avons ramassé des gravats, comme d'habitude. Figure-toi qu'ils serviront à la construction d'une nouvelle piste d'atterrissage que tu utiliseras peut-être un jour.

Certains quartiers résidentiels étaient devenus labyrinthiques et chaotiques à cause des immeubles écroulés, et parfois les bulldozers dégageaient des corps en déblayant les blocs de pierre et de ciment. C'était une tâche déprimante, qu'Alex avait effectuée à maintes reprises…

— Je n'aime pas que tu fasses ce type de travail. Au début de la guerre, il était question d'attribuer aux femmes des postes dans les bureaux ou les usines. Une femme n'a pas la force d'endurer autant ! J'ai entendu dire que d'ici quelques mois ils vont demander à toutes les civiles, y compris les grands-mères, de s'inscrire sur les registres de bénévoles. Je crois que la limite d'âge sera de 60 ans... Derrière tout cela, l'idée est bien d'ouvrir la conscription obligatoire aux femmes d'ici un an, si la guerre continue... Une femme avec ta culture et ton intelligence serait mieux employée à l'état-major qu'au milieu des champs de ruines.

S'il avait su combien de jeunes femmes venues des quatre coins du monde se livraient à des tâches prétendument masculines au sein du SOE ! Des Françaises, Indiennes, Polonaises... Et depuis peu, bien que les États-Unis ne soient pas encore officiellement entrés en guerre, un certain nombre d'Américaines étaient venues s'engager aux côtés des Alliés, dans les services secrets comme dans les différents corps de l'armée.

Ce soir-là, comme par hasard, la conversation glissa sur la façon dont Winston Churchill gérait les événements. Richard ne tarissait pas d'éloges à l'égard du Premier ministre, dont il était certain qu'il leur assurerait la victoire. Alex eut bien du mal à se retenir de lui dire qu'elle avait vu le grand homme de ses propres yeux, à peine quelques heures plus tôt.

Ils venaient tout juste de quitter le restaurant lorsqu'une sirène retentit. Tous deux se précipitèrent vers l'abri antiaérien le plus proche, où ils restèrent deux heures au milieu d'enfants en pleurs et de leurs parents exténués, pendant qu'une pluie de bombes détruisait leurs maisons. Alors qu'ils ressortaient du souterrain, ils passèrent devant un petit hôtel de quartier. Richard tourna vers Alex un regard suppliant.

— Je ne veux pas rentrer à la base, Alex. Est-ce qu'on ne pourrait pas passer quelques heures ici, toi et moi ?

Même si elle en avait envie autant que lui, elle s'apprêtait à refuser quand quelque chose céda en elle. Et s'il leur arrivait malheur ? Plus que jamais, il s'agissait de profiter de l'instant présent, car nul ne savait de quoi l'avenir serait fait. Sans un mot, Alex hocha la tête. Ils étaient souvent passés devant cet établissement, qui était petit mais coquet. Rien à voir avec les bouges sordides où certaines de ses camarades se rendaient régulièrement.

Richard s'adressa au veilleur de nuit, qui venait également de remonter du souterrain. Il semblait aussi épuisé qu'eux et les galons d'officier de Richard, qui parlait d'une voix ferme, l'impressionnèrent.

— Notre immeuble a été gravement endommagé ce soir, dit-il. Mon épouse et moi-même avons besoin d'un abri jusqu'à demain matin.

— Avez-vous des enfants ? demanda l'employé en avisant la tenue sobre et élégante d'Alex.

Elle portait un manteau noir sur une simple robe grise, et avait les cheveux poudrés de plâtre après avoir parcouru quelques dizaines de mètres dans la rue.

— Ils ne sont pas avec nous, ils sont hébergés dans le Hampshire, répondit spontanément Richard.

Alex se retint de pouffer. Le réceptionniste leur tendit une clé, Richard paya et les deux amoureux montèrent l'escalier.

— Tu as fait preuve de beaucoup d'à-propos, pour ce qui est des enfants ! remarqua Alex à mi-voix.

— Mais c'est vrai : les enfants sont dans le Hampshire. Nous ne sommes pas obligés de dire qu'il ne s'agit pas des nôtres ! murmura-t-il en ouvrant la porte de la chambre.

Elle était minuscule, meublée simplement, et parfaitement propre. Il y avait un lavabo, des rideaux en satin rose, un couvre-lit en velours, un bureau, une chaise et une armoire dont la glace s'était fêlée lors d'un bombardement. Mais l'immeuble tenait encore debout et ce serait leur nid pour ce qu'il restait de la nuit. Sans attendre une minute de plus, Richard prit Alex dans ses bras, l'embrassa et commença à défaire les boutons de sa robe. Avec une tendresse infinie, il la souleva pour la déposer sur le lit. Alex laissa échapper un gémissement tandis que les mains de Richard exploraient son corps. Comme dans tout ce qu'elle entreprenait, une fois sa décision prise, Alex n'avait plus l'ombre d'une hésitation.

— Je t'aime, je t'aime tant, souffla Richard.

Elle défit les épingles de son chignon, et ses cheveux blonds retombèrent en cascade sur ses épaules, jusque dans son dos. Richard embrassa chaque centimètre de sa peau et petit à petit, après un instant d'appréhension, la passion les emporta. Ils ne s'arrêtèrent, à bout de souffle, que pour rester allongés l'un contre l'autre.

— Je t'aimerai toujours, promit-il, la voix vibrant d'émotion.

Alex ne put s'empêcher de songer que ce « toujours » prenait un sens très particulier en temps de guerre.

— Moi aussi, murmura-t-elle, les larmes aux yeux.

— Tu ne regrettes pas ? s'inquiéta Richard. J'ai pris mes précautions, et puis tu sais bien que je t'épouserais, si tu tombais enceinte.

— Je sais. Et je veux que tu sois le père de mes enfants… mais seulement quand le monde aura repris un cours normal. Et non, je ne regrette pas, bien au contraire !

Elle aurait voulu rester éveillée jusqu'au matin pour continuer à profiter de ce moment suspendu, mais la fatigue la rattrapa et elle s'endormit dans ses bras. Elle fut réveillée par l'aube de ce début d'hiver qui s'immisça dans la pièce quand Richard entrouvrit les rideaux. Il lui effleura la joue en souriant.

— Est-ce que j'ai rêvé, hier soir ? demanda-t-elle en clignant des yeux.

— Alors nous avons fait le même rêve...

Ils firent l'amour à nouveau, avec la même fougue que la veille. Puis ils se faufilèrent sur la pointe des pieds jusqu'à la salle de bains située sur le palier, un peu gênés à l'idée de croiser d'autres clients dans le couloir. Alex revint seulement couverte d'un drap de lit et Richard la regarda se rhabiller, subjugué. C'était comme un strip-tease à l'envers de la voir remettre son porte-jarretelles. Après un dernier baiser brûlant, ils quittèrent la chambre et rendirent la clé à la réception.

Comme Richard était libre jusqu'à midi, ils prirent leur petit déjeuner dans un restaurant du quartier et rentrèrent ensemble jusqu'à la caserne d'Alexandra. La jeune femme pressentait que rien ne serait plus comme avant. Maintenant qu'ils avaient fait l'amour, elle avait l'impression de lui appartenir corps et âme. Ils restèrent enlacés longtemps au pied du perron. La plupart des femmes de la caserne étaient déjà parties pour leurs missions.

— Je t'appelle demain, promit Richard. Sois prudente, Alex.

— Je t'aime, murmura-t-elle, avant de s'arracher à ses bras pour monter les marches en lui adressant un dernier signe de la main.

Dans le hall, Alex remarqua au tableau qu'un message lui était adressé. Elle déplia le morceau de papier : Bertram Potter lui demandait de la rappeler.

— J'ai besoin de vous voir cet après-midi, 15 heures, dit-il simplement au téléphone.

S'agissait-il d'une mission, d'une réunion, ou bien d'une nouvelle formation ? Alex était censée obéir sans poser de questions.

Alors qu'elle changeait ses vêtements de la veille, encore pleins de l'odeur de Richard, contre un chemisier et un pantalon propres, Alex se demanda ce que l'avenir leur réservait… Elle était bien décidée à présenter Richard à ses parents dès les vacances de Noël, et à lui faire découvrir le domaine où elle avait grandi. Pour sa part, Geoffrey avait déjà prévenu qu'il n'aurait pas de permission pour les fêtes.

Alex arriva en avance au siège du SOE, le cœur battant. Le capitaine Potter la fit entrer dès son arrivée.

— Nous avons besoin de vous pour accompagner une mission de reconnaissance en Allemagne. L'un de nos experts se chargera de récolter les informations, mais il ne parle pas allemand. Vous jouerez le rôle de sa femme. Vous prenez l'avion pour Zurich dès ce soir. Une voiture vous attendra à l'aéroport pour vous conduire dans une petite ville où se trouve une usine de munitions. C'est votre collègue qui établira les plans de la zone, vous lui servez seulement de couverture.

— C'est-à-dire ?

— Il jouera le rôle d'un infirme de la Grande Guerre, qui a été opéré du larynx. Vous verrez qu'il a une vilaine cicatrice à la gorge. C'est donc vous, son épouse, qui parlerez à sa place. Officiellement, vous devez vous rendre près d'Essen, dans la Ruhr, pour régler un problème familial. Il s'agit de la principale région industrielle d'Allemagne. Vous devez vous approcher de l'usine et en repartir le plus vite possible. C'est vous qui conduirez, et qui répondrez aux questions si on vous arrête. L'ensemble de l'expédition ne devrait pas durer plus d'un jour ou deux. Vous pourrez être amenés à passer une nuit à l'hôtel. Dans la même chambre, évidemment.

Alex haussa un sourcil mais s'abstint de tout commentaire. Et dire qu'elle venait de passer sa première nuit avec Richard...

— Votre collègue sera là dans quelques minutes, reprit le capitaine. Vous partez dans une heure. Bien entendu, vous n'utiliserez que vos faux noms entre vous. La personne qui vous laissera la voiture à Zurich vous donnera les passeports en échange de vos papiers britanniques. Et souvenez-vous : dès l'instant où vous sortirez de ce bureau, votre collègue sera muet. C'est bien compris ? Nous vous donnerons une carte de la région où vous devez vous rendre. Vous pourrez l'étudier quand vous aurez récupéré la voiture. Entre Zurich et Essen, comptez à peu près huit heures de route. Voici le scénario : vous vivez à Berlin, vous êtes institutrice. Lui était avocat avant la guerre, il vit maintenant des allocations d'ancien combattant en raison de son mutisme et de sa claudication.

Alex se retint de demander si cette seconde infirmité était, elle, bien réelle…

— Et pour ce qui est des armes ? voulut-elle savoir.

— Vos valises sont équipées de doubles fonds. Dans la vôtre, un silencieux. Dans celle de votre collègue, un semi-automatique.

En outre, Alex conservait toujours son pistolet miniature dans une poche dérobée de son sac à main. Il ne lui restait plus qu'à attacher son petit poignard par une sangle autour de sa cuisse.

Alors qu'elle quittait le bureau de Potter pour aller se changer dans un vestiaire, elle croisa un homme grand et mince dans le couloir. Elle remarqua qu'il boitait. Il ne lui adressa pas même un sourire en passant.

Marlene expliqua à Alex qu'on leur remettrait des reichsmarks en même temps que leurs faux passeports. La jeune femme enfila, cette fois aussi, une tenue entièrement fabriquée en Allemagne. Il y avait un manteau vert olive avec un chapeau assorti, des chaussures à talons bobines éraflées, un chemisier et un pull gris. Les manches du manteau étaient élimées : ils devaient jouer le rôle de gens modestes. Marlene lui tendit également une alliance et Alex prit soin de la passer à son doigt. Comme le reste de sa panoplie, l'anneau était pile à sa taille : le SOE avait mesuré la nouvelle recrue sous toutes les coutures au moment de sa formation. Lorsqu'elle eut fini de s'habiller, elle ressemblait vraiment à une maîtresse d'école, avec de grosses lunettes et un chignon sévère. Elle était toujours belle, quoique pas aussi renversante qu'elle pouvait l'être quand elle s'apprêtait et se maquillait.

Dix minutes plus tard, son collègue la rejoignit dans le couloir. Ils étaient désormais Heinrich et Ursula Schmitt (Uschi, pour les intimes). Il paraissait aussi triste et terne qu'elle, dans son pantalon trop large, avec son manteau en drap de laine gris et son chapeau défoncé. Sa canne dissimulait un petit transmetteur radio, ainsi qu'un compartiment secret prêt à accueillir les cartes.

« Heinrich » adressa enfin un discret signe de tête à Alex, puis tous deux sortirent du bureau en portant leurs valises. Ils se rendirent à l'aéroport et prirent leur avion pour Zurich dans ces vêtements terriblement banals que personne n'étudierait de près, sauf peut-être la Gestapo si les choses tournaient mal.

Après le décollage, Heinrich sortit un tout petit carnet de sa poche et se mit à dessiner des fleurs très détaillées, ainsi qu'un paysage miniature. Alex trouva qu'il avait beaucoup de talent.

À l'aéroport de Zurich, ils prirent le bus et s'arrêtèrent à la station suivante. Puis ils marchèrent une dizaine de minutes jusqu'à un restaurant, où leur contact les attendait avec les faux papiers et les clés du véhicule. L'échange ne dura qu'une poignée de secondes, puis Alex se retrouva au volant d'une vieille voiture allemande.

Alors qu'elle mettait le contact, toutes vitres fermées, elle adressa pour la première fois la parole à son comparse, lui demandant en allemand si tout se passait bien. Il devina le sens de la question et hocha la tête. Ils roulèrent toute la soirée, avant de s'arrêter dans une petite auberge allemande juste après minuit. Alex paya pour la nuit, le réceptionniste leur tendit une clé sans sourciller et « Heinrich » monta l'escalier en s'appuyant sur sa canne. La chambre sentait le renfermé, le lit était très étroit. Seuls les draps semblaient propres, et c'était déjà bien. Alors qu'Alex allait se coucher tout habillée, Heinrich lui fit signe que cela n'allait pas : si jamais les autorités frappaient à la porte pour un contrôle d'identité, cela semblerait suspect. Elle acquiesça et entreprit de se mettre en chemise de nuit, tandis qu'Heinrich enfilait un pyjama. Quel sinistre compagnon de voyage !

Alex s'allongea enfin, aussi près du bord que possible, tandis que son collègue l'ignorait purement et simplement. Elle ne put fermer l'œil de la nuit. Ils se levèrent à l'aube et attendirent que les cloches sonnent 7 heures pour descendre prendre le petit déjeuner. Le rationnement paraissait au moins aussi sévère en Allemagne qu'en Angleterre : ils eurent droit à du pain noir, un ersatz de mortadelle et du faux café à base de chicorée et de seigle torréfiés. Aussitôt le repas terminé, ils reprirent la route alors que des flocons de neige commençaient à tomber. Cela les ralentit, de sorte qu'ils n'atteignirent leur destination qu'à la tombée de la nuit. Il faisait alors trop sombre pour que Heinrich puisse étudier les environs de l'usine et dresser une carte. Ils descendirent donc dans un nouvel hôtel, aussi peu engageant que le précédent, où ils eurent cette fois la chance de bénéficier d'un vrai lit double. Le lendemain matin, ils venaient de se remettre en route quand deux soldats les arrêtèrent pour contrôler leur identité.

Les papiers de Heinrich attestaient qu'il était invalide de guerre, et échappait donc à la mobilisation. Le soldat hocha la tête et leur fit signe de passer. Dès qu'elle eut redémarré, Alex poussa un soupir de soulagement, que le froid transforma en un petit nuage de buée. Peu après, ils se garèrent dans un coin isolé présentant un angle favorable pour dresser une carte. Heinrich en avait presque terminé lorsqu'un soldat surgit de nulle part. Alex ne laissa rien paraître de sa frayeur. Le militaire demanda à voir ce que faisait Heinrich. Celui-ci tendit son carnet, où l'on pouvait admirer un paysage doucement vallonné, ponctué au loin d'un clocher à bulbe : c'était la vue qui s'offrait à eux, moins l'usine de munitions. La carte sur laquelle il travaillait avait disparu dans sa poche en une fraction de seconde. Une fois de plus, il tendit sa carte d'invalidité.

Le soldat contempla un instant le carnet, hocha la tête et le rendit à Heinrich, puis dévisagea Alex. Que se passa-t-il dans sa tête ? Sans doute se dit-il qu'elle serait plus séduisante si elle était plus richement vêtue. De toute évidence, elle était jeune, mais il lut dans ses yeux la fatigue d'une femme d'âge mûr. Être mariée à un infirme muet ne devait pas être une partie de plaisir… Il leur demanda seulement de ne pas rester stationnés là. Alex le remercia et redémarra la voiture. Dans un allemand aussi simple que possible, elle demanda à Heinrich s'il avait terminé. Son collègue acquiesça. Il avait marqué les points de repère principaux, le reste était enregistré dans sa mémoire. Elle le vit dévisser sa canne et y ranger la carte.

C'est en silence qu'ils firent le chemin du retour, et ils atteignirent la frontière helvétique tard dans la soirée. Il restait cet ultime obstacle à passer. Ils jouaient peut-être leur vie sur cet alibi : Heinrich bénéficiait d'une autorisation spéciale pour consulter un médecin en Suisse, les chirurgiens de la Wehrmacht ayant échoué à réparer ses cordes vocales. Les deux douaniers conversèrent un moment entre eux. Puis l'un d'eux s'écria :

— Avancez !

Sur la route de Zurich, ils s'arrêtèrent dans une maison isolée, où un complice échangea les faux papiers allemands contre leurs passeports britanniques et deux billets d'avion pour Londres. Leur contact les suivit ensuite jusqu'à l'aéroport où il récupéra la voiture. Ils embarquèrent sans attirer l'attention et rangèrent leurs petites valises dans les compartiments à bagages. Par chance, ils n'avaient pas eu besoin de recourir à leurs armes. La canne télescopique de Heinrich avait disparu dans une poche intérieure de son manteau. En descendant de l'avion à Londres, il ne boitait plus, et après son passage aux toilettes sa cicatrice avait disparu. Alex enleva ses grosses lunettes disgracieuses, et retrouva son beau visage.

À l'aéroport, ils prirent le bus jusqu'à l'arrêt le plus proche de Baker Street. Sur les 500 mètres qui les séparaient du bureau du SOE, Heinrich marcha de son pas naturel, à si grandes enjambées qu'Alex eut bien du mal à suivre. En dépit de l'heure tardive, le capitaine Potter les attendait.

— Alors ? demanda-t-il à Heinrich.

— Mission accomplie, répondit l'agent en tendant sa canne à son supérieur.

Les traits tendus du capitaine firent place à un large sourire. Alex se dit que le stress de son métier l'avait vieilli avant l'âge : il devait avoir une quarantaine d'années mais en paraissait beaucoup plus, comme s'il portait le poids du monde sur ses épaules.

— Le bureau de la Guerre en fera bon usage. Merci à tous les deux. Vous n'avez pas rencontré de problème majeur ?

— Pas vraiment. La voiture était dans un état déplorable, c'est un miracle qu'elle nous ait menés à bon port. Nous avons eu droit à quelques contrôles mais Uschi, ici présente, nous a toujours tirés d'affaire. Bien joué, ma chère ! Vous m'avez donné une excellente coéquipière, Potter. Son allemand est parfait. Pour ma part, je comprends tout, mais je sais que j'ai un accent à couper au couteau !

Alex comprit que son partenaire devait être un agent expérimenté et haut gradé, pour s'adresser de la sorte au capitaine. Ils prirent congé et elle passa au vestiaire. Quand elle ressortit, Heinrich avait disparu. Elle repartit seule de Baker Street, songeant aux deux derniers jours : elle l'avait encore échappé belle !

Elle rentra à la caserne et consulta aussitôt le tableau d'affichage. Il n'y avait pas de message de Richard. Au moins, elle n'aurait pas besoin de lui mentir, puisqu'il n'avait pas essayé de la joindre. Sans doute était-il lui aussi bien occupé.

Richard n'appela pas non plus le lendemain. En fin d'après-midi, elle se décida à composer le numéro qu'il lui avait donné : il n'y avait sans doute aucune raison de s'inquiéter, mais il était inhabituel qu'il reste si longtemps sans donner de nouvelles. Et ses missions à lui ne duraient jamais que quelques heures…

Après une hésitation, Alex demanda à son interlocuteur des nouvelles de Richard. On lui répondit d'attendre, ce qu'elle fit. Pendant cinq interminables minutes, elle n'entendit plus rien au bout du fil. Enfin, le soldat revint… pour lui annoncer que l'avion du capitaine Montgomery avait été abattu lors d'une mission. Pour le moment, il n'avait pas utilisé son transmetteur pour indiquer sa position.

— Est-ce que quelqu'un a vu si... Est-il..., souffla Alex d'une voix entrecoupée.

— C'est tout ce que nous savons, mademoiselle, répondit le soldat d'un ton formel. Pour le moment, il est porté disparu. Il peut très bien donner signe de vie d'ici quelques jours, voire quelques semaines, selon qu'il aura été blessé ou fait prisonnier.

— Merci, murmura la jeune femme avant de raccrocher d'une main tremblante.

Aussitôt sa gorge se noua ; une vague de terreur la submergea. L'appareil de Richard avait été abattu... et il était porté disparu. Au moins, personne ne pouvait affirmer avec certitude qu'il avait été tué. S'il était gravement blessé ou égaré, il était sans doute terriblement seul. Alex se mit à prier avec ferveur : *Faites qu'il revienne...* Le destin ne pouvait tout de même pas le lui arracher alors qu'elle-même venait de survivre à une mission aussi périlleuse.

Elle gagna son dortoir et s'allongea en étouffant ses sanglots. Sans lui, la vie valait-elle d'être vécue ? Pour Alex qui avait déjà perdu un frère, Richard représentait l'espoir d'un après, d'une vie libre et heureuse, une fois la paix retrouvée. *Faites qu'il revienne, faites qu'il revienne...* Elle se répéta cette phrase jusqu'à l'étourdissement.

6

Six semaines passèrent entre le crash de l'avion et les vacances de Noël. Richard ne revint pas. Alex souffrit terriblement. Elle s'obligea à ne pas harceler la Royal Air Force, mais sollicita tout de même le capitaine Potter pour qu'il téléphone au bureau de la Guerre et en apprenne davantage. Hélas, elle eut encore une fois la confirmation que Richard n'avait pas donné signe de vie. Impossible de savoir s'il avait été capturé et envoyé dans un camp de prisonniers, ou s'il avait succombé à ses blessures. Mais il y avait toujours de l'espoir : plusieurs pilotes dont l'avion avait été abattu en Allemagne s'en étaient sortis, moyennant de la chance, une bonne planque et de longs jours de marche jusqu'à la frontière suisse.

Le SOE confia à Alex deux nouvelles missions en territoire ennemi au cours du mois de novembre, et une en France début décembre. À chaque fois, elle fut prise de vertige en songeant qu'elle était peut-être proche de lui. Elle aurait voulu partir elle-même à sa recherche et le ramener en Angleterre. Mais comment l'exfiltrer d'Allemagne sans papiers, surtout s'il était blessé ? Et puis une telle démarche n'était pas compatible avec son engagement envers le SOE : le Bureau des opérations secrètes était au service de la nation, pas question de s'en servir à des fins personnelles. Et chaque fois qu'elle quittait l'Allemagne, le cœur d'Alex se serrait à l'idée qu'elle abandonnait Richard derrière elle.

Quand arrivèrent les congés de fin d'année, c'est la mort dans l'âme qu'Alex prit le train pour rejoindre le Hampshire. Elle subit un nouveau choc en arrivant chez ses parents. Ils paraissaient si fatigués depuis la mort de leur premier fils. Sa mère avait l'air éteinte et son père n'était plus que l'ombre de lui-même. L'administration du domaine était devenue un fardeau. Ils se mettaient à pleurer chaque fois qu'ils parlaient de Willie et tinrent à lui montrer la stèle de marbre qu'ils avaient érigée en son honneur dans le petit cimetière du manoir. Ils avaient tous fini par prendre conscience du fait qu'il ne reviendrait jamais.

Alex commençait à appréhender la disparition de Richard de la même façon. Elle ne pouvait plus se bercer d'illusions. La Royal Air Force le considérait comme « présumé mort », et tout compte fait l'expression finissait par être tristement appropriée. Alex n'avait personne avec qui partager son chagrin. Elle pleura donc en silence et fut presque déçue de ne pas être tombée enceinte. Elle aurait été prête à affronter l'opprobre qui pesait alors sur celles que l'on appelait les « filles-mères », ces femmes célibataires qui avaient mis au monde un bébé sans avoir officiellement d'époux. Mais là aussi le destin en avait décidé autrement.

La seule chose qui lui mit du baume au cœur fut de retrouver les enfants. Même s'ils étaient à l'abri et entourés de tout l'amour que Victoria et ses domestiques pouvaient leur donner, l'année écoulée n'avait pas été facile pour eux non plus. Certains étaient devenus orphelins suite aux bombardements, d'autres avaient perdu leur père parti à la guerre. Toutefois, la compagnie de ces chers petits parvenait toujours à arracher un sourire à Victoria, et Edward trouvait sa seule joie dans les rudiments de jeu de cricket qu'il transmettait aux plus âgés des garçons. Comme l'année précédente, la mère d'Alex avait préparé des cadeaux pour chacun d'entre eux.

Alex essaya tant bien que mal de ne pas penser à sa propre tristesse et de changer les idées de ses parents. Ils étaient très déçus de l'absence de Geoffrey, et s'inquiétaient beaucoup pour lui. Mais rien de ce qu'elle pouvait raconter à son sujet ne parvint à les rassurer. De plus, ils ne s'intéressaient à aucun des sujets de conversation qu'elle engageait. Mais qui aurait pu leur en vouloir ?

Le Jour de l'an, Alex repartit avec un sentiment d'échec : ses parents avaient l'air aussi déprimés qu'à son arrivée. Sans doute ne se remettraient-ils jamais de la perte de leur fils. Certes, les Wickham aimaient aussi leur fille, mais tous leurs espoirs pour l'avenir de la famille avaient été anéantis à la mort de Willie.

Dans le train qui la ramenait à Londres, Alex ne put s'empêcher de penser au jour où elle avait rencontré Richard. Au bout de ce voyage interminable, elle trouva la caserne inhabituellement calme. Toutes les femmes étaient en congé : certaines dormaient après avoir réveillonné, d'autres étaient sorties se promener avec des amies. Alex rangea dans son placard les vêtements qu'elle avait rapportés du Hampshire. Seule la jolie robe que sa mère lui avait offerte pour Noël était restée chez ses parents. Elle n'avait pas le cœur à la fête depuis la disparition de Richard.

Avant les vacances, Geoff lui avait dit qu'il passerait peut-être, mais elle n'avait plus eu de nouvelles. Elle s'allongea sur son lit et resta un long moment à regarder le plafond. Après s'être épuisée inutilement toute la semaine en essayant de remonter le moral de ses parents, elle avait envie de se reposer et de ne parler à personne pendant quelque temps.

L'heure du dîner approchait, lorsque l'une des filles passa la tête dans l'embrasure de la porte.

— Il y a en bas un officier qui veut te voir ! annonça-t-elle.

Ainsi, contre toute attente, Geoffrey était venu ? Pourvu qu'il ne soit pas là pour lui annoncer qu'il avait fait un enfant à la fille du boucher et qu'il comptait l'épouser ! À moins que ce ne fût déjà fait... Pour ses parents, ce serait le coup de grâce. Alex descendit l'escalier fébrilement et ouvrit la porte du réfectoire. Il n'y avait là qu'une seule personne. Un homme avec un bandage autour de la tête, un bras dans le plâtre, appuyé sur une béquille. Il lui fallut une seconde pour le reconnaître. Mais alors elle se jeta dans ses bras avec tant de fougue qu'elle faillit le renverser.

— Richard ! Oh mon Dieu... tu es vivant ! s'exclama-t-elle dans un sanglot, tandis qu'il la serrait contre lui.

— Doucement, doucement, répondit-il en s'asseyant avec soin sur une chaise. Je suis encore un peu fragile.

Il assit Alex sur ses genoux ; elle l'embrassa longuement.

— Où étais-tu passé ? demanda-t-elle enfin.

— Au ski, dans les Alpes, plaisanta Richard, avant de reprendre un ton plus sérieux. Mon avion a été abattu, juste après avoir bombardé des usines. J'ai eu une commotion cérébrale, c'est un paysan qui m'a ramassé et caché dans sa grange. Heureusement qu'il m'a trouvé, car sans lui je serais mort de froid. Il a même fait venir un médecin du village voisin. Je ne savais plus où j'étais, et j'ai mis du temps avant de reprendre mes esprits. J'avais le bras et la cheville cassés. Le docteur m'a plâtré tout de suite, mais ce n'est pas encore complètement remis. Par chance, je n'étais pas très loin de la Suisse, dans la région de Stuttgart. Quand j'ai été en état de marcher, il y a un mois, je me suis mis en route à travers la montagne. Le paysan m'avait donné des vivres, et j'ai bu de la neige fondue. J'ai cru que je n'y arriverais jamais, mais je n'avais pas vraiment le choix. Il y a deux jours, je suis arrivé à Bâle, j'ai contacté les collègues et ils ont réussi à venir me chercher. Je suis censé me faire hospitaliser pendant quelques jours pour prendre du repos et vérifier que tout va bien, mais je voulais te voir. Je ne t'ai pas appelée pour te faire la surprise !

Tous deux riaient et pleuraient en même temps. Pendant les deux semaines qu'avait duré sa traversée de la Forêt-Noire, Richard n'avait pas vu âme qui vive. Il avait dormi dans des grottes et survécu par la force de sa volonté, mû par le désir de revoir Alex. Malgré les provisions fournies par le paysan, il avait terriblement maigri et son visage était buriné par les éléments.

— Après la guerre, je retournerai voir ces gens pour les remercier de m'avoir aidé, dit-il avec émotion.

Puis il ajouta, à voix basse :

— Est-ce que tu es enceinte ?

Alex secoua la tête, visiblement déçue.

— Tu sais, cette idée m'a toujours terrifiée, mais quand j'ai su que ton avion s'était écrasé, j'ai espéré porter ton enfant.

— Et ce moment viendra, promit Richard. En attendant, nous avons une guerre à gagner !

— Quand seras-tu apte au service ?

Tel qu'elle le voyait, il tenait à peine debout.

— Dès que je pourrai piloter un avion. J'espère qu'ils ne vont pas t'envoyer à l'autre bout de l'Angleterre et que tu pourras me rendre visite à l'hôpital.

— Tu sais bien que je viendrai aussi souvent que je le pourrai, dit Alex en priant pour ne pas être envoyée en mission avant un certain temps.

Ils bavardèrent et s'embrassèrent pendant une bonne heure. Alex savourait la joie folle de le savoir vivant. Puis le moment vint pour Richard de retourner à l'hôpital et elle l'aida à monter en voiture. Pour qu'il puisse venir voir Alex, l'armée lui avait mis un chauffeur à disposition.

Le lendemain, comme promis, elle lui rendit visite. Elle rencontra là-bas un certain nombre de pilotes de son unité, qui le célébraient comme le héros de l'escadrille !

De retour à sa caserne, en ce soir du 2 janvier 1941, son entrain fut soudainement interrompu lorsqu'elle découvrit un message qui lui était adressé : *Rendez-vous à Baker Street, demain, à midi.* Maintenant qu'elle avait retrouvé Richard, elle n'avait plus aucune envie de repartir. Mais elle n'avait encore jamais refusé une mission, et le devoir l'appelait.

Le lendemain, le capitaine Potter lui expliqua qu'elle partait pour la France. On avait découvert que la

Kommandantur de Paris fomentait une double attaque sur la Grande-Bretagne ; il s'agissait maintenant d'obtenir des détails à ce sujet. Cette fois, Alex jouerait le rôle d'une demi-mondaine, afin de s'infiltrer dans le milieu des épouses et des maîtresses des officiers allemands. Elle qui maîtrisait parfaitement les codes de la haute société était la personne idéale pour remplir cette mission.

— Quand dois-je partir ?

— Demain. Nous vous parachuterons dans les environs de Paris, où un contact vous prendra ensuite en charge.

Alex réprima un frisson. Depuis sa formation, elle n'avait jamais eu l'occasion de sauter en parachute. Et cette fois, ce ne serait plus un entraînement. Elle risquait de se blesser, de rester coincée dans un arbre, ou même d'être abattue par les Allemands. Elle n'avait pas envie de vivre une expérience similaire à celle de Richard…

— Un problème ? s'enquit le capitaine Potter.

— Non, aucun.

Le soir venu, Alex retourna voir Richard à l'hôpital. Elle lui annonça, d'un air détaché, qu'elle partait le lendemain pour une livraison en Écosse et serait de retour dans trois jours.

— Quoi ? Ils n'ont donc pas assez de cailloux chez eux, pour qu'ils aient en plus besoin des nôtres ? plaisanta-t-il.

Il était triste qu'elle parte, mais ne s'inquiétait pas pour elle. S'il avait su où elle se rendait vraiment, c'eût été une tout autre histoire...

Alex devait décoller à bord d'un petit avion militaire, vêtue d'une combinaison de pilote et de bottes de l'armée. En plus du parachute, le sac qu'elle devait emporter avec elle était très lourd. Elle avait évidemment son petit poignard, un pistolet-mitrailleur Sten, une capsule de cyanure, mais aussi toutes les belles toilettes nécessaires à son rôle, dont une veste en vison blanc que les costumiers du Bureau des opérations secrètes avaient eu un mal fou à trouver. La fourrure appartenait à l'épouse d'un colonel anglais, qui se trouvait être française. La dame savait qu'elle risquait de ne jamais la revoir, mais elle avait accepté de la sacrifier pour sauver le pays. En l'essayant dans les bureaux de Baker Street, Alex avait taquiné le capitaine Potter :

— Pourrais-je être payée en vison pour cette mission ? Je pense que je vais adorer être une collabo : quel chic !

Son supérieur avait souri, avant d'enchaîner sur les aspects plus pratiques de l'opération. Il lui avait donné la liste des informations qu'elle devrait impérativement récupérer et expliqué qu'on viendrait la rechercher en avion. C'était la solution la plus rapide... à condition de déjouer la défense des lignes ennemies. Cette mission s'annonçait beaucoup plus dangereuse, mais aussi plus excitante que les précédentes. Alex avait l'impression d'être Mata Hari, ou en tout cas une charmante espionne des temps modernes.

Tous les nerfs d'Alex étaient tendus à bloc lorsque son avion décolla en direction de la France. La météo était mauvaise et la visibilité réduite, ce qui leur assurait au moins une certaine discrétion. La traversée fut de courte durée. Les pilotes savaient exactement où ils devaient larguer Alex. Pile au bon moment, alors qu'ils étaient descendus aussi bas que possible, le copilote fit coulisser la porte et lui donna le signal.

— *Shit!* cria-t-elle en sautant.

La chute libre la terrifia mais elle réussit à trouver le calme nécessaire pour ouvrir son parachute et profiter du vent afin d'atterrir près d'un bosquet. Malheureusement sa toile s'accrocha dans une grosse branche et elle se retrouva suspendue à plus de 2 mètres du sol. Il ne fallait surtout pas rester ici trop longtemps.

— Allô ? murmura une voix juste en dessous. Pompadour ?

Tel était son nom de code pour la mission.

— Oui, répondit Alex en français.

Ses faux papiers indiquaient qu'elle était née à Lyon et qu'elle avait vécu dans le 16e arrondissement de

Paris. Elle était veuve depuis peu et habitait maintenant le sud de la France.

— Je vais venir vous chercher, dit la voix.

Mais Alex fut plus rapide. Elle sortit son poignard de sa poche et se mit à scier les cordes du parachute.

— Attrapez-moi ! lança-t-elle lorsqu'il n'en resta plus qu'une.

Elle trancha la dernière, son complice la réceptionna dans ses bras et tous deux culbutèrent dans l'herbe.

— Vite, il faut récupérer le parachute ! dit-elle en déposant ses sacs au sol.

Elle grimpa à l'arbre, suivie de l'homme, et ils tirèrent la toile vers eux, puis la roulèrent en boule pour la remettre dans le sac. L'agent guida Alex à travers les broussailles et ils marchèrent longtemps avant d'atteindre une ferme. Il n'y avait pas de lumière, mais Alex savait que c'était une planque pour le réseau de résistance auquel appartenait son acolyte, dont le nom de code était Brouillard.

Dans la grange, une voiture volée pour l'occasion et dotée d'une fausse plaque d'immatriculation n'attendait plus qu'elle. Le lendemain, Alex entrerait dans Paris en grande pompe.

Brouillard mena Alex dans la cuisine, puis ouvrit une trappe dans le plancher et la conduisit par un escalier jusqu'à la cave où elle passerait la nuit. Il y avait là une paillasse et une petite table avec une miche de pain, un morceau de fromage et une bouteille de vin.

— J'espère qu'il n'y aura pas trop de rats..., s'excusa-t-il.

Le lendemain, Alex toqua à la trappe de la cuisine dès que les premiers rayons filtrèrent par le soupirail.

— Merci pour le vin, dit-elle une fois remontée. J'ai dormi comme un bébé.

— Pas de rats ?

— Je ne sais pas, j'avais les yeux fermés !

Le résistant avait à peu près le même âge qu'elle. Il était mince et portait un gros pull noir avec un large pantalon bleu. Il alluma une cigarette et proposa à Alex une tasse de cette chose horrible qui faisait désormais office de café, en France comme en Angleterre. Elle refusa, malgré le froid mordant qui sévissait dans la ferme car le résistant n'avait pas allumé de feu.

Peu après, une vieille femme arriva. Brouillard la présenta comme sa grand-mère. Son frère et lui s'occupaient d'elle, tandis que leurs parents étaient tous deux décédés avant la guerre. L'aïeule, qui revenait de nourrir les poules, se servit une tasse de jus de chaussette avant de se retirer dans sa chambre. Elle ne montra que peu d'intérêt pour la visiteuse : la ferme était le QG de l'un des réseaux les plus importants des environs de Paris, toutes sortes de gens y passaient régulièrement.

— Est-ce que je peux voir la voiture ? demanda Alex.

L'homme la conduisit à la grange, dont il fit coulisser la porte en souriant. Il découvrit ainsi une splendide Duesenberg rutilante et en parfait état de fonctionnement. Alex en resta bouche bée.

— Oh mon Dieu, lâcha-t-elle. Où l'avez-vous trouvée ?

— Nous l'avons volée, expliqua Brouillard. À Nice, la semaine dernière. Ce petit bijou appartient à un Américain, pour qui mon frère avait travaillé, un été. Le type est rentré au pays juste avant la guerre. J'imagine qu'il reviendra la chercher un jour... En attendant, on la lui emprunte. Un petit gars du coin vous servira de chauffeur. Inconnu des services de police : vous ne risquez rien avec lui.

— Il sait vraiment la conduire ?

— Ce n'est pas encore ça, mais il progresse...

Alex eut un petit rire. Le plan du SOE était de lui ménager une entrée triomphale à bord de ce véhicule de collection, de façon à faire tourner la tête de tous les hommes qui croiseraient son chemin. Elle collecterait alors toutes les informations possibles et s'éclipserait avant que quelqu'un ne la démasque. C'était à la fois très risqué, et terriblement exaltant. Rien à voir avec ses précédentes missions en Allemagne, où la discrétion et la banalité étaient de mise. Qui la soupçonnerait de cacher quelque chose dans une auto aussi voyante ?

Brouillard lui annonça qu'on lui avait réservé une suite dans un excellent petit hôtel de charme. Le Meurice avait été réquisitionné comme quartier général par les Allemands, tandis que le Ritz hébergeait les officiers de haut rang. La seule cliente civile de ce palace était alors la styliste Coco Chanel, qui collaborait ouvertement avec l'occupant. Le moment vint pour Alex d'endosser son habit de lumière. Brouillard lui indiqua qu'elle pouvait se changer dans sa chambre à lui, à l'étage, et Alex y monta, chargée de son lourd sac à dos. Elle en émergea vingt minutes plus tard, métamorphosée comme dans un conte de fées. Elle portait un tailleur Dior bleu marine à la coupe fabuleuse, qui soulignait avantageusement sa silhouette, avec une toque en fourrure assortie, ainsi que des escarpins noirs, des bas de soie et un sac en peau de crocodile. Des gants en daim et une paire de boucles d'oreilles en faux diamants (imités à la perfection) complétaient sa tenue. Elle arborait en outre un maquillage impeccable, les cils rehaussés de noir et la bouche carminée.

Alex avait maintenant vidé sa gaine de parachutiste et soigneusement rangé le reste de sa somptueuse garde-robe dans deux grosses valises éblouissantes que Brouillard avait réussi à dénicher Dieu sait où. Le résistant monta les chercher pour les mettre dans le coffre de la Duesenberg.

Le garçon qui devait conduire Alex arriva un instant plus tard, vêtu d'un costume sombre et d'une casquette de chauffeur qu'ils avaient trouvée dans la boîte à gants. Il sortit la voiture de la grange et Alex monta à bord avec la classe d'une star de cinéma. Elle remercia Brouillard en lui adressant un signe de la main, alors que la Duesenberg mettait le cap sur Paris.

La jeune femme aurait volontiers conduit elle-même, si cela n'avait pas risqué d'éveiller les soupçons. Elle se contenta de donner des recommandations à son jeune chauffeur et, après quelques soubresauts du moteur et changements de vitesse un peu brusques, ils entrèrent dans la capitale par la porte Dauphine. Ils empruntèrent la place de la Concorde, virent l'Arc de Triomphe au loin, puis la place Vendôme, et s'arrêtèrent devant un des hôtels de la rue Cambon, juste à côté des ateliers Chanel et à quelques pas du Ritz. Un groupe d'élégantes jeunes femmes, qui bavardaient dans le hall, observèrent Alex avec intérêt lorsque celle-ci se présenta à la réception. Qui était donc cette créature qui leur ressemblait tant, et pourquoi ne la connaissaient-elles pas ? Son faux passeport l'identifiait comme Mme Florence de Lafayette.

Dans l'après-midi, Alex entreprit d'entrer dans chacune des boutiques de vêtements et de bijoux du quartier. Les vendeurs étaient aux petits soins pour elle, mais elle n'acheta rien. Puis elle rentra à son hôtel pour se préparer à la suite du programme : le meilleur faussaire du SOE lui avait libellé une invitation pour une soirée très convoitée. Alex se prélassa dans un bain chaud pendant une demi-heure, un luxe dont elle n'avait plus profité depuis longtemps. Après avoir glissé son pistolet miniature et son petit poignard de part et d'autre de sa jarretière, elle enfila une robe blanche de soirée qui la moulait comme une seconde peau, et endossa le manteau en vison. À son doigt, une bague ornée d'un solitaire, aussi faux que les diamants des boucles d'oreilles. Dès qu'elle fit son apparition dans la salle de bal, la beauté de Florence de Lafayette fit sensation. La soirée était donnée en l'honneur d'Hermann Goering, le bras droit de Hitler étant de passage à Paris. Il se targuait d'aimer les belles choses, en particulier les femmes et les œuvres d'art. Tous les grands officiers allemands se trouvaient là, accompagnés de leurs maîtresses ou désireux d'en prendre une. « Florence » marqua une pause pour observer la scène, du haut du grand escalier qui donnait sur la salle de bal. Presque aussitôt, deux hommes s'approchèrent d'elle. Le premier était un général fraîchement arrivé de Berlin, le second un colonel dont Alex avait déjà entendu le nom.

Le colonel fut le premier à s'incliner devant elle et à lui offrir son bras pour descendre l'escalier. C'était un très bel homme, la quarantaine, très grand, avec des cheveux aussi blonds et des yeux aussi bleus que ceux d'Alex. Dès lors, il ne la lâcha plus, lui tendit une coupe de champagne, puis l'invita à danser dès que l'orchestre se mit à jouer. Alors qu'ils virevoltaient sur la piste, elle remercia en pensée ses anciennes gouvernantes de lui avoir donné toutes ces leçons de valse qu'elle avait détestées à l'époque, mais qui se révélaient finalement d'une grande utilité. Le général passa à l'offensive dès la danse suivante. C'était un homme corpulent et bien plus âgé. Les deux officiers passèrent la soirée à lui faire la cour, rivalisant pour attirer son attention, tandis qu'elle flirtait sans vergogne avec les deux.

Le général l'invita à déjeuner au Meurice le lendemain, en se vantant d'avoir volé le chef cuisinier du Ritz. Le colonel l'invita quant à lui pour un dîner à la Tour d'Argent, suivi d'une nouvelle soirée mondaine. Alex jouait à la perfection le rôle de la courtisane à la recherche d'un nouveau protecteur. Les intentions de Florence de Lafayette étaient explicites, en revanche elle n'avait pas encore arrêté son choix sur l'un de ses prétendants. À 1 heure du matin, elle adressa un dernier sourire enjôleur au colonel.

— À demain, Klaus, lui susurra-t-elle, avant de s'éclipser.

Elle monta à bord de la Duesenberg, et le jeune fermier la reconduisit à l'hôtel.

Sa mission se déroulait exactement comme prévu. Au cours des dernières heures, elle avait pu glaner quelques informations importantes, dont elle prit bonne note en langage codé. Elle rangea son carnet dans la doublure d'une de ses valises, où il rejoignit son pistolet semi-automatique. Les hommes qu'elle essayait d'amadouer n'étaient pas des enfants de chœur…

Le lendemain, le déjeuner au Meurice fut riche d'enseignements. Alex divertit le général en lui racontant des anecdotes amusantes et légères, l'incitant, sans en avoir l'air, à se livrer sur la stratégie de conquête de la Wehrmacht. En effet, il ne tarda pas à se vanter de certaines opérations à venir, visant à attaquer l'Angleterre depuis la France. Il essaya enfin d'embrasser Alex, mais elle ne le laissa pas faire.

De retour à l'hôtel, la jeune femme découvrit dans sa chambre une profusion de fleurs, envoyées par chacun de ses prétendants – dont un troisième officier qu'elle n'avait même pas remarqué au cours de la soirée ! Lorsque le colonel vint la chercher pour le dîner, Alex descendit au bar de l'hôtel dans un fourreau argenté avec un profond décolleté dans le dos. Pour sa part, elle ne put s'empêcher de le trouver terriblement séduisant dans son uniforme. Klaus s'inclina devant elle et lui baisa la main en claquant des talons, puis lui tendit un écrin de chez Van Cleef & Arpels, qui contenait un bracelet en diamant. Les choses devenaient sérieuses... Le colonel se montra toutefois beaucoup plus discret que le général, mais Alex gardait bon espoir de lui délier la langue. Pour le mettre en confiance, elle lui laissa entendre qu'elle était favorable à la collaboration, en louant par exemple le talent de Mlle Chanel. Elle lui expliqua même qu'elle avait lu tous les écrits d'Adolf Hitler... se gardant bien d'exprimer l'horreur que lui avait inspirée cette lecture. Avant la fin de la soirée, Klaus von Meissen fit comprendre à Florence qu'il serait flatté si elle décidait de l'honorer de sa compagnie régulière, auquel cas il lui fournirait bien sûr un appartement. Il se vanta, sans l'ombre d'un scrupule, d'en avoir réquisitionné de splendides, parmi lesquels elle n'aurait qu'à choisir. Sur ce, il la complimenta pour la Duesenberg : Florence était une femme de goût, qui méritait d'être entourée de belles choses. Elle lui raconta à quel point elle s'était sentie seule à Paris après le décès de son mari, mais elle se lassait de sa vie à Antibes et n'excluait pas de revenir vivre à la capitale. Pour ce qui était de l'appartement, toutefois, elle réservait encore sa réponse… Le colonel déroulait le grand jeu sans lui forcer la main.

En la raccompagnant à l'hôtel ce soir-là, il lui déposa un léger baiser sur les lèvres. Alex aurait sans doute paniqué s'il s'était montré plus entreprenant, mais jusque-là, elle contrôlait la situation. À vrai dire, il y avait quelque chose de follement amusant dans le fait de charmer ces messieurs pour leur extorquer des informations confidentielles. Alors que les services de renseignement de l'armée britannique s'employaient à découvrir les grandes lignes du plan d'action de la Wehrmacht, le travail d'Alex consistait à récolter une foule de petits détails qui, mis bout à bout, pouvaient faire toute la différence. Elle avait l'impression d'être un prestidigitateur qui tire de sa manche des foulards de soie, ou fait sortir une pièce de monnaie de l'oreille de son interlocuteur… Et ce petit jeu, quoique très risqué, avait quelque chose d'addictif.

Alex reçut encore des fleurs le lendemain. Elle envoya un mot au général allemand afin de décliner son invitation à déjeuner. Mais que pourrait-elle bien faire du bracelet en diamant de Klaus ? À son retour en Angleterre, où elle devait passer pour une simple conductrice, elle ne pourrait pas garder un objet d'une telle valeur.

Le soir venu, la pugnacité de la jeune femme finit par payer. Klaus l'avait invitée dans un dancing très chic, près des Champs-Élysées. « La nuit nous appartient », avait-il déclaré. Entre deux tangos langoureux, une coupe de champagne en appelant une autre (Alex prenait soin de boire beaucoup moins que lui), il se laissa aller à des confidences plus intimes : il avait à Munich une femme et cinq enfants, ce qui ne l'empêchait pas de prendre du bon temps à Paris. Klaus donnait de lui-même l'image d'un conquérant que rien ne pouvait arrêter… Il en vint enfin à s'épancher sur ses activités militaires, et évoqua en particulier les bombardements planifiés à travers l'Europe au cours des semaines à venir. Et comme ils s'étaient découvert une passion commune pour les beaux-arts, le colonel mentionna le fait que les nazis avaient entrepris le pillage des œuvres appartenant aux galeristes et aux collectionneurs de confession juive. Hitler, mais surtout Goering, s'employait à affréter des trains entiers remplis de tableaux pour la constitution de collections personnelles en Allemagne et en Autriche. C'était d'ailleurs la raison de l'actuelle visite du Reichsmarschall à Paris. Alex dut recourir à tout son sang-froid pour dissimuler son indignation...

À un moment donné, l'officier murmura à l'oreille d'Alex qu'il n'aurait qu'à tirer sur la rangée de strass nouée sur sa nuque pour que sa robe de satin noir glisse à ses pieds... et qu'elle se retrouve nue sur la piste de danse.

— Cela vous plairait ? demanda Alex d'un air faussement ingénu. Au beau milieu de la piste ?

— Pas forcément au milieu de la piste. Mais je ne sais pas si je réussirai à attendre beaucoup plus longtemps...

— Moi non plus, murmura Alex.

L'œil du colonel s'alluma : on l'aurait dit sur le point de la dévorer et Alex sentit qu'elle jouait avec le feu.

— Ce soir ?

— Le moment est mal choisi, répondit-elle.

— Je comprends, affirma son partenaire en hochant la tête. Figurez-vous que je possède un très joli bateau, amarré à Cannes. Aimeriez-vous m'y accompagner ? Nous aurons tout le temps de choisir votre appartement à notre retour. J'en ai un en tête, qui ne manquera pas de vous plaire. C'est un Versailles en miniature, équipé d'une véritable salle de bal. En attendant, que diriez-vous de me faire visiter la Côte d'Azur ?

Alors qu'il avait vissé son regard au sien, il passa un doigt le long du bras nu d'Alex, lui effleurant imperceptiblement la poitrine au passage.

— Avec joie, souffla la jeune femme.

— Alors nous prendrons l'avion vendredi et passerons quelques jours à bord de mon yacht.

— Je n'aurais pas imaginé qu'un Bavarois comme vous puisse aimer naviguer, dit Alex en riant.

— Eh bien, il se trouve que… les propriétaires de ce petit bijou ont dû partir précipitamment. On me l'a donné en récompense de mes exploits sur le front de l'Est. Et vous pouvez me taquiner tant que vous voudrez, mais figurez-vous que j'adore la mer !

Sans cesser de sourire, Alex fut révoltée en comprenant que ce bateau avait lui aussi été spolié. La plaisanterie avait assez duré. Elle avait récolté autant d'informations que possible, et ne pouvait plus se permettre de prendre davantage de risques. Il était temps pour Cendrillon de quitter le bal.

Ils bavardèrent encore un instant, puis Alex déclara qu'elle était épuisée et avait rendez-vous le lendemain matin pour un essayage chez Dior.

— La prochaine fois, je viendrai avec vous, déclara le colonel, et je choisirai ce que j'aimerais vous voir porter.

La jeune femme acquiesça, comme si elle était touchée de cette proposition.

Il la raccompagna jusque devant l'hôtel et, une fois encore, déposa un baiser sur ses lèvres avant de la quitter. Dès qu'elle eut rejoint sa chambre, Alex remballa ses robes de soirée et son manteau en vison. Elle ne garda que le tailleur bleu marine dans lequel elle était arrivée le premier jour ; elle le porterait au moment de quitter l'hôtel le lendemain. Après avoir tout rangé, elle nota en langage codé les informations récoltées dans la soirée et remisa le carnet dans la doublure de la valise.

Après quelques heures de sommeil, elle descendit dans le hall désert de l'hôtel et régla sa note à la réception, y compris pour la nuit suivante. Puis elle laissa au concierge un pourboire plus que généreux, en lui demandant de ne dire à personne qu'elle était partie pour de bon.

En moins d'une heure, le jeune paysan la conduisit à la ferme. Alex demanda à Brouillard de donner en Angleterre le signal du départ, afin que ses collègues viennent la chercher.

— Tout s'est bien passé ? demanda le résistant.

— Oui, mais je ne veux pas tenter le diable plus longtemps.

Tandis que Brouillard se rendait à la ferme voisine pour envoyer le message par radio, elle enfila sa tenue de parachutiste, replaça les vêtements dans la gaine, puis rangea ses notes codées dans une pochette qu'elle dissimula sous sa combinaison.

Brouillard revint peu après avec la réponse des collègues du SOE.

— Ils viennent me chercher à 21 heures, décoda Alex.

— Nous serons prêts, assura Brouillard.

Quatre ou cinq de ses compagnons d'armes, munis de lampes de cheminots, devraient éclairer une clairière qui servirait de piste d'atterrissage. Alex surgirait alors de la lisière du bois pour monter à bord de l'appareil. Sa mission était loin d'être terminée. Alex tendit à Brouillard l'écrin de chez Van Cleef, accompagné d'une note rédigée sur le papier à en-tête de l'hôtel.

— Avez-vous un messager qui pourrait porter ceci au Meurice demain, une fois que je serai partie, et sans prendre trop dc risques ? C'est quelque chose que je dois rendre à celui qui me l'a offert.

— On devrait y arriver, dit Brouillard d'un air détaché.

Le message était simple.

La vie parisienne n'est pas faite pour moi. Je retourne dans ma province. Merci pour ces merveilleux moments.

Florence

Son éducation lui dictait que c'était ce qu'il y avait de plus élégant à faire, même si Klaus était un officier SS. D'ailleurs, elle ne voulait pas se rendre coupable du recel de ce bijou, car qui sait où et comment il l'avait déniché... Elle sourit à l'idée qu'elle aurait pu devenir une courtisane grassement entretenue, si elle l'avait souhaité ! Voilà une anecdote qu'elle espérait raconter un jour à ses petits-enfants.

Alex passa le reste de la journée à attendre dans sa cachette. Enfin, à 20 h 30, elle prit ses affaires et Brouillard l'accompagna jusqu'à la clairière. Quatre autres maquisards se tenaient prêts à allumer leurs torches dès qu'ils entendraient l'avion. La nuit était froide, tous grelottaient. Soudain, Alex se demanda si Klaus avait déjà compris qu'il ne la reverrait plus. Il lui avait donné rendez-vous chez Maxim's, où il devait l'attendre depuis une trentaine de minutes... Le contraste entre la vie de ces occupants, qui prenaient du bon temps en France, et les affres de la guerre que subissaient les populations, à Paris comme à Londres, était pour le moins saisissant.

Soudain, ils entendirent un avion approcher, et les résistants sortirent à découvert pour allumer leurs lampes. Au même instant, deux bras musclés saisirent Alex, encore cachée dans les fourrés, et la tirèrent vers l'arrière. C'était un jeune soldat allemand, qui observait leur manège depuis un moment. Avec son gros sac sur le dos, Alex ne parvint pas à mettre en pratique ses prises d'autodéfense. L'avion était tout proche. Et alors qu'elle avait cessé de se débattre, le soldat sortit son pistolet. Sans l'ombre d'une hésitation, la jeune femme fit glisser son poignard de sa manche vers sa paume et frappa derrière elle, dans le ventre du soldat. L'homme poussa un râle, les yeux hagards, laissa tomber son arme et s'écroula sur le sol. Brouillard, surpris de ne pas voir arriver Alex alors que l'avion venait de se poser, revint sur ses pas et poussa un juron en découvrant ce qui s'était passé.

— Je suis vraiment navrée, s'excusa-t-elle en essuyant son poignard dans l'herbe d'une main tremblante. Qu'allez-vous faire, maintenant ?

Elle aurait préféré ne pas laisser de trace de son passage, encore moins sous la forme d'un cadavre à éliminer.

— Un boche de plus ou de moins..., répondit le résistant. Ne vous inquiétez pas, nous allons faire en sorte qu'il sc volatilise. Vous, alors, vous êtes tout de même une sacrée bonne femme ! Vous sauriez faire la même chose en robe de soirée et talons hauts ?

— Sans doute, même si j'avoue que cela ne m'est encore jamais arrivé. Merci pour tout, et prenez soin de vous. Vous comptez garder la voiture ?

— Autant que possible.

Elle rit, lui adressa un signe de la main et courut en direction de l'avion aussi vite qu'elle put, de peur que d'autres soldats ne tentent de l'arrêter. Un aviateur la hissa à bord, la porte fut refermée et l'avion décolla un instant plus tard. On n'entendit aucun coup de feu : le jeune soldat allemand était venu seul. L'appareil prit de l'altitude dans le ciel hivernal étoilé. Quelle étrange expérience Alex venait de vivre… Pour la première fois, on lui avait offert un bracelet en diamant, pour la première fois, elle avait tué un homme. Dans son nouveau métier, ce ne serait peut-être pas la dernière. Le soldat était jeune, mais c'était un ennemi : elle ne ressentait pas la moindre culpabilité.

7

De retour à Londres, Alex fit son rapport et remit ses notes codées au capitaine, qui fut très satisfait des résultats de la mission. Encore ébranlée par l'épisode de la mort du soldat, elle se confia à son supérieur.

— La première fois que l'on prend la vie de quelqu'un, c'est toujours un choc, lui répondit-il. Mais c'était la seule chose à faire. C'était vous ou lui. Si vous n'aviez pas agi ainsi, les résistants et vous-même auriez été abattus ou dénoncés.

— Je sais. C'était un sentiment vraiment étrange. Je pensais que je me sentirais coupable, mais en fait non.

— C'est pourquoi vous êtes un si bon agent. Vous faites ce qu'il faut sans hésiter, pour sauver votre vie ou celle des autres. C'est la guerre, Wickham, mais nous devons apprendre à faire la paix avec nos actes et aller de l'avant.

Deux jours après, Richard sortit de l'hôpital et ils se retrouvèrent dans un restaurant. Il la rassura sur son état de santé – il se remettait bien plus rapidement que prévu – et il prit à son tour des nouvelles de son dernier convoi.

— Oh, ça s'est bien passé. Tu sais... transporter des cailloux n'a rien de très passionnant...

— Je ne sais pas pourquoi, mais j'ai parfois l'impression que tu fais des choses beaucoup plus passionnantes que conduire un camion, et que tu ne m'en parles jamais.

— Bien sûr, tu veux dire des choses comme partir quelques jours à Paris, commander des vêtements chez Dior et flirter avec des officiers SS qui m'offriraient des diamants ?

Richard éclata de rire, interloqué.

— Bon, je ne pensais pas à quelque chose d'aussi extravagant. Je regrette juste qu'ils n'utilisent pas davantage tes compétences. Nous avons certes besoin de conducteurs de camion, mais tu es capable de tellement plus.

— Merci pour le compliment, mais au moins je ne reste pas à faire du tricot dans le Hampshire.

— Quand même, il doit bien y avoir autre chose.

— Peut-être..., fit Alex avant de changer de sujet.

Ce soir-là, Richard avait pu emprunter le petit appartement d'un ami, et ils passèrent leur deuxième nuit ensemble. Il était clair pour eux que ces occasions resteraient rares tant que leurs missions respectives les mobiliseraient...

Les attaques aériennes que le colonel Klaus von Meissen s'était vanté de fomenter eurent bel et bien lieu. Mais grâce à Alex, l'armée britannique était prévenue et bien préparée. Au SOE, ses supérieurs étaient très impressionnés par la quantité d'informations qu'elle avait pu récolter. Et la Royal Air Force ripostait après chaque embuscade. Alex savait que Geoffrey participait souvent à ces expéditions punitives. Chaque fois qu'elle le voyait, il paraissait plus stressé et épuisé. La guerre usait les corps et les esprits.

Moins d'un an après la mort de William, la guerre frappa de nouveau les Wickham. Alex reçut un coup de fil de sa mère à la caserne ; c'était déjà une chance qu'elle ne soit pas en mission… Victoria était dans un tel état de nerfs qu'elle arrivait à peine à parler. Il fallut à Alex cinq bonnes minutes pour comprendre que quelqu'un du bureau de la Guerre était passé au manoir lui annoncer que l'avion de son fils avait été abattu lors d'une mission en Allemagne. Alex ressentit comme une énorme déflagration. Ses deux frères étaient morts. Et alors que William, plus raisonnable et distant, avait incarné le grand frère parfait, Geoffrey avait toujours été le complice et le meilleur ami de la jeune femme. Ensemble, ils avaient fait les quatre cents coups. Comment allait-elle pouvoir continuer à vivre sans lui ?

Elle se précipita, en sanglots, dans le bureau de son supérieur pour demander immédiatement une permission. Le capitaine Potter lui témoigna toute sa compassion. Il avait beaucoup d'affection pour la jeune femme, qui avait su gagner son respect et sa confiance par le succès de ses différentes missions.

— Vous savez, Wickham, que vous pouvez quitter les services secrets quand vous le voulez et sans avoir à en rougir. En tant que seule survivante de votre fratrie, vous n'avez pas forcément envie de continuer à vous mettre en danger pour nous. Il faut penser à vos parents, au coup que leur infligerait votre disparition. Certes, ils ne savent rien de vos activités chez nous, mais c'est votre droit le plus strict de vouloir les protéger. Prenez le temps d'y réfléchir. En attendant, vous avez une permission de deux semaines pour être aux côtés de vos proches.

Alex savait que le capitaine avait raison : si elle devait disparaître à son tour, ce serait fatal pour les Wickham. Ses parents ne s'en remettraient pas. Hélas, elle ne pouvait pas leur demander conseil pour prendre cette décision... Elle laissa un message à Richard et partit pour le Hampshire dans un état d'hébétude. Chez ses parents, elle n'était plus un agent secret. Dans le décor où elle avait grandi, elle n'était plus qu'une jeune fille comme une autre qui venait de perdre ses deux frères.

Comme il fallait s'y attendre, Victoria et Edward étaient anéantis. Pour la seconde fois, ils assistèrent à des obsèques sans cercueil ni enterrement, mais les gens de tout le comté étaient venus en masse. Alex fit de son mieux pour soutenir sa mère. Aurait-elle encore la force de s'occuper de la vingtaine d'enfants hébergés au manoir ? D'un autre côté, Alex savait que leur présence lui faisait du bien... Quelques jours après la cérémonie, alors qu'elle se promenait avec son père, elle prit son courage à deux mains et lui demanda directement :

— Papa, souhaitez-vous que je rentre vivre au domaine ?

— Et qu'y ferais-tu ? dit-il avec un sourire mélancolique. Tu as vécu des choses plus passionnantes à Londres. Est-ce que tu te vois faire des travaux d'aiguille avec ta mère, tous les soirs au coin du feu ? Il n'y a plus un seul jeune homme valide dans nos campagnes. Ils sont tous à la guerre. Ici, tu serais seule, malheureuse. Tu nous manques terriblement, mais nous ne pouvons pas te demander une chose pareille.

Les yeux d'Alex s'embuèrent en entendant son père prononcer des paroles aussi généreuses. Il avait raison, une fois de plus : elle n'avait absolument pas envie de revenir vivre avec eux. Après la guerre, éventuellement... Mais même alors, ce ne serait pas facile. Elle avait 24 ans et la vie devant elle. Elle n'était plus seule depuis qu'elle avait rencontré Richard, et elle ne voulait plus cacher son existence à ses parents.

— J'aimerais vous présenter quelqu'un, papa. Un ami rencontré à Londres. Peut-être pourrait-il venir ici lors d'une prochaine occasion ?

— Un jeune homme ? demanda Edward en scrutant le regard de sa fille. Est-ce qu'il compte beaucoup pour toi ?

Alex opina gravement.

— Alors nous devrions le rencontrer. Parle-moi un peu de lui.

— Eh bien, il se passionne pour les avions depuis tout petit. Il est doux, bienveillant et intelligent. Il a étudié dans un pensionnat en Écosse, puis à Cambridge. Mais il craint de ne pas vous plaire, car il n'est pas aussi titré que nous.

— Et pour toi, est-ce un problème ?

— Pas du tout. Je l'aime. Il est plein d'égards et saura prendre soin de moi.

— Tu as donc changé d'avis au sujet du mariage ?

— Je ne veux pas l'épouser pour le moment, la guerre sévit et entache tout. Nous y réfléchirons ensuite.

— C'est une décision très sage. D'ailleurs, je sens bien que ce conflit va tout changer. Après la Grande Guerre, toute la société en est sortie profondément ébranlée. Il ne reste plus grand-chose de notre vie d'autrefois, et encore moins de l'aristocratie. Avant, les mariages scellaient des liens entre les familles, on épousait des gens que l'on connaissait depuis l'enfance. Mais la guerre bouleverse tout, et désormais il faut bien accepter que des personnes de classes et d'horizons différents puissent se rencontrer. Il y a vingt ans, je n'aurais pas aimé l'idée que tu épouses le fils d'un petit hobereau, j'aurais eu pour toi de plus grandes ambitions. Mais à présent, rien de tout cela n'a plus d'importance. J'aimerais rencontrer ce garçon. Dis-lui qu'il est le bienvenu pour t'accompagner la prochaine fois que tu viendras nous voir.

— Merci, papa ! Pensez-vous que maman sera du même avis que vous ? Je sais qu'elle espérait me voir épouser un comte ou un duc quand j'ai été présentée à la Cour. Mais il se trouve que je ne suis pas tombée amoureuse à ce moment-là.

— Si c'est l'homme que tu aimes, nous devons le rencontrer au plus vite, nous ne sommes pas des rustres ! J'imagine qu'il est pilote, puisque tu me dis qu'il aime les avions…

— Oui, il commande une escadrille de la Royal Air Force.

Edward secoua la tête.

— Eh bien dis-lui de rester en vie jusqu'à la fin de la guerre ! Quant à ta mère, ne t'inquiète pas, elle ne souhaite que ton bonheur. Et un jour, tu hériteras du domaine… Ton ami aime-t-il la campagne ?

— Je ne sais pas, pour autant que je sache, il est plus attiré par le ciel que par la terre.

— Je suis sûr qu'il apprendra à l'aimer aussi, dit Edward.

Puis ils rejoignirent le manoir en silence. La disparition de William et Geoffrey avait changé bien des choses…

Les deux semaines passées dans le Hampshire furent tristes mais paisibles. Elle n'essaya pas, comme aux dernières vacances de Noël, de remonter le moral de ses parents : il fallait laisser sa place au chagrin. Edward et Victoria regrettèrent de la voir repartir pour Londres. Et elle n'avait pas résolu son dilemme au sujet du SOE. Continuer à prendre autant de risques était cruel envers ses parents ; d'un autre côté, lors de ses missions d'ambulancière, et même en tant que simple citoyenne britannique, Alex risquait jour et nuit de périr sous les bombes.

Elle venait de rentrer à la caserne et se débattait encore avec sa conscience, lorsqu'une de ses camarades lui annonça qu'on la demandait au téléphone. Elle descendit dans le hall pour prendre l'appel. C'était le capitaine Potter.

— Avez-vous pris une décision ? demanda-t-il.

— Pas encore. Je me sens si partagée… Je voudrais continuer, et pourtant je sais que vous avez raison : mes parents ne s'en remettraient pas s'il m'arrivait malheur.

— J'ai bien peur de vous compliquer encore la tâche… Quelle que soit votre décision pour la suite, j'ai absolument besoin de vous pour une mission importante d'ici quelques jours. Pourriez-vous passer au bureau demain pour en parler ?

Le lendemain, il lui expliqua que le SOE devait envoyer quelqu'un de toute urgence pour une mission de repérage, dans le but d'organiser le sabotage d'une usine de munitions en Allemagne. Cette fois, Potter avait suffisamment confiance en la précision et la diligence d'Alex pour ne pas lui assigner de partenaire. Ce qui signifiait aussi qu'elle prendrait seule tous les risques. Comme lors de son récent voyage en France, elle serait parachutée sur place : ce ne serait pas exactement une promenade de santé, mais le capitaine savait que la jeune femme disposait de toutes les compétences requises.

— Puis-je vous donner ma réponse demain ? demanda-t-elle.

— Oui. Si vous ne voulez pas y aller, je respecterai votre décision et j'enverrai quelqu'un d'autre, qui malheureusement ne sera sans doute pas de votre niveau. Peut-être pourriez-vous vous retirer juste après cette mission ?

— Je pense que je n'en aurai pas envie. Quand on a mis le pied dans les services secrets... c'est dur de passer à autre chose. Et ça me plaît beaucoup. La nuit porte conseil, comme on dit, alors si vous le voulez bien, je vous appelle demain à la première heure pour vous donner ma réponse.

En principe, Alex devait dîner avec Richard ce soir-là, mais elle fut soulagée lorsqu'il appela pour décommander. Deux de ses pilotes étant malades, il devait prendre leur place. Ce qui laisserait à la jeune femme le temps de réfléchir.

Alex ne ferma pratiquement pas l'œil de la nuit.

— C'est bon, dit-elle le lendemain matin au capitaine Potter. Quand dois-je embarquer ?

— Vendredi. Vous devez venir au bureau demain, jeudi. Prévoyez toute la journée, le briefing sera dense. Nous recevons nos instructions directement du bureau de la Guerre et du Premier ministre.

Alex raconterait à Richard qu'elle devait retourner en Écosse...

Tout ce qu'elle savait en réalité, c'est qu'on allait la parachuter au-dessus de l'Allemagne, où elle resterait environ cinq jours. Elle avait bien l'intention d'en revenir saine et sauve : pas question d'abandonner ses parents ni de faillir à son pays.

Alex passa toute la journée dans les locaux du SOE, pour y étudier le carnet de route et la liste des requêtes du bureau de la Guerre. Le Premier ministre en personne avait signé une partie du dossier. La mission était donc de toute première importance ; Alex mesurait l'honneur que lui accordait le capitaine en la lui confiant.

La veille du départ, elle dîna avec Richard. Elle lui expliqua qu'elle devait prendre la route pour l'Écosse avant l'aube, et ne pouvait donc pas passer la nuit avec lui. Il fut touché d'apprendre qu'elle avait parlé de lui à ses parents, comme elle l'avait promis, et que son père ne se cramponnait pas à l'idée qu'il ne fasse pas partie de l'aristocratie.

— Tu es sûre de pouvoir prendre le volant demain matin ? demanda Richard. Tu as l'air nerveuse.

Il commençait à si bien la connaître qu'il décelait ses moindres changements d'humeur.

— Tu dois avoir raison, je suis un peu stressée. Tu sais comment sont les routes là-haut, surtout en ce moment…

— J'aimerais croire que c'est la seule chose qui t'inquiète… Enfin, quoi qu'il en soit, sois prudente. Tes parents et moi avons besoin de toi.

Alex hocha la tête et resta ce soir-là plus taciturne que de coutume. Elle ne cessait de se répéter mentalement les différentes étapes de la mission à venir. Il lui faudrait changer trois fois de passeport, apprendre des cartes par cœur, envoyer et recevoir des messages codés ; et si possible se livrer à un sabotage. On ne lui avait jamais confié autant de tâches délicates à la fois.

Le jour J, le parachutage ne présenta aucune difficulté et elle rencontra rapidement son contact sur place qui lui transmit les documents dont elle avait besoin. Sous sa fausse identité, elle descendit dans un petit hôtel à proximité de l'usine de munitions. La nuit, elle gardait son Sten sous l'oreiller, et le jour elle avait son petit pistolet dans la poche et son poignard dans la manche. Elle dormait peu et envoyait des messages codés par l'intermédiaire d'un agent local. Cette mission requérait un immense effort collectif. Au bout de quatre jours, elle avait collecté toutes les données que demandait le bureau de la Guerre. Ses complices devaient la récupérer en avion le lendemain. La destruction de l'usine, qu'elle avait contribué à préparer, était prévue pour le jour d'après.

Or une bombe explosa en pleine nuit dans les bureaux de l'usine, causant juste assez de dégâts pour attirer l'attention sans détruire la structure. Des inconnus avaient coupé l'herbe sous le pied des renseignements britanniques. Alex écrivit à sa hiérarchie. On lui répondit qu'il était inutile d'enquêter sur l'identité des saboteurs. Au contraire, il lui fallait repartir au plus vite, car l'incident avait attiré des troupes allemandes sur les lieux.

Elle se rendit aisément au point de rendez-vous. Le vrombissement du moteur approchait, l'avion était sur le point de se poser, lorsqu'une décharge violente déchira l'air. L'avion fut touché et s'écrasa, avant de prendre feu et d'exploser dans un énorme fracas. Alex rampa dans les buissons, puis courut se cacher quelques heures dans les collines environnantes.

Les soldats ne l'avaient pas trouvée, mais comment rejoindre l'Angleterre, à présent ?

Alex se retrancha sur un point culminant, à 4 ou 5 kilomètres de l'usine, qu'elle surveillait à l'aide de sa paire de jumelles. Elle attendit que sa propre œuvre de sabotage porte ses fruits : à l'heure prévue, la jeune femme se boucha les oreilles et le bâtiment explosa, laissant à sa place un cratère de plusieurs dizaines de mètres. Au moins Alex avait-elle la satisfaction d'avoir mis cette usine hors d'état de nuire, mais elle devait maintenant s'en sortir par ses propres moyens. Elle s'aménagea un bivouac dans un abri sous roche. Au bout de quatre jours, les rations de l'armée que contenait son paquetage touchèrent à leur fin. Priant pour que l'agitation autour de l'usine soit un peu retombée, Alex décida de rejoindre la petite ville. Son contact fut surpris de la revoir. Ils parvinrent à appeler à l'aide et on leur assura qu'un nouvel avion viendrait chercher Alexandra le soir même.

De retour à Londres, elle fit son rapport au capitaine Potter, qui la félicita chaleureusement. Il lui réitéra ensuite sa question.

— Alors, pensez-vous nous quitter ?

Sa retraite de quatre jours dans une forêt allemande lui avait laissé le temps de réfléchir…

— Non, soupira-t-elle. Je pense que je n'arriverai jamais à raccrocher. D'ailleurs, j'en suis venue à me demander ce que font les espions quand ils deviennent vieux ?

Le capitaine sourit, enchanté.

— Ils continuent, tant que leur mémoire est intacte ! Certains le font jusqu'à la fin de leurs jours. J'imagine que c'est le sort qui m'attend.

— Eh bien je n'exclus pas cette possibilité, moi non plus. Mais pour le moment, je vais juste rentrer me coucher. Au moins, cette fois, je n'ai tué personne.

Ils savaient cependant tous les deux que cela se reproduirait un jour. C'était un des risques du métier.

Le lendemain soir, au restaurant, Richard demanda à Alex comment s'était passé son voyage en Écosse.

— Oh, comme d'habitude, plutôt fatigant et routinier… Puis on a pris du retard, je ne suis rentrée qu'hier…, commença-t-elle.

— Peut-être est-il préférable que je ne te demande plus rien à ce sujet…, fit Richard avec un sourire indulgent. Si cela peut t'éviter de devoir mentir à l'homme que tu aimes…

Plutôt que de le contredire, Alex le gratifia d'un baiser. Après avoir passé l'après-midi à faire le rapport de sa mission au bureau de la Guerre, elle était trop fatiguée pour argumenter.

— Puis-je te convaincre de passer la nuit avec moi ? murmura Richard.

— Est-ce que cela pourrait attendre demain ? Je suis si épuisée, s'excusa Alex.

— J'ai l'impression que tu t'éloignes de moi…

— Je te jure que non. J'ai seulement besoin de me reposer.

— Voilà ce qui arrive quand on passe son temps à trimballer des cailloux d'un bout à l'autre de la Grande-Bretagne !

— Il faut le croire, répondit Alex en l'embrassant à nouveau.

8

Au mois d'août, Richard et Alex purent se rendre ensemble dans le Hampshire. C'était le premier anniversaire de la mort de William, aussi la famille alla-t-elle se recueillir au cimetière, où la stèle de Geoff avait rejoint celle de son frère aîné. Le reste du week-end fut paisible et agréable. Le temps commençait à faire son œuvre. Alex montra à Richard tous les recoins de la propriété où elle jouait autrefois avec ses frères, les arbres auxquels elle grimpait et la cabane qu'ils avaient construite tous les trois.

Richard prit le temps de discuter avec les parents de sa bien-aimée, et fit une longue marche avec son père. Edward ne demanda pas à son hôte quelles étaient ses intentions – il les connaissait déjà par sa fille –, mais il voulait se faire une idée de l'homme qu'Alex épouserait un jour. Il constata avec plaisir que Richard était poli, cultivé et aimable. Le jeune pilote ne venait certes pas d'une grande famille et n'avait pas de fortune, mais c'était un vrai gentleman, doux et bienveillant. Surtout, on voyait bien qu'il adorait Alex. La seule fois où sa mère exprima encore le regret que Richard ne fasse pas partie de la haute aristocratie, la jeune femme lui répéta que cela lui était bien égal. D'ailleurs, la plupart des jeunes nobles du voisinage avec lesquels elle avait grandi étaient morts au combat.

Alex était heureuse avec Richard, et tous les deux étaient du même avis : mieux valait attendre la fin de la guerre pour officialiser leurs fiançailles.

Les États-Unis entrèrent dans le conflit en décembre de cette même année 1941, après l'attaque japonaise sur Pearl Harbor, dans l'archipel d'Hawaï, et le fait de se savoir soutenus par les troupes américaines donna aux Alliés un regain d'énergie.

Alex et Richard passèrent Noël dans le Hampshire, le premier depuis la disparition de Geoff. Même si plus rien n'était comme avant, Richard apportait à la maison une nouvelle présence masculine. Et il joua toute la semaine le rôle d'un oncle bienveillant auprès des pensionnaires londoniens. Alex était ébahie de les voir grandir aussi vite.

Richard remercia abondamment Edward et Victoria de l'avoir invité, et les jeunes gens repartirent le premier janvier, selon l'habitude d'Alex.

Au printemps, les deux amoureux eurent bien du mal à trouver le temps de se voir.

Un millier de bombardiers devaient se diriger vers Cologne au mois de mai, et autant vers Essen en juin, puis vers Brême où se trouvait l'usine produisant les avions de chasse Focke-Wulf. Les bombardements se poursuivirent et finirent par saper la force industrielle du régime nazi. Tandis que Richard combattait depuis les airs, Alex s'infiltrait sur le terrain plusieurs fois par mois, fournissant au bureau de la Guerre les informations dont ils avaient besoin pour planifier les bombardements. En 1943, les Alliés résolurent de s'en prendre directement à la capitale allemande.

En mars 1944, Alex fut parachutée pour l'une des missions les plus périlleuses qu'elle ait connues. Il s'agissait de soutenir l'évasion d'officiers de la Royal Air Force du camp « Stalag Luft III ». Situé en Basse-Silésie, à la frontière entre l'Allemagne et la Pologne, ce camp détenait des centaines d'aviateurs des armées alliées. Avec son unité, Alex parvint à en sauver trois et à les ramener en Angleterre. Mais sur les 76 prisonniers qui avaient tenté de s'évader, ces trois-là furent les seuls à y parvenir. Les autres furent fusillés ou réincarcérés.

Deux mois plus tard, alors que la planification du débarquement de Normandie battait son plein, Alex était devenue une figure familière et reconnue du bureau de la Guerre. Le 6 juin, l'escadrille de Richard entra en action dans les airs, pendant que les armées américaine, canadienne et britannique débarquaient sur les plages.

Alex ne s'excusait plus de ses absences auprès de Richard. Il y était habitué. Le roi et la reine eux-mêmes ne devaient pas s'être rendus en Écosse aussi souvent que le prétendait Alex... Tout ce qui comptait pour lui, c'était qu'elle revienne rapidement, saine et sauve. Il acceptait que, comme lui, elle soit obligée de dissimuler certains aspects de son travail. Ils partageaient le même objectif : gagner la guerre, pour y mettre fin au plus vite.

Alex avait maintenant 28 ans et Richard 36. Ils s'aimaient depuis quatre ans et les Wickham appréciaient sa compagnie. Malgré son origine sociale, les parents d'Alex considéraient naturel que le bonheur de leur fille passe avant tout.

À la suite du Débarquement, pendant les trois mois que dura la libération du pays, la plupart des missions d'Alex se déroulèrent en France. Pour préparer l'avancée du front allié, elle allait directement à la rencontre des maquisards. Elle devint experte dans le maniement des explosifs et dut recourir, en plusieurs occasions, à ses armes de défense, en particulier son redoutable petit poignard.

Un jour, alors qu'ils s'embrassaient langoureusement, Richard trouva le pistolet dans la jarretière d'Alex. Il le sortit et le contempla, perplexe.

— Je suppose que ça t'aide à mieux conduire ? Est-ce que tu tires sur les autres routiers quand ils te barrent le passage ? demanda-t-il en haussant un sourcil.

— Quelque chose comme ça, oui...

— En tout cas, c'est un bien bel objet. Est-ce qu'il marche vraiment ?

— Tu veux que je te fasse une démonstration ?

— Non, en fait je ne préfère pas !

À une autre occasion, il tomba aussi sur son poignard, mais il ne lui en dit rien. Il n'avait en revanche jamais mis la main sur le pistolet-mitrailleur, que la jeune femme gardait dans son placard à la caserne (elle venait de recevoir un tout nouveau modèle, équipé d'un silencieux). Richard commençait cependant à se douter de quelque chose. Ses doutes se confirmèrent alors qu'ils folâtraient dans les champs du Hampshire. Par jeu, la jeune femme retourna son amoureux, lui infligeant une prise de judo et un placage qui lui coupèrent littéralement le souffle pendant une bonne minute.

— Alexandra Wickham… vous êtes une femme dangereuse, haleta Richard.

— Oups ! J'essaie pourtant de me contenir…

— Ce genre de compétence te sert plutôt à soulever des blessés, ou bien des sacs de ciment ?

— Les deux, mon capitaine.

Malgré les secrets qu'ils gardaient l'un pour l'autre, leur amour croissait d'année en année.

Onze mois après le Débarquement, huit après la libération de Paris, l'armistice fut enfin signé, le 8 mai 1945. Richard et elle avaient joué un rôle important au cours des derniers jours de la guerre. Une semaine après la reddition de l'Allemagne, le supérieur de

Richard informa celui-ci qu'il allait être décoré pour sa vaillance, son courage et son dévouement. Alex était très fière de lui, et n'attendait aucune distinction pour elle-même. Au cours des cinq dernières années, elle n'avait agi que par amour pour son pays, et pour hâter la fin de la guerre.

Dans le Hampshire, le moment était venu pour Victoria de restituer ses pensionnaires à leurs parents. La plupart n'étaient jamais venus leur rendre visite, soit pour suivre les recommandations du gouvernement, soit en raison de difficultés matérielles ou financières. Et plusieurs d'entre eux étaient morts : les Wickham et les enfants avaient appris les décès l'un après l'autre, au fil des ans. Sur les 20 pensionnaires, seuls 9 avaient encore une famille.

Après en avoir longuement discuté, les Wickham décidèrent qu'ils voulaient continuer à offrir un foyer aux 11 orphelins (parmi lesquels plusieurs fratries), qui sautèrent de joie à l'annonce de cette merveilleuse nouvelle.

Quant aux 9 autres, ils rentrèrent à Londres dans les deux semaines qui suivirent l'armistice. Tout le monde pleura à chaudes larmes : Victoria, Edward, Alex, les domestiques, les éducatrices et bien sûr les enfants, qui promirent de revenir et d'écrire souvent à « tante Victoria et oncle Ed ».

À la même période, Bertram Potter invita Alex dans son bureau submergé de piles de documents.

— Et maintenant, qu'allons-nous faire ? lui demanda-t-elle.

Au bout de cinq ans de collaboration, leur relation était devenue amicale.

— Je suppose que le gouvernement finira par fermer ce service. Nous avons rempli notre fonction. La guerre est terminée.

— Il n'y a donc plus besoin d'espions en temps de paix ?

— Si, bien sûr, mais ils dépendent habituellement de l'armée. Nous autres au SOE, nous sommes indépendants, même si nous avons coopéré avec eux. Nous nous serons tout de même bien amusés, n'est-ce pas ?

— Par moments, oui, je dois le reconnaître. Mais j'ai aussi cru mourir de peur.

— Et vous, quels sont vos projets ? Retrouver le Hampshire ?

— Je pense y retourner pour l'été, afin d'aider ma mère. Onze de ses pensionnaires sont maintenant orphelins et elle a décidé de les garder. Mais voilà six ans que je suis partie de chez mes parents, ce n'est plus vraiment chez moi. Donc je suppose que je chercherai du travail à l'automne. J'espère trouver quelque chose à Londres ; le Hampshire a toujours été bien trop calme pour moi. Et vous, capitaine ?

— Oh, j'en ai encore pour un an ou deux avec le classement et l'archivage, avant que nous puissions officiellement fermer nos portes. À ce propos… Que diriez-vous de me donner un coup de main avec toute cette paperasse ? Il y a de l'ouvrage pour dix !

— Pourquoi pas ? Je vous appellerai en septembre. J'ai besoin de passer du temps avec ma famille, et avec Richard.

— Et que va faire votre fiancé, maintenant qu'il n'a plus d'escadrille à commander ? J'imagine qu'il n'abandonnera pas l'aviation si facilement…

— C'est une bonne question. Lui-même n'a pas encore trouvé la réponse. Il ne pourra plus se contenter de donner des cours de pilotage, surtout que tous ceux qui voulaient apprendre en ont eu l'occasion pendant la guerre. Quant aux autres, je pense qu'ils ne veulent plus entendre le son d'un avion…

Deux semaines plus tard, alors qu'Alex était en train de préparer le dîner dans le petit appartement prêté par un ami, elle se retourna en entendant un drôle de bruit et découvrit Richard, un genou sur le carrelage, qui la regardait d'un air déterminé.

— Est-ce que tu vas bien ? demanda-t-elle, avant de comprendre où il voulait en venir. Oh… ! Maintenant ? Tu es sûr ? Pendant que je prépare un ragoût ?

— Oui, maintenant. Voilà près de cinq ans que j'attends ce moment.

Alex coupa le gaz et ôta son tablier.

— Alexandra Victoria Edwina Wickham, voulez-vous me faire l'honneur de devenir ma femme ?

Elle n'aurait jamais imaginé réagir de cette façon, mais ses yeux s'emplirent de larmes. Elle hocha la tête avant de répondre solennellement :

— Oui, je le veux.

C'est alors que Richard la surprit encore plus, en lui prenant la main et en glissant à son annulaire une bague de fiançailles. Elle contempla, incrédule, le petit diamant.

— Ça alors, quand l'as-tu acheté ?

— Hier, chez Asprey, mais c'est un bijou ancien.

Sur ce, Richard se releva pour l'embrasser longuement. Puis Alex se détacha.

— Puisque nous en sommes à officialiser les choses, as-tu demandé ma main à mon père ?

— Il y a trois ou quatre ans déjà, la première fois que tu m'as emmené chez eux.

Richard vivait encore à la base et Alex à la caserne. Dans le cadre du démantèlement du SOE, elle devrait bientôt déménager. En attendant, ce petit appartement leur permettait de se retrouver. Il était maintenant vide la plupart du temps, car le couple qui l'occupait auparavant était en plein divorce : pendant que l'ami de Richard était stationné hors de la ville, sa femme avait rencontré quelqu'un d'autre.

Alex ralluma le feu sous la marmite et ils s'assirent un moment à la table de cuisine. Cet appartement était vraiment trop petit pour qu'ils envisagent de s'y installer, mais ils adoraient la liberté qu'il leur offrait. Avant la guerre, Alex n'aurait jamais imaginé vivre ainsi avec un homme. Mais après six ans d'indépendance, de raids aériens et de missions de sabotage, plus personne ne prêtait attention aux mœurs de ses voisins. Si Richard et Alex n'étaient pas prêts à vivre ensemble au grand jour tant qu'ils n'étaient pas mariés, ils pouvaient en revanche passer la nuit ensemble à l'occasion, tant qu'ils restaient discrets.

— Quand prévoyons-nous les noces ? demanda Alex.

— Le plus vite possible. Hier ! Demain ! Il y a quatre ans ! Veux-tu te marier à Londres ?

— Allons plutôt dans le Hampshire, auprès de mes parents. En juillet ?

— Parfait. D'ici là, je devrais avoir reçu mon ordre de démobilisation, et il me faudra trouver un emploi. J'ai déjà quelques idées.

— Quant à moi, il me faut une robe ! s'exclama Alex. Et dire que je n'en avais jamais rêvé... Je n'attendais que toi !

Tous deux savaient qu'ils avaient bien fait d'attendre le retour de la paix pour s'unir. Ils pouvaient désormais se projeter dans leur avenir commun. L'appartement était équipé du téléphone : ils appelèrent les parents d'Alex pour leur annoncer la bonne nouvelle.

La cérémonie se déroulerait à l'église de leur paroisse, suivie d'une réception au manoir pour les amis des environs. Richard envisageait aussi d'inviter ses compagnons d'armes. L'un d'entre eux tiendrait le rôle de garçon d'honneur, tandis que les parents d'Alex seraient les témoins de la mariée. Bien entendu, Edward conduirait sa fille à l'autel. Alex fut très touchée quand Victoria lui proposa la robe de mariée qu'elle-même avait portée trente-quatre ans plus tôt. Cette année-là, en 1911, elle avait descendu, tout de blanc vêtue, le grand escalier du château de ses propres parents. Puis le jeune couple avait emménagé dans le manoir familial d'Edward. La grand-mère paternelle d'Alex habitait alors le petit manoir qui lui était réservé sur le domaine. Cette ravissante annexe était désormais inoccupée : jusque-là, Edward et Victoria la réservaient pour Alex, mais maintenant que ses frères avaient disparu, c'était toute la propriété qui lui reviendrait un jour.

De son côté, Richard avait hérité de l'exploitation agricole de son père, mais n'y avait pas mis les pieds depuis des années. Elle était louée à un fermier, responsable et bon gestionnaire ; Richard ne l'aurait revendue pour rien au monde, il était heureux de tirer un petit revenu de ce patrimoine familial. Comme Alex, il était le seul survivant de sa fratrie.

Quinze jours après la demande en mariage de Richard, Alex vida son placard à la caserne dans deux valises et prit le train pour le Hampshire. Richard la rejoindrait la semaine suivante.

En arrivant chez ses parents, elle eut l'impression d'être une princesse. Sa mère était aux anges. Elle avait fait préparer pour les futurs mariés la plus belle chambre d'amis du manoir, plus vaste que la chambre d'enfant d'Alex, mais aussi la plus éloignée des appartements d'Edward et Victoria.

La mère et la fille passèrent les deux semaines suivantes à préparer le mariage. L'heure était de nouveau à la fête ! Victoria fit ajuster sa vieille robe de mariée, qui allait maintenant comme un gant à Alex. Elle recruta même un petit orchestre pour que l'on puisse danser. Ensemble, elles choisirent les cantiques qui seraient chantés par la choralc à l'église, sélectionnèrent des fleurs dans la serre et embauchèrent un traiteur avec qui elles établirent le menu du repas de noces. Elles envoyèrent une cinquantaine de faire-part, la plupart à des personnes du voisinage, mais aussi à des amis de Londres. Le rationnement sévissait encore, on ne pouvait se permettre d'inviter davantage de monde, mais les jeunes mariés étaient heureux de pouvoir s'entourer de leurs plus chers camarades. Tant d'entre eux avaient disparu, à commencer par les frères et sœur des mariés…

9

La noce organisée par Edward et Victoria correspondait exactement aux attentes de Richard et Alex. La fête fut intime, élégante, mais moins formelle que la plupart des mariages d'autrefois. On avait dressé dehors des tables nappées de blanc, et le soleil estival était au rendez-vous. Victoria avait elle-même réalisé les compositions florales, en particulier le bouquet de la mariée, une cascade de muguet et d'orchidées blanches cultivées dans la serre du domaine.

Le repas fut simple mais délicieux : la liste des produits disponibles était encore limitée, ce qui n'empêcha pas le traiteur de dresser un buffet fourni et magnifiquement décoré. L'orchestre jouait de la musique romantique. Richard valsa avec Victoria, et Alex avec son père, ravi du bonheur de sa fille. La jeune femme portait maintenant une alliance discrète, venue rejoindre sa bague de fiançailles. Les 11 enfants accueillis étaient évidemment de la partie, chacun d'entre eux ayant eu droit à une tenue blanche confectionnée par Victoria pour l'occasion. Lors de la cérémonie, ils étaient tous entrés en procession dans l'église, précédant la mariée. Il était près de minuit lorsque les invités s'en allèrent, après avoir bu les dernières gouttes du whisky et du champagne achetés à prix d'or. Les mariés se retirèrent alors dans leur chambre, décorée d'orchidées blanches par les soins de Victoria.

Le lendemain, après le petit déjeuner, le couple partit en lune de miel. En train et en ferry, leur périple les amena jusqu'à Cannes. Ils descendirent au Carlton, où Richard avait réservé une suite avec vue sur la Méditerranée. Le célèbre établissement venait déjà de rouvrir, après avoir servi d'hôpital militaire pendant la guerre. Les jeunes mariés auraient aimé poursuivre leur voyage jusqu'à Venise, mais la situation était encore trop instable en Italie ; même si la Sérénissime elle-même restait relativement préservée, une bonne partie du pays était en ruine.

Pendant une semaine, ils mangèrent dans de petits restaurants à l'atmosphère feutrée, se promenèrent sur la Croisette, se baignèrent dans la mer et lézardèrent sur la plage, émerveillés de découvrir ce que pouvait être la vie de couple en temps de paix. Avant de partir, Alex avait remisé son arsenal au fond d'une malle dans le grenier de ses parents. Tout cela appartenait désormais au passé.

Ils revinrent dans le Hampshire bronzés et détendus. Un soir, alors qu'ils dînaient avec les parents d'Alex, Richard évoqua ses projets. Depuis quelque temps, il se demandait dans quel domaine ses compétences seraient le mieux employées, et quel genre de vie conviendrait à Alex et lui. Il ne se voyait pas banquier, encore moins professeur. Il n'avait appris qu'à piloter des avions mais ne pourrait pas nourrir une famille en donnant des leçons comme il le faisait avant la guerre. De plus, il n'avait aucune envie de devenir pilote de ligne : Alex et lui avaient été suffisamment séparés ces dernières années. Et après ses exploits militaires, il aurait eu la désagréable impression de n'être qu'un vulgaire chauffeur pour touristes !

— Cela va peut-être vous paraître insensé, dit-il avec fougue, mais j'ai pensé que le corps diplomatique pouvait ouvrir des perspectives passionnantes. Nous serions envoyés dans un pays pour une durée de quatre ans, avant de partir ailleurs. Et au bout du compte, je finirais bien par obtenir une position intéressante au ministère des Affaires étrangères.

Il scruta le regard d'Alex. Comme il s'y attendait, elle souriait. Il savait que cette promesse d'exotisme était faite pour lui plaire. Avec son don pour les langues et l'éducation qu'elle avait reçue, elle serait parfaite dans le rôle d'épouse d'un diplomate.

— Qu'en penses-tu, ma chérie ? Est-ce que cela t'ennuierait beaucoup de vivre un peu partout dans le monde pendant un certain nombre d'années, avant de retourner en Angleterre ?

— Nous espérions que vous voudriez rentrer dans le Hampshire, intervint Edward sans cacher sa déception. C'est un endroit merveilleux pour élever des enfants...

— Je suis sûr que nous reviendrons ici, affirma poliment Richard. Mais avant cela, le fait de résider dans différents pays et connaître d'autres cultures constituerait pour nos enfants et nous-mêmes une expérience extraordinaire.

— J'adore cette idée, dit enfin Alex. Nous ne nous ennuierions jamais, et ce serait l'occasion de rencontrer toutes sortes de gens intéressants.

Ce serait même une transition parfaite après ses années en tant qu'espionne de guerre. Comment revenir à une existence normale et routinière ? Sans ses missions, la vie lui aurait semblé trop calme, trop terne. Cette fois, Richard et elle avaient la possibilité de partir ensemble à l'aventure.

— Merveilleux ! s'exclama Richard. Je me suis renseigné juste avant notre mariage. On m'a dit que je devrais suivre une formation au ministère des Affaires étrangères pendant six à neuf mois, après quoi on m'assignerait ma première mission. Il faut s'attendre à des destinations lointaines.

Les parents d'Alex en restèrent bouche bée. Il ne leur était jamais venu à l'esprit que leur fille et son époux voudraient faire le tour du monde en changeant de pays tous les quatre ans. Mais Victoria fut forcée de reconnaître que cette voie leur correspondait bien, et elle admira l'ambition de Richard. Alex, bien sûr, partageait les mêmes dispositions.

— Mon chéri, tu es génial ! s'exclama-t-elle lorsqu'ils se retrouvèrent seuls ce soir-là.

— Crois-tu qu'il sera difficile d'élever des enfants si nous devons déménager trop souvent ? demanda Richard.

C'était là sa seule inquiétude.

— Non, je ne pense pas, répondit Alex. Ce serait plutôt une façon de leur ouvrir l'esprit. Et puis, tu imagines tous les avantages que nous aurions à appartenir au corps diplomatique ? Nous allons mener la grande vie !

— Parfait. Alors, si tu n'y vois pas d'objection, je commencerai ma formation en septembre, et nous partirons prendre notre premier poste au printemps.

Richard baissa la voix pour ajouter, plein d'espoir :

— Si tu veux, nous pouvons essayer d'avoir un enfant dès maintenant. Comme ça, il naîtra avant notre départ.

— Tu sais que j'ai hâte d'être mère. Mais je pense qu'il serait assez difficile d'emmener un si petit bébé pour une destination lointaine, et pas forcément très confortable. Prenons d'abord le temps de nous installer, de connaître le pays. Ensuite, nous aurons des enfants. Tu ne pouvais pas me faire plus plaisir qu'avec ce projet !

À ces mots, Alex se pendit au cou de son mari pour l'embrasser. Il l'entraîna vers leur grand lit. En cet été enchanté, après cinq ans de difficultés, ils étaient déchargés de toute obligation professionnelle, libres et heureux comme des étudiants en vacances.

Vers le 15 août, Alex reçut une liasse de courrier transférée depuis son ancienne caserne. Ses parents venaient de rentrer de promenade, Richard s'apprêtait à aller à la pêche et elle-même avait promis de jouer avec les enfants. La famille était réunie dans la bibliothèque. En ouvrant une enveloppe d'apparence officielle, Alex écarquilla les yeux.

— On va me remettre deux médailles, annonça-t-elle, stupéfaite. La Médaille de George, ainsi que l'Ordre de l'Empire britannique.

— En quel honneur ? s'enquit Victoria.

— Pour mon travail pendant la guerre.

— Pour avoir conduit un camion ? s'étonna Edward.

— Oh, pas exactement. J'en ai fait un tout petit peu plus, à mes heures perdues.

Richard souriait sans rien dire. Il se souvenait du pistolet et du poignard. Depuis longtemps, il soupçonnait qu'Alex ne lui disait pas tout. Mais il ne pouvait imaginer les situations dans lesquelles elle s'était retrouvée ni l'intensité de l'entraînement qu'elle avait suivi pour en arriver là.

— Ah oui ? Quoi par exemple ? insista Victoria.

— Pas grand-chose. Je suis la première surprise. S'il y a un héros parmi nous, c'est Richard, pas moi. Mais puisque tu veux tout savoir, j'ai traduit une grande quantité de documents pour la FANY. Bon, je descends. À tout à l'heure !

— J'y vais aussi ! annonça Richard.

Dans l'escalier, Alex remercia son mari de ne pas l'avoir pressée de questions.

— Je comprends, et je suis fier de toi. Toutes ces fois où tu t'absentais, plus longtemps que prévu, c'est bien de cela qu'il s'agissait, n'est-ce pas ?

Alex opina en silence.

— Je m'en doutais, mais je ne veux rien savoir de plus. Je bénis seulement le Ciel que tu sois restée en vie. Et je suis certain que tu as bien mérité ces décorations.

— Disons que j'ai fait de mon mieux.

Il l'embrassa dans le hall, et chacun partit vaquer à ses occupations.

Dans la bibliothèque, Victoria restait interloquée.

— À ton avis, qu'a-t-elle bien pu faire pour obtenir ces médailles ? demanda-t-elle à Edward.

— Nous n'avons peut-être pas vraiment envie de le savoir. Il y a eu tant de cachotteries pendant la guerre…

— J'espère qu'elle ne s'est pas trop mise en danger.

Toujours est-il qu'Alex s'en était sortie, et que la guerre était derrière eux. Victoria se leva pour observer sa fille par la fenêtre : Alex courait avec les enfants, comme n'importe quelle jeune femme de son âge, et sa mère décida qu'il était parfois préférable de laisser certaines choses dans l'ombre.

10

En septembre, Alex reçut ses deux médailles lors d'une cérémonie qui eut lieu en toute intimité. Elle fut présidée par Bertram Potter dans les locaux du SOE et en présence d'un représentant du bureau de la Guerre. Le capitaine prononça un bref discours dans lequel transparaissaient toute son affection et son respect pour Alex.

Il loua le courage de la jeune femme, sa passion pour son pays, sa détermination à accomplir son devoir au mépris de la difficulté et du danger. Elle n'avait jamais manqué à un engagement, retournant inlassablement, et sans la moindre hésitation, derrière les lignes ennemies, dans des conditions éprouvantes. Bertram déclara que c'était l'un de leurs meilleurs agents, qui méritait amplement la reconnaissance officielle de son pays. Il souligna enfin qu'elle faisait partie de ces nombreux héros méconnus, qui avaient agi dans l'ombre, et dont beaucoup n'étaient pas revenus.

Le représentant ministériel accrocha ensuite les médailles sur la veste de la jeune femme et lui serra la main. Alex regretta que des invités ne soient pas autorisés à assister à l'événement : elle aurait voulu vivre ce moment avec ses parents et Richard. Marlene apparut avec une bouteille de porto et quelques biscuits, achetés par Bertram sur ses propres deniers pour donner un caractère plus festif à la chose.

Alex avait déjà accepté de venir deux jours par semaine aider Bertram à archiver la montagne de papiers qui s'entassaient dans son bureau. Il n'était pas encore temps de se dire au revoir. Les services secrets britanniques étaient à nouveau gérés par des institutions militaires : le renseignement intérieur revenait à un bureau dénommé le MI5 et les affaires internationales au MI6. La fermeture du SOE était imminente, et tous ses agents avaient comme elle été congédiés. Après toutes ces années d'émotions fortes et de camaraderie, Alex ressentait une pointe de tristesse à l'idée que leur action collective était achevée. Mais la guerre était gagnée, et ces années sombres appartenaient désormais à l'Histoire. Elle était donc d'autant plus heureuse de participer à cet important travail d'archivage aux côtés de Bertram.

Après la cérémonie, Richard avait donné rendez-vous à Alex chez Rules, où elle n'était plus allée depuis longtemps. Le jeune couple venait de dénicher un petit appartement à Londres, au cœur du très chic quartier de Kensington. Ils prévoyaient d'y rester jusqu'au printemps car ils ne connaissaient toujours pas leur première destination. Une seule chose était sûre : le monde devait se reconstruire et la Grande-Bretagne avait beaucoup à faire pour renaître de ses cendres. Comme tant d'autres villes européennes, Londres avait été littéralement éventrée. L'Allemagne était en lambeaux, l'Italie ravagée, et la France n'avait pas été épargnée malgré sa précoce capitulation. Ses collections et musées privés avaient subi de nombreux pillages et spoliations de la part des nazis. Bien que le Louvre et d'autres institutions pleines de trésors aient réussi à protéger leurs œuvres, en les cachant notamment dans les sous-sols de la ville, le travail de restitution allait être très long et compliqué.

Au mois d'octobre, Richard avait pris ses marques au ministère des Affaires étrangères et il se plaisait déjà dans son futur rôle de diplomate. Il suivait les actualités mondiales avec le plus grand intérêt, tout en essayant de deviner où il serait affecté. Il n'excluait aucune possibilité, sauf peut-être l'Asie. Alex et lui s'entretenaient souvent de politique internationale jusqu'à tard dans la nuit. En Angleterre comme dans le reste de l'Europe, l'alimentation était encore rationnée, les produits agricoles manquaient et l'économie était au plus bas. L'URSS s'était emparée de l'Allemagne de l'Est et d'une partie de la ville de Berlin ; le bloc soviétique, où la guerre avait anéanti des populations entières, et où les gens souffraient toujours de la faim, risquait d'être un poste diplomatique plutôt ardu. Quant à la situation de l'Empire britannique, de l'Inde jusqu'en Palestine, elle était tout aussi instable.

Il faut dire que le vice-roi et gouverneur général des Indes, le détestable Lord Linlithgow, avait entraîné les Indiens dans la guerre sans l'avis des grands partis politiques. En conséquence, la gauche du Parlement, qui dénonçait à la fois le nazisme et l'impérialisme britannique, avait refusé de continuer à soutenir la guerre sans la promesse de l'indépendance, une fois l'Allemagne vaincue. Des milliers d'élus du parti, dont leur chef de file Jawaharlal Nehru, avaient été emprisonnés de 1942 au mois de juin de cette année 1945. De plus, l'Inde était déchirée par des luttes incessantes entre hindous et musulmans. Le pays était au bord de la guerre civile. Deux millions d'hommes avaient combattu pour la couronne britannique, la plupart d'entre eux rentraient maintenant dans le sous-continent indien, ravivant encore plus les tensions. Le problème semblait insoluble, et tandis que les Britanniques se concentraient sur l'effort de guerre en Europe, ils perdaient le contrôle sur leurs colonies. Les Indes britanniques vivaient sans doute leurs dernières heures, et Richard surveillait de près le déroulement des événements.

En février 1946, le jeune diplomate reçut son ordre de mission de la part du ministère : ce serait New Delhi, en tant que conseiller adjoint du nouveau vice-roi des Indes, Lord Wavell. C'était une position respectable, qui fournirait à Richard un bon terrain d'entraînement. Il serait aux premières loges pour assister aux bouleversements en cours. La Royal Air Force s'était mutinée en janvier aux quatre coins du sous-continent, et la Royal Indian Navy venait elle aussi de se soulever. De Bombay à Calcutta, le vent de la révolte soufflait.

Le supérieur de Richard le prévint que sa tâche ne serait pas de tout repos.

— Mon cher Montgomery, vous n'êtes pas sans savoir que les Indes britanniques traversent une période troublée. Nous pensons que l'indépendance du pays est inévitable, et nous aimerions que cela se déroule avec un minimum d'effusions de sang. Mais ne nous mentons pas, ça sera compliqué. Il ne faut pas sous-estimer non plus la possibilité que le pays se divise et se déchire, tant la situation entre musulmans et hindous est brûlante. Il faudra être vigilant à l'influence de Gandhi. Nehru jouera un rôle déterminant mais il faut se méfier de Krishna Menon, son mauvais génie. L'Inde offre d'immenses perspectives économiques : les villes de Karachi et Bangalore sont en plein essor, et en même temps d'autres régions subissent la famine. Maintenant que nous connaissons votre affectation, nous vous donnerons évidemment toutes les informations nécessaires.

L'employé du ministère sourit, avant de reprendre :

— Même si la situation est désolante, les conditions de vie du corps diplomatique restent préservées. Vous disposerez d'une maison agréable, avec un personnel nombreux. Nos agents ont toujours apprécié ce poste, je suis sûr qu'il vous plaira aussi. Et votre épouse pourra se distraire et se faire des amies au sein de la communauté britannique et internationale. Vous serez souvent invités à des réceptions. Vous partez dans quatre semaines, en bateau. C'est un long voyage, mais la marine de guerre est en train de restituer les paquebots réquisitionnés pendant le conflit, ça ne devrait donc pas être trop inconfortable.

Il ajouta, sur le ton de la confidence :

— Je vous recommanderai personnellement au nouveau vice-roi. C'est un type bien, l'homme qu'il vous faut pour lancer votre carrière. Les quatre années qui vous attendent en Inde vous apprendront beaucoup de choses. Vous aurez le temps de vous installer et de connaître le pays. Ensuite, je suis sûr que vous décrocherez un poste d'ambassadeur dès votre première mutation. Je vous souhaite bonne chance, Montgomery ! Votre préparation commence dans trois jours.

Richard opina du chef en essayant d'absorber le flot d'informations que venait de lui délivrer son supérieur. Ce qu'il retenait avant tout, c'était qu'ils partaient dans un mois. Il savait qu'Alex voulait passer du temps chez ses parents avant le départ et lui-même avait désormais beaucoup à faire. Quatre ans… en Inde…

Richard se demanda combien d'enfants ils auraient au moment de déménager pour le prochain poste. Les troubles politiques lui donneraient sans doute du fil à retordre au travail mais, à part cela, leur vie de famille serait protégée et bien plus confortable que dans leur minuscule appartement londonien.

Il rentra avant elle : Alex était restée plus tard que d'habitude au bureau de la SOE, où elle se démenait pour mettre au point un système d'archivage. Bertram était un excellent chef d'équipe, mais il rechignait aux tâches administratives. Après avoir accumulé beaucoup de retard et connu le feu de l'action, il appréciait l'aide d'Alexandra.

Dès l'instant où elle ouvrit la porte d'entrée, la jeune femme remarqua une lueur d'excitation dans les yeux de son mari. Elle comprit qu'il y avait du nouveau. Alors qu'elle rangeait son chapeau et son manteau, il éclata comme un petit garçon qui vient de décrocher le premier prix :

— Nous partons pour l'Inde !

— Oh mon chéri, c'est merveilleux ! L'Inde… c'est fascinant ! Mais la situation y est plutôt épineuse, n'est-ce pas ? Tu crois que l'indépendance est pour bientôt ?

— C'est très probable, mais apparemment nous n'avons pas à nous inquiéter. Mon supérieur m'assure que nous serons en sécurité à New Delhi. Nous voilà lancés dans l'aventure ! Ton pilote de mari a enfin un vrai travail, et nous pouvons nous attendre à quatre années palpitantes. Merci d'être à mes côtés ! s'exclama-t-il en l'embrassant.

Pour célébrer la nouvelle, il l'emmena manger dans un pub du quartier où ils avaient leurs habitudes. Les rations étaient un peu maigres mais ce fut quand même délicieux.

Alex pensait déjà à tout ce qu'elle avait à faire dans les prochaines semaines, et à ce qu'elle voulait emporter. Elle aurait besoin de robes de soirée pour la vie mondaine qu'elle mènerait là-bas : Richard devait être fier d'elle. Les parures datant de sa « saison » à Londres étaient maintenant défraîchies et démodées. Il lui fallait surtout prendre congé de Bertram, afin qu'il ait le temps de la remplacer. « Marlene », comme ils continuaient de l'appeler alors que son vrai nom était Vivian Spence, était débordée.

Quand Alex annonça la nouvelle à Bertram le lendemain, le capitaine sembla atterré. Il ne pensait pas que les choses iraient aussi vite.

— Quatre semaines ?

— Oui, et je suis absolument désolée, mais il faudrait vraiment que je quitte mon poste d'ici quinze jours. Je dois m'organiser, faire mes bagages et passer un peu de temps avec mes parents. C'est un très long voyage, je doute qu'ils viennent nous voir là-bas.

Elle savait que ce serait très dur pour eux, d'autant plus qu'elle était désormais leur seule enfant ; mais en même temps ils comprendraient qu'une femme épouse le destin de son mari. Une chance que l'éducation des 11 orphelins les occupe une bonne partie de leur temps !

— Alors nous devrons travailler d'arrache-pied ces deux prochaines semaines, annonça Bertram dans un mélange de détermination et de panique. Le SOE ferme officiellement dans quatre mois !

Assise dans le réduit qui lui servait de bureau dans l'immeuble de Baker Street, Alex était en train de ranger des cartons. Elle avait mis au point un système de classement simple et lisible pour quiconque voudrait exhumer un dossier. Tout était répertorié dans un registre : on pouvait faire des recherches par nom d'agent ou par numéro de mission.

— Navré de vous interrompre, mais pourriez-vous venir un instant ? fit Bertram en passant la tête dans l'embrasure.

— Bien sûr. Il y a un problème ? J'ai oublié quelque chose ?

— Pas du tout. Une personne vous demande.

Dans le bureau du capitaine, un homme grand, mince, aux cheveux gris, était posté près de la fenêtre. À leur arrivée, il se retourna, sourire aux lèvres. Bertram fit les présentations. Il s'appelait Lyle Bridges, semblait très distingué et observait tout ce qui l'entourait d'un regard affûté. Il ne tourna pas autour du pot pour exposer l'objet de sa visite.

— J'ai beaucoup entendu parler de vous, madame Montgomery, et le capitaine Potter m'a autorisé à lire votre dossier. Très impressionnant. Je regrette que pendant toutes ces années vous n'ayez pas travaillé pour nous au MI6, dans le renseignement militaire. Mais cela revient un peu au même puisque c'est grâce à des agents comme vous que nous avons gagné la guerre. Je pense souvent que les femmes font de meilleurs espions que les hommes. Elles ont l'esprit plus pratique et vont droit au but. Bref, je crois savoir que vous devez partir pour les Indes bientôt ?

— Mon mari vient de rejoindre le corps diplomatique, répondit prudemment Alex. On vient en effet de lui assigner son premier poste, à New Delhi.

— Vous allez assister à un moment historique... Mais vous devez vous demander pourquoi je tenais à vous rencontrer. Certes, la guerre est terminée, mais nous autres espions et agents secrets, nous ne connaissons pas le repos, même en temps de paix. Le fait que vous vous rendiez en Inde maintenant est une formidable opportunité de continuer à servir votre pays, et de protéger nos concitoyens de toutes sortes de menaces. En effet, j'ai eu l'occasion de lire plusieurs rapports élogieux sur votre engagement au SOE, et vos compétences ont attiré l'attention de certains de mes collègues durant les réunions de l'état-major où vous étiez présente. En particulier avant le débarquement de Normandie... Chez nous, rien ne passe inaperçu.

Il sourit, marquant une pause pour mesurer l'effet de ses paroles sur Alex, avant de reprendre :

— Attention, si vous rejoignez nos rangs, vous ne jouerez pas un rôle aussi actif que vous l'avez fait pendant la guerre. En revanche, vous aurez l'occasion de collecter des informations sur les personnes que vous croiserez, sur ce que vous entendrez ou observerez. L'Inde est loin de Londres. Les gens expriment plus facilement le fond de leur pensée dans les colonies... D'autant que l'Inde menace de ne plus en être une d'un moment à l'autre. Grâce à la position de votre mari, vous serez amenée à rencontrer les personnalités indiennes qui nous intéressent. Bref, nous vous sollicitons pour devenir nos yeux et nos oreilles, au gré des réceptions auxquelles vous assisterez ou des invitations que vous lancerez. Nous vous donnerons des instructions sur ce point. Un déjeuner avec la femme d'un officiel haut placé peut nous permettre d'obtenir des informations capitales. C'est bien simple : chaque détail compte.

Alex put enfin intervenir.

— Et comment se passera concrètement cette collaboration ?

— Nous vous fournirons un petit transmetteur radio, dissimulé dans une trousse de premiers secours, et grâce auquel vous pourrez nous envoyer des messages codés. Cette activité ne comporte pour vous aucun risque : cela n'a rien à voir avec l'espionnage en temps de guerre. Il s'agit uniquement d'un partage d'informations entre vous et le MI6. On exigera de vous la même confidentialité qu'au SOE, au cas où vous tomberiez sur des données sensibles. Le ministère ne vous a pas encore rayée de ses fichiers, de sorte qu'il n'y a de votre part aucune démarche supplémentaire à accomplir. S'il ne se passe rien de particulier, vous n'aurez qu'à nous contacter une fois par semaine, ou nous donner la liste des personnes présentes à telle ou telle réception. Rien de bien compliqué pour une aventurière comme vous. Et cela ne prendra que très peu de votre temps.

— Pourrais-je au moins en parler à mon mari ? s'enquit Alex.

— J'ai bien peur que non, répondit Bridges. Votre travail sera ultraconfidentiel, au même titre que celui que vous meniez pour le SOE, au cas où vous découvriez des informations sensibles pour la sécurité nationale. Je vous laisse quelques jours pour me donner votre réponse ?

— Je vais y réfléchir, promit Alex.

Avait-elle vraiment envie de redevenir espionne, même dans des conditions moins extrêmes ? Depuis huit mois, elle pensait avoir refermé ce chapitre de sa vie. Et voilà qu'on lui proposait de le rouvrir, de mentir à nouveau à Richard. La tâche qu'on voulait lui confier n'était pas bien difficile, mais la plaçait dans une position délicate. D'un autre côté, elle était très enthousiaste à l'idée d'avoir des missions plus importantes que de déjeuner avec d'autres femmes de diplomates et d'assister à des soirées avec son mari… Et tant qu'ils n'avaient pas d'enfant, ce n'est pas le temps qui lui manquerait.

— Ah, et pour ce qui est de la rémunération, ajouta Bridges, nous vous verserons une somme mensuelle sur un compte spécifique. Je vous préviens, il ne faudra pas escompter un salaire faramineux. En somme, rien qui puisse attirer l'attention. Sur ce, je dois y aller. J'attends de vos nouvelles, madame Montgomery.

Alors que l'homme du MI6 lui serrait la main, les pensées tourbillonnaient dans la tête d'Alex. Après son départ, elle se tourna vers le capitaine.

— Est-ce vous qui les avez contactés ? voulut-elle savoir.

— Pas du tout ! Le bureau MI6 m'a appelé hier. L'idée vient d'eux. Ils ont dû lire en détail le dossier de Richard au ministère. Rien ne leur échappe.

— Et d'après vous, que dois-je faire ?

— Vous devriez accepter. Je vous vois mal passer votre temps à vous pomponner et à prendre le thé, vous aspirez à faire quelque chose de plus important. Et il ne s'agit pas que de vous, Alex. Vous aimez votre pays, et il a besoin de gens de votre trempe.

— Vous pensez vraiment que leur décrire qui je rencontre dans les cocktails est si important ?

— On ne sait jamais. Ils ne vous le demanderaient pas si ce n'était pas le cas. L'Inde est une poudrière et le gouvernement a besoin d'en connaître le plus possible pour limiter la casse.

— Et vous, capitaine, qu'allez-vous faire ?

— Je retourne au bureau MI5, m'assurer de la sécurité intérieure, pendant que vous vous ferez servir le petit déjeuner au lit par une dizaine de domestiques ! la taquina Bertram.

— Oh, vous imaginez bien que je ne vais pas rester cloîtrée dans ma maison, aussi luxueuse soit-elle. J'ai déjà très envie de visiter les temples et sanctuaires, et d'essayer de comprendre les tensions religieuses entre les hindous, les musulmans et les sikhs.

— C'est le travail d'une vie ! Vous verrez, l'Inde est magique. J'y ai moi-même été militaire, il y a de nombreuses années. Mais elle recèle aussi un côté sombre, fait de pauvreté et de violence.

— Vous pensez que je cours des risques en m'engageant ?

— Non, ils n'attendent pas de vous que vous vous infiltriez dans des endroits dangereux, seulement que vous leur donniez des noms, des lieux, que vous leur rapportiez ce que disent les gens autour de vous... Bridges m'a assuré qu'ils espéraient vraiment vous recruter. Prenez le temps d'y réfléchir.

— Je déteste mentir à mon mari...

Bertram ne put s'empêcher de sourire.

— Ma chère, on dit que toutes les femmes n'ont pas ce genre de scrupule ! D'ailleurs, ce ne sera pas exactement un mensonge. Il ne vous demandera jamais si vous vous livrez encore à des activités d'espionnage, puisque vous n'aurez pas à vous absenter comme avant.

Le soir venu, Richard remarqua qu'Alex semblait distraite ; elle prétendit souffrir de maux de tête après avoir trié des dossiers poussiéreux toute la journée.

— Tu en auras bientôt fini avec ce travail de gratte-papier ! Apprête-toi à une vie de délicieuse oisiveté.

— Justement, n'est-ce pas la mère de tous les vices ? J'aurai besoin d'une occupation.

— Nous aurons des enfants ! lança Richard en lui souriant tendrement. Là-bas, ce sera idéal, avec tous les domestiques qui seront là pour t'aider.

Alex souriait car l'idée ne lui déplaisait pas. Les espionnes avaient-elles des enfants ? Sans doute. Telle que la lui avait présentée Lyle Bridges, sa mission devrait être compatible avec une vie de famille. Ce soir-là, sa décision était déjà prise lorsqu'elle sombra dans le sommeil.

Alex fut réveillée le lendemain par un soleil quasi printanier. Au petit déjeuner, la conversation porta sur la situation politique de l'Inde, un sujet pour lequel la jeune femme se passionnait désormais.

En arrivant au bureau, elle n'éprouvait plus ni doutes sur ce qui lui restait à faire ni culpabilité envers

Richard. Chacun avait sa façon de servir le pays, voilà tout.

Elle fila tout droit voir Bertram.

— Je vais le faire, annonça-t-elle.

— Formidable, je le savais ! répondit le capitaine. Vous ne regretterez pas votre décision.

Quelques minutes plus tard, Alex eut Lyle Bridges au téléphone.

— Bienvenue au MI6, madame Montgomery. Nous aurions dû vous embaucher depuis le début, quitte à vous dérober au SOE ! Votre formation ne durera qu'une journée. J'ai lu le détail de votre entraînement, même si rien de tout cela ne vous sera utile maintenant, on ne sait jamais… J'imagine que vous êtes encore en possession de votre « panoplie » ?

Alex comprit qu'il voulait parler de ses armes.

— En effet.

— Gardez-les précieusement. Nous vous remettrons le transmetteur radio quand vous viendrez pour le briefing.

Avant de raccrocher, ils convinrent d'une date. Alex revint alors dans le bureau de Bertram.

— Ça y est, c'est officiel, annonça-t-elle.

— Bravo, ma chère ! Espionne un jour, espionne toujours. Plus sérieusement, vous avez fait le bon choix. Une offre du MI6 ne se refuse pas.

— Merci pour vos conseils, capitaine.

— Appelez-moi Bertie.

Alex sourit. Désormais, Bertram n'était plus son supérieur, mais son collègue.

— Merci, Bertie.

Elle souriait encore en regagnant son propre bureau. La voilà qui était redevenue agent secret ! Sa vie prenait une nouvelle dimension. Et puis Bertie avait raison : il n'était pas nécessaire de tout dire à Richard...

11

Avant de retrouver ses parents, Alex assista à sa journée de briefing au MI6. Elle apprit à utiliser un transmetteur et se familiarisa avec le genre d'information qui intéressait les services secrets. Bertie l'avait invitée à déjeuner pour lui dire au revoir. Le capitaine et ses sages conseils allaient beaucoup lui manquer, mais ils s'étaient promis de rester en contact.

Richard la rejoignit dans le Hampshire après sa formation diplomatique. Les deux semaines au manoir passèrent comme un éclair. L'heure du départ pour l'Inde avait sonné, et les séparations furent difficiles. Les parents d'Alex accompagnèrent le jeune couple au port de Southampton. Victoria sanglotait sans retenue et Edward lui-même avait les larmes aux yeux en enlaçant sa fille, qui n'arrivait plus à parler tant elle avait la gorge nouée. Elle était désormais leur dernier enfant, et la disparition de William et Geoffrey les avait marqués à tout jamais. Richard s'en voulait de leur enlever Alex. Mais comment résister à l'incroyable opportunité qu'offrait le corps diplomatique ?

Lorsque la corne de brume du navire retentit, les Wickham débarquèrent et agitèrent la main jusqu'à ce que le bateau s'évanouisse au loin. Quant au jeune couple, il resta un long moment appuyé au bastingage, le cœur serré et le regard mélancolique.

— Est-ce que ça va aller ? Je suis désolé, ma chérie…

— Ne t'excuse pas, répondit-elle en essuyant ses dernières larmes à l'aide du mouchoir que lui avait donné sa mère (il était encore imprégné du parfum de Victoria). Nous allons mener une vie merveilleuse, là-bas ! Mais si nous allions réserver une table au restaurant pour ce soir ?

Et, de nouveau le sourire aux lèvres, ils partirent explorer le bateau.

L'*Aronda*, navire de la British-India Steam Navigation Company, était à flot depuis cinq ans. Il offrait de la place pour 45 passagers en première classe, 110 en seconde, ainsi que pour 2 278 personnes voyageant sur le pont. De plus, il affrétait plusieurs tonnes de marchandises. Richard et Alex disposaient d'une cabine de luxe payée par le ministère des Affaires étrangères. La cuisine du restaurant de bord jouissait d'une excellente réputation et les clients les plus huppés se mettaient chaque soir sur leur trente et un pour y dîner. Alex aussi avait pris soin de partir avec plusieurs malles remplies de beaux vêtements. Compte tenu de la chaleur étouffante qu'ils s'apprêtaient à affronter à Delhi, elle avait prévu des tenues adaptées. Pour le moment, le ciel était gris et la mer un peu houleuse – mais n'était-ce pas la meilleure façon de quitter l'Angleterre ? Néanmoins, le temps s'éclaircit au cours des jours suivants.

Leur voyage devait durer quatre semaines. Pour se distraire et se préparer à leur nouvelle vie, ils avaient emporté une grosse pile de livres et d'articles au sujet de l'Inde. Il y avait tant de choses à apprendre ! Ils passaient la plupart de leurs journées sur le pont, étendus dans des transats, tandis que des stewards offraient des rafraîchissements, ou encore du bouillon et des biscuits pour les rares personnes qui souffraient du mal de mer. L'*Aronda* n'était pas le plus somptueux des navires de cette époque, mais il bénéficiait tout de même d'un confort exceptionnel. En soirée, quand il n'y avait pas de bal ou d'animation proposée par l'équipage, Richard jouait au billard et Alex aux cartes. Ils bavardaient avec les autres couples, et tous eurent rapidement l'impression d'être amis de longue date. C'était un peu comme un second voyage de noces.

La nuit précédant la fin de la traversée, Alex put à peine fermer l'œil. Que leur réservait donc l'Inde, nimbée de si grands mystères ? Richard avait hâte de se mettre enfin au travail, de rencontrer le vice-roi ainsi que son conseiller, sous les ordres duquel il officierait.

Arrivés sur les quais de Calcutta, ils furent reçus par deux assistants anglo-indiens qui les attendaient avec une voiture du corps diplomatique et un second véhicule uniquement consacré au transport de leurs bagages. Pendant que Richard supervisait le débarquement des malles, Alex s'imprégnait de tout ce qui se passait autour d'elle. Au milieu du flot des pousse-pousse et des charrettes bigarrées, on croisait aussi bien des femmes en saris de couleurs vives, le front orné d'un *bindi*, que des mendiants et des enfants estropiés. Elle en avait le cœur serré. La silhouette d'un palais se découpait à l'arrière-plan, l'air débordait du parfum des fleurs et des épices. Tout était exactement comme elle se l'était imaginé… Tandis que la voiture se frayait un passage jusqu'à la gare, Alex et Richard n'échangèrent que quelques mots, fascinés par ce qu'ils voyaient à travers les vitres.

De Calcutta, ils montèrent dans un train à destination de Delhi : pas moins de 1500 kilomètres, soit trente heures de voyage ! Ce fut long et épuisant, mais encore une fois le ministère avait réservé les places les plus agréables, dans le wagon de première classe.

Lorsque enfin ils arrivèrent, on les conduisit jusqu'au quartier de Lodhi, qui venait d'être construit par le fameux architecte britannique Edwin Landseer Lutyens. Il s'agissait d'un quartier riche destiné aux hauts fonctionnaires et membres du gouvernement. La voiture franchit un portail et s'engagea dans une allée étroite. Au milieu d'une pelouse impeccable, bordée d'une profusion d'arbustes et de fleurs multicolores, le *bungalow*, ainsi qu'on l'appelait, ressemblait plutôt à une très élégante villa victorienne aux murs immaculés. Cinq ou six domestiques vêtus de blanc se tenaient devant la porte pour les accueillir. C'était encore plus beau que ce qu'elle avait espéré ! Plusieurs jeunes garçons surgirent de l'arrière du bâtiment pour aider les chauffeurs à décharger les bagages, tandis qu'un Indien, paré d'un costume occidental, venait à leur rencontre.

— Monsieur Montgomery, je suis Sanjay, votre majordome, dit-il en s'inclinant profondément. Mon épouse Isha et moi sommes à votre service.

Puis il se courba devant Alex, et une femme aux traits gracieux s'avança pour les saluer à son tour. Alex et Richard découvrirent la maison. Ils en eurent le souffle coupé. Le plafond culminait à au moins 4 mètres dans le grand salon, la salle de bal et la salle à manger, où d'énormes ventilateurs suspendus brassaient paresseusement l'air. Un bel escalier latéral menait aux chambres à coucher. Au premier étage, il y en avait deux, immenses, et pourvues de vastes garde-robes ! Au second, six pièces plus petites pouvaient servir de chambres d'amis, voire de chambres d'enfants. Isha expliqua que les domestiques étaient hébergés dans un bâtiment séparé. Elle proposa ensuite à Alex de visiter la cuisine. Toutes deux redescendirent au rez-de-chaussée et passèrent dans un étroit couloir, pour se retrouver dans une pièce où deux commis épluchaient, éminçaient et faisaient sauter des légumes sous les ordres d'un chef vêtu d'une longue tunique blanche sur un pantalon assorti.

À l'arrivée d'Alex, il s'inclina et se mit à lui parler à toute vitesse. Elle ne comprit pas un seul mot. Isha expliqua que l'homme l'assurait en hindi de son profond dévouement, et qu'il lui souhaitait la bienvenue. Alex pria Isha de le remercier. Elle n'avait pas l'habitude d'avoir recours à un interprète, mais aucune des nombreuses langues de l'Inde ne faisait encore partie de son répertoire.

— Combien de personnes travaillent ici ? demanda-t-elle.

— Seulement 14 à demeure, madame, mais beaucoup de mes collègues ont des enfants ou de la famille qui n'hésitent pas à venir prêter main-forte dans la journée.

En plus de Sanjay et elle, il y avait deux lingères, quatre bonnes, le cuisinier et ses deux commis (auxquels s'ajoutaient quelques extras pour les réceptions), ainsi que deux valets de pied pour le service à table et une femme dont la grand-mère avait été femme de chambre auprès d'une lady à Londres. Et Isha n'avait pas compté le chauffeur et les trois jardiniers.

Alex soupçonnait que tous ces gens étaient payés une misère, pourtant tous paraissaient joyeux, souriants, heureux d'être là… en plus d'être impeccablement mis. Et la maison étincelait de propreté.

Dans la chambre à coucher principale, tapissée de satin bleu pâle, se trouvaient d'énormes portes-fenêtres donnant sur deux balcons. Des persiennes protégeaient la pièce de la chaleur : on n'était qu'en avril et il y avait déjà un soleil de plomb.

Elle avait lu que les hommes se plaignaient souvent de leurs costumes à queue-de-pie et des uniformes bien trop épais qu'ils devaient porter au cours des cérémonies officielles. C'était le cas notamment lors des visites de la famille royale britannique. Mais Alex songea que l'Inde était probablement à la veille de son indépendance et, d'ici peu de temps, il ne resterait peut-être plus grand-chose de toutes ces traditions importées d'Angleterre.

La jeune femme remonta dans la chambre, où elle trouva Richard au balcon, en train d'admirer le jardin. Les maisons voisines étaient dissimulées dans la verdure. Tout respirait l'exotisme, et on comprenait aisément pourquoi ce poste était apprécié des diplomates. Une si belle demeure, avec autant de domestiques au service d'un conseiller adjoint du vice-roi et de son épouse, c'était tout simplement incroyable.

— J'ai l'impression de vivre un rêve, murmura Alex. Mais que vais-je bien pouvoir faire de tous ces domestiques ?

— Je suis sûr que tu t'y habitueras très vite, répondit Richard en souriant.

Sanjay vint leur annoncer que le repas était servi et ils le suivirent à la salle à manger, où la table était mise pour deux. Rien ne manquait : nappe brodée, couverts en argent, verres en cristal. Sous la supervision du majordome, les deux valets de pied, prénommés Avi et Ram, présentèrent un plat indien léger et plein de saveurs. Richard partit juste après le déjeuner : il avait hâte de découvrir le palais du vice-roi, et de rencontrer son nouveau chef.

Alex remonta alors dans leur chambre, où elle découvrit Isha, ainsi que les lingères et deux autres servantes, en train de déballer le contenu de ses malles. Elle pensait s'en charger elle-même, mais de peur de les vexer, elle se contenta de leur indiquer où elle souhaitait ranger chaque chose. Il ne restait plus qu'une valise rigide et fermée à clé, où se trouvaient les armes d'Alex – emportées à l'insu de Richard – ainsi que le minuscule transmetteur radio confié par le MI6. Dans son dressing, la jeune femme repéra un tiroir avec une serrure. Elle congédia alors ses domestiques, y remisa ses « accessoires » et garda la clé sur elle.

Le soir venu, Richard rentra enchanté de sa rencontre avec ses supérieurs. Le vice-roi avait grandement impressionné le diplomate. Quant au conseiller, dont le nom était Aubrey Watson-Smith, il avait immédiatement su créer un climat intime et chaleureux, l'invitant par exemple à rejoindre l'équipe de cricket formée par les personnalités britanniques de la ville. Aubrey Watson-Smith lui avait par ailleurs confirmé que l'on prenait goût à ce train de vie. Depuis qu'il était arrivé en Inde avec son épouse, ils avaient eu un enfant par an. Elle était maintenant enceinte du cinquième.

— Nous ne demandons pas mieux, lui avait confié Richard.

Un dîner de bienvenue allait être donné en son honneur au palais du vice-roi la semaine suivante. Ce serait pour Alex et lui l'occasion de rencontrer tout le gratin de Delhi. Leur vie en Inde commençait !

Dès lors, l'existence de Richard et Alex fut un tourbillon de cocktails et de galas. On aurait du mal à le croire, mais ces événements étaient encore plus mondains qu'à Londres. Si en métropole la plupart des gens aisés avaient perdu leur personnel pendant la guerre et peinaient à trouver de nouveaux domestiques, rien n'avait changé en Inde. Tenir une maison à l'ancienne mode était leur façon à eux de rester plus britanniques que jamais. Alex pouvait imaginer ce que devait être la vie de sa propre mère autrefois, dans le Hampshire. Systématiquement, même s'ils étaient seuls, Richard et elle dînaient en queue-de-pie et robe de soirée.

Le soir du dîner de bienvenue, Richard rejoignit Alex dans son dressing alors qu'elle était en train de se mettre du rouge à lèvres.

— Tu as l'air d'une jeune reine, dit-il en déposant un baiser sur son épaule nue. Alors, est-ce que tu t'habitues à la présence des domestiques ?

— J'ai l'impression d'être un personnage dans un roman du siècle passé. C'est étrange, mais plutôt amusant, tu ne trouves pas ?

Chez le vice-roi, Alex rencontra plusieurs femmes qui lui parurent immédiatement sympathiques, à commencer par l'épouse du conseiller, Samantha Watson-Smith. Enceinte de huit mois, elle s'apprêtait à se retirer des mondanités pour quelque temps. Elle commençait à avoir du mal à se déplacer, à tel point qu'elle craignait fort d'accoucher de jumeaux. Après ses quatre garçons, elle espérait avoir une fille.

Le lendemain, dès que Richard partit pour le bureau, Alex envoya son tout premier rapport au MI6 (elle ne connaissait son interlocuteur que par son matricule), détaillant le nom des personnes présentes lors de la soirée et la teneur des conversations, qu'il s'agisse de mode ou de politique. Ensuite, elle attendit patiemment l'accusé de réception de son message. Elle ne savait pas encore qu'elle répéterait ce rituel des centaines de fois…

Au mois de mai de cette année 1946, Jawaharlal Nehru fut élu chef du Congrès national indien. Alex transmit aussitôt l'information au MI6. Et en juin, lors d'un dîner officiel à la résidence du vice-roi, Alex eut la chance de rencontrer Nehru en personne. Il lui parla de l'imminence de l'indépendance. Il espérait qu'elle n'envenimerait pas davantage les relations entre hindous et musulmans. Le lendemain, Alex rapporta mot pour mot les paroles de l'homme politique à ses contacts. Son travail se révélait aussi simple et peu risqué que Lyle Bridges le lui avait annoncé.

Tout, dans la vie d'Alex et de Richard, était facile et plaisant, jusqu'à ce que les événements d'août à Calcutta viennent ébranler l'actualité : les affrontements religieux tant redoutés eurent lieu et se soldèrent par un bain de sang.

Ce jour-là, Alex était en visite chez Samantha Watson-Smith, qui avait accouché trois mois plus tôt de deux garçons, comme elle l'avait deviné. Samantha expliqua que, selon son époux, une partie importante de la population hindoue craignait un retrait trop rapide des troupes britanniques après la déclaration d'indépendance, ce qui risquait de favoriser de nouvelles flambées de violence. Tout en parlant, Samantha passa les jumeaux à deux nounous indiennes, afin qu'elles les emmènent dormir.

— Je jure que ce sont mes derniers bébés, dit-elle en riant. Si nous devons rentrer en Angleterre, je me demande bien comment je vais m'en sortir avec mes six garçons…

Alex pensa alors à sa propre mère, qui n'avait plus l'aide que d'une seule servante pour s'occuper des 11 orphelins. L'autre jeune fille avait quitté le Hampshire pour Londres, dans l'espoir d'un travail mieux rémunéré.

Deux semaines après le drame des affrontements de Calcutta, un gouvernement intérimaire fut formé, dont Nehru devint vice-président. Les heurts éclatèrent cette fois à Bombay.

À l'automne, l'instabilité était palpable dans tout le pays. Richard et Alex en parlaient souvent lorsqu'ils se retrouvaient le soir. Et la jeune femme fournissait au MI6 un flot continu d'informations sur la situation.

Richard commença à exprimer sa crainte d'une possible flambée de violence à Delhi. Sans lui en faire part, Alex se remit à porter sur elle son poignard et son petit pistolet. Les récits d'hindous et de sikhs maniant le sabre dans les rues n'étaient guère rassurants. Alex avait appris que le sikhisme constituait une religion à part, originaire du Pendjab, basée sur la croyance en un dieu unique et qui s'opposait à l'hindouisme par son rejet du système de castes.

Mais pour le moment, tout était paisible dans les cercles britanniques que fréquentait le jeune couple. Alex n'avait jamais rien vu d'aussi grandiose que la fête donnée par le vice-roi Wavell pour Noël. Deux rangées d'éléphants caparaçonnés et accompagnés de leurs cornacs formaient une haie d'honneur le long de l'allée menant au palais. Des tigres du Bengale en cage décoraient la pelouse. Selon son habitude, Alex décrivit tout cela dans une longue lettre à sa mère. Et, bien entendu, dans un message codé au MI6…

Alors que l'année touchait à sa fin, Alex pensa à sa nouvelle vie. Certes, en arrivant en Inde, elle avait prévu de voyager à travers le pays pour visiter les villes et sites sacrés, mais la tension était telle que Richard lui avait demandé de renoncer. À vrai dire, elle n'avait peut-être qu'un seul regret concernant les huit mois écoulés : elle ne parvenait pas à tomber enceinte et commençait à se faire du souci. C'est pourquoi elle consulta le médecin recommandé par Samantha Watson-Smith, un vieil Anglais qui avait aidé l'épouse du conseiller à mettre au monde ses six enfants. Le docteur rassura Alex : ce déménagement en Inde représentait un gros changement pour elle. Sans parler des événements traumatiques qu'elle avait vécus pendant les six années de la guerre, à commencer par le décès de ses deux frères. Aussi courageuse soit-elle, ce qu'elle avait dû voir en tant qu'ambulancière pendant les bombardements laissait forcément des traces. *Et encore, ce bon docteur n'imagine pas les situations dans lesquelles je me suis fourrée*, songea Alex. Bref, elle avait besoin d'un peu de temps pour s'adapter à son nouvel environnement. Quel était donc le secret de Samantha pour avoir autant d'enfants, aussi facilement ?

C'était une femme charmante, mais qui consacrait tous ses efforts à briller dans les soirées, porter de beaux vêtements et séduire son mari. Elle ne se préoccupait que de son foyer, contrairement à Alex, qui était passionnée par la politique internationale et se mêlait volontiers aux conversations des hommes, pour ensuite rapporter leurs propos aux services de renseignement militaire.

Quelle qu'en soit la raison, il se trouvait qu'Alex n'était toujours pas enceinte. Dans ses lettres à sa mère, elle lui parla de son inquiétude, mais celle-ci lui prodigua les mêmes conseils que le médecin : il lui fallait avant tout se détendre. C'était aussi l'avis de Richard.

En mars 1947, le vicomte Mountbatten remplaça le vicomte Wavell sur le trône de vice-roi. Lord Mountbatten était l'arrière-petit-fils de la reine Victoria et le protégé de Winston Churchill. Tout le monde pariait sur ses compétences pour faciliter la transition vers l'indépendance de l'Inde. Son épouse, l'éblouissante Edwina, devint une proche amie de Nehru. Lord et Lady Mountbatten gagnèrent rapidement en popularité.

Leur arrivée représenta un changement important pour Richard, qui s'était attaché au vicomte Wavell. De plus, le vicomte Mountbatten multipliait les fêtes, cérémonies et invitations en tout genre, ce que Richard commençait à trouver fatigant. Alex, pour sa part, y voyait l'occasion de rencontrer de nouvelles personnes influentes, et donc intéressantes pour le MI6. Il était rare que le bureau lui demande des précisions, car ses comptes rendus étaient des modèles de clarté.

Un matin, alors qu'Alex passait une robe d'intérieur pour descendre prendre son petit déjeuner, Isha aperçut le pistolet et le poignard posés sur la coiffeuse.

— Sage précaution, madame, commenta la gouvernante.

Alex plaça un doigt sur ses lèvres, et Isha acquiesça silencieusement. Les Indiens s'inquiétaient de plus en plus de la façon dont le pays accéderait à l'indépendance et à ce que cela leur coûterait.

Le grand jour arriva enfin, après des années de négociations et des mois d'émeutes et d'affrontements. Le 14 août 1947, au terme de deux siècles de domination britannique, l'empire des Indes se divisa en deux dominions indépendants : l'Inde et le Pakistan. Un problème persistait : puisqu'il existait une minorité hindoue au Pakistan, et une minorité musulmane en Inde, comment échanger sans heurts des millions de personnes entre les deux États ? C'était pratiquement impossible.

Jawaharlal Nehru devint Premier ministre de l'Inde. Le 15 août, à Delhi, il hissa le drapeau tricolore de la République indienne sur les remparts du Fort rouge, construit par l'empereur moghol Shâh Jahân au XVIIe siècle. Lord Mountbatten perdit son titre de vice-roi mais, à la demande des dirigeants indiens, obtint symboliquement celui de gouverneur général de l'Union indienne.

Au Pakistan, c'est Muhammad Ali Jinnah qui devint gouverneur général, et Liaquat Ali Khan Premier ministre.

Au cours des mois suivants, les migrations croisées entre l'Inde et le Pakistan se firent au prix de massacres abominables. Meurtres, incendies criminels, enlèvements... On estima à 75 000 le nombre de femmes violées, défigurées ou démembrées lors de cette abjecte guerre de religion. Des villages et des quartiers entiers furent réduits en cendres ; des enfants et des vieillards assassinés ; des femmes enceintes éventrées et des bébés immolés.

Au total, 15 millions de personnes furent forcées de quitter leur maison – neuf millions d'hindous et de sikhs venant du Pakistan contre six millions de musulmans fuyant l'Inde. En trois mois, la guerre fit un million de victimes.

Pendant son bref mandat de vice-roi, Mountbatten avait tout fait pour accélérer l'indépendance de l'Inde, qui eut lieu dix mois plus tôt que la date initialement prévue. La violence aurait-elle été moins extrême, la transition plus douce, si les Britanniques étaient restés plus longtemps au pouvoir ? Beaucoup de gens ne pouvaient s'empêcher de se poser la question, et Alex ne manqua pas de le noter dans ses rapports au MI6.

Désormais, elle portait ses armes sur elle dès qu'elle sortait. Même si la plupart des affrontements se déroulaient dans la province du Pendjab, coupée en deux par la ligne Radcliffe qui séparait les deux États, l'Inde était devenue un pays dangereux. Et Alex gardait son Sten sous la main au cas où elle devrait défendre sa maison… Dans le Hampshire, Edward et Victoria se faisaient un sang d'encre, même si leur fille leur assurait qu'elle était en sécurité.

En septembre, M. Watson-Smith changea de poste et Richard fut promu à sa place conseiller du gouverneur général.

Hélas, les affrontements ne cessèrent pas avec la nouvelle année. En janvier 1948, tout le pays fut ébranlé par l'assassinat de Gandhi, icône de la non-violence abattue par un extrémiste. La guerre continuait de faire rage dans la province du Jammu-et-Cachemire. En juin, le vicomte Mountbatten renonça au titre de gouverneur général de l'Union indienne, moins d'un an après sa nomination. Cette responsabilité revint à un homme d'État indien, tandis que Jawaharlal Nehru restait vaillamment Premier ministre.

Après le départ de Mountbatten, la position de Richard en Inde était sur la sellette. Il parvint toutefois à passer sous les radars, se rendant utile aux Britanniques qui vivaient encore dans le pays, et s'efforçant d'apaiser les tensions chaque fois que c'était possible. Mais la vie n'avait plus rien à voir, malgré les conditions luxueuses dont lui et son épouse bénéficiaient.

Le jour vint où Richard aperçut les armes d'Alex alors qu'elle était en train de s'habiller.

— Je vois que tu as retrouvé tes anciens amis... Depuis quand ?

— Un moment déjà. Il est difficile de se débarrasser des vieilles habitudes. À l'époque, je les avais constamment sur moi. Ça a duré cinq ans...

— Tu as peur, ici ?

— Pas vraiment, mais prudence est mère de sûreté.

En effet, maintenant que la domination coloniale était abolie, ils ne bénéficiaient plus dans le pays du même statut qu'autrefois...

En 1949, sous l'impulsion de Nehru, fut cependant créé un nouveau Commonwealth, auquel put participer la jeune République indienne affranchie de la couronne britannique. Un cessez-le-feu avait été obtenu entre l'Inde et le Pakistan. En novembre, l'assassin de Gandhi fut exécuté. Après deux ans de chaos, l'Inde retrouvait un semblant de calme. Trois jours avant Noël, Richard et Alex reçurent leur plus beau cadeau : le médecin confirma les espoirs de la jeune femme. Enfin, elle était enceinte !

12

Alex n'aurait jamais imaginé qu'elle serait autant malade. Ses nausées, qui la prenaient dès le réveil et ne la quittaient qu'au moment de se coucher, l'empêchèrent de sortir aussi souvent que par le passé. Au cours des trois dernières années, Richard et elle avaient vécu quelques-unes des heures les plus mouvementées de l'histoire de l'Inde, mais les inquiétudes liées à l'instabilité politique et à la guerre étaient maintenant éclipsées par la joie de cette prochaine naissance. Même si elle restait alitée le plus clair de la journée, Alex s'efforçait d'accompagner Richard dans les fêtes et les dîners le soir venu quand son état le lui permettait. C'était le mieux qu'elle puisse faire, car aucun des remèdes indiens administrés par Isha ne produisait le moindre effet.

Le terme de la grossesse était prévu pour le mois de juillet 1950. Cependant, après quatre années en Inde, le mandat de Richard touchait à sa fin. Pour le moment, leur future destination demeurait inconnue. C'était pour Alex un sujet d'inquiétude : comment affronterait-elle un nouveau déménagement, dans un pays lointain, alors qu'elle serait sur le point d'accoucher ? Les supérieurs de Richard à Londres ne lui avaient fait que des retours positifs de son travail, lui laissant entendre que son prochain poste serait aussi intéressant et agréable que possible. En dépit de la situation chaotique pendant leur séjour, Alex et lui s'étaient pris d'une profonde affection pour l'Inde et ses habitants. Ils étaient donc fort tristes de devoir les quitter au moment où la paix était de retour.

En janvier, Alex commença à se sentir mieux. Les nausées s'étaient estompées depuis quelques jours, lorsqu'elle reçut de sa mère une lettre qui la laissa anéantie. Son père était mort le lendemain de Noël d'une crise cardiaque foudroyante. Il n'avait que 66 ans. Alex était persuadée que le décès prématuré de ses fils l'avait vieilli avant l'âge.

Le soir venu, lorsqu'il rentra du bureau, Richard la trouva assise sur le canapé, les yeux rougis.

— Que se passe-t-il ? Tu es toute pâle !

— Mon père…

Elle ne put finir sa phrase. Edward avait quitté ce monde depuis près d'un mois, et elle ne l'apprenait que maintenant… Alors qu'ils célébraient Noël et se réjouissaient de l'arrivée du bébé, sa mère était en train d'enterrer son père dans le cimetière familial, sans aucun de ses enfants pour la soutenir.

— Je dois rentrer en Angleterre pour être près d'elle, annonça Alex.

— Mais tu ne peux pas faire le voyage dans ton état ! objecta Richard.

— Je n'ai pas la malaria, répondit-elle avec un triste sourire. Je suis seulement enceinte.

— Et si tu perdais le bébé ?

— Cela n'arrivera pas. Je ne serai pas la première femme enceinte à monter dans un bateau. D'ailleurs, je pourrais peut-être prendre l'avion...

— Demande conseil au médecin. Avec l'altitude, je crains que ce ne soit encore pire !

— Ce serait plus rapide. Je veux passer quelques semaines avec ma mère. Elle est toute seule, Richard, et semble dépassée par toutes les démarches qu'elle doit accomplir.

C'était la première fois qu'Alex regrettait d'avoir quitté l'Angleterre. Jusque-là, ses parents se soutenaient mutuellement, Victoria n'aurait jamais imaginé se retrouver veuve si tôt... Aller la voir était le moins que sa fille puisse faire.

Dès le lendemain, la jeune femme consulta son médecin et lui expliqua la situation. Il n'était pas très favorable à l'idée d'un si long voyage, mais suggéra qu'un vol en avion serait moins éprouvant qu'une traversée en bateau.

À contrecœur, Richard réserva les billets. Alex avait plusieurs escales à faire. En tout, le périple durerait près de quarante heures et s'annonçait épuisant. Le soir venu, dans leur lit, la jeune femme pleura en silence sur l'épaule de son mari.

— Tu seras prudente, n'est-ce pas ? Je vais me faire un sang d'encre...

— Il n'y a pas de quoi. Je suis plus solide que j'en ai l'air, tu sais.

Séchant ses larmes, elle se releva.

— Où vas-tu ?

— Finir mes bagages.

Après avoir ajouté quelques articles à sa valise, elle revint dans la chambre en portant son Sten et une boîte de cartouches.

— Wow, que fais-tu avec cet engin ? s'écria Richard en se redressant d'un bloc.

— C'est un vieil ami, lui aussi. Je pense que tu devrais le garder pendant mon absence. On ne sait jamais ce qui peut se passer.

— Seigneur, je suis marié à une mercenaire... !

— Où veux-tu que je le range ?

— Où le conservais-tu, depuis quatre ans ?

— Dans un tiroir fermé.

Richard secoua la tête. Il n'en croyait pas ses yeux...

— Alors, laisse-le à sa place, tu n'as qu'à me donner la clé.

Alex acquiesça et s'exécuta sans autre commentaire.

— Parfois, j'ai l'impression que je ne te connais pas du tout, fit-il lorsqu'elle revint se coucher. Tu as raison : tu es toujours plus forte que je ne l'imagine. Moi aussi, j'ai vécu la guerre, et pourtant je ne me promène pas avec un pistolet-mitrailleur ou un poignard.

— Toi, tu pilotais ton avion, moi j'avais mes gadgets.

— Savoir que tu les as n'est pas fait pour me rassurer, mais en même temps je suis sûr que tu tires mieux que moi…

— Penses-tu !

Alex avait expliqué sa situation au MI6 dans la journée, en leur promettant de reprendre contact dès qu'elle serait rentrée en Angleterre.

Le lendemain, à l'aéroport, Richard embrassa longuement Alex avant de la laisser partir, et elle lui adressa un signe de la main depuis l'escalier d'embarquement. Elle était triste, mais déterminée, et avait hâte de rejoindre sa mère. Richard regarda l'avion décoller, priant pour qu'Alex et le bébé lui reviennent sains et saufs.

Bien qu'elle dormît beaucoup, le voyage lui parut interminable. Une fois arrivée à Londres, elle dut encore prendre un bus, puis un train pour Brockenhurst et un taxi jusqu'au manoir. Elle entra, sa valise à la main, et se retrouva nez à nez avec sa mère. Celle-ci s'apprêtait à partir pour le marché, un panier au bras. Victoria ne l'attendait pas : elle poussa un cri et manqua défaillir.

— Alex ! Que fais-tu là ? Tu devrais être en Inde et tu es enceinte !

— Je suis enceinte, mais je suis ici, murmura Alex en l'enlaçant.

Sur ce, sa mère fondit en larmes. Elles restèrent ainsi un long moment, avant d'aller s'asseoir ensemble dans la bibliothèque. Victoria lui raconta alors les circonstances du décès d'Edward.

— Je pense que papa ne s'est jamais remis de la mort de Willie et Geoff. Il avait de grandes ambitions pour eux.

— Tu dois avoir raison, hélas. Quelle est la situation en Inde ? Je me fais du souci pour toi.

— Tout va beaucoup mieux, le pays revient au calme. Mais tout cela est allé trop vite. Quel gâchis… De notre côté, la mission de Richard arrive à son terme.

— Comme j'aimerais que vous reveniez en Angleterre !

— Je sais, maman, mais je vous l'ai déjà expliqué : c'est impossible. En attendant, je suis là !

— Tu dois être épuisée…

— Juste un peu fatiguée. Je suis venue en avion et j'ai dormi presque tout le temps. Voulez-vous que je vous accompagne au marché ?

— Non, non, je m'en occupe. Toi, tu te fais couler un bain et tu prends une tasse de thé.

— Je n'ai pas vu les enfants, comment vont-ils ?

— Ma foi, il ne reste plus que les trois derniers. Les autres sont repartis travailler à Édimbourg, Liverpool, Manchester ou encore Londres. Ils sont braves, tu sais. Ils sont tous revenus nous voir pour Noël, de sorte qu'ils étaient là pour l'enterrement...

Alex sourit. Sa mère avait vraiment été bien inspirée d'accueillir ces petits réfugiés au début de la guerre. Dès que Victoria prit la route du marché, la jeune femme décrocha le téléphone et dicta un télégramme à l'opératrice pour prévenir Richard qu'elle était bien arrivée. Puis elle joignit son contact du MI6, à qui elle communiqua le numéro du manoir, en promettant de rappeler juste avant son retour à Delhi. Enfin, elle eut Bertie au MI5. Il fut à la fois enchanté de l'entendre et désolé des circonstances qui la ramenaient en Angleterre. De son côté, tout allait bien, son travail lui plaisait toujours autant. Alex lui résuma la façon dont elle avait vécu ces dernières années en Inde et il fut rassuré d'apprendre qu'elle était restée à l'abri des violences.

En raccrochant, Alex se dit qu'elle appellerait Samantha un peu plus tard. Les Watson-Smith étaient rentrés en Angleterre depuis un an, ils vivaient à huit dans un minuscule appartement dans la banlieue de Londres et n'avaient pas de personnel. La pauvre Samantha était au bord de la crise de nerfs et ne trouvait que rarement le temps d'écrire à Alex. Elle espérait que le ministère attribuerait un nouveau poste confortable à son mari, et le plus vite possible.

Puisqu'elle était seule, cette fois-ci, Alex s'installa dans sa chambre de jeune fille. Elle déballa sa valise, prit un bain et enfila des bas, une jupe et un pull noirs en signe de deuil.

Lorsqu'elle entendit sa mère rentrer, elle descendit l'aider à ranger les provisions. C'était bon de pouvoir se rendre utile, même pour de petites choses.

— À propos, comment te sens-tu ? s'enquit Victoria.

— Beaucoup mieux, mais j'ai été malade comme un chien au cours des trois premiers mois.

— C'est bizarre, j'avais beaucoup de nausées en t'attendant, et presque aucune quand j'étais enceinte de tes frères.

— La naissance est prévue pour juillet, ce qui m'inquiète un peu car nous devrons déménager avant.

— J'espère qu'ils vous enverront dans un endroit pourvu d'un bon hôpital…

Le soir venu, Alex se coucha de bonne heure, éreintée mais heureuse : elle savait à quel point sa présence faisait plaisir à sa mère. L'idée que son père était parti sans même voir son enfant lui brisait le cœur. Mais ce petit être en elle lui apportait une immense consolation. Comme la vie était étrange…

En se réveillant le lendemain, Alex découvrit qu'il neigeait. Après le petit déjeuner, les deux femmes s'habillèrent chaudement et se rendirent sur la tombe d'Edward, encore dépourvue de stèle. Elles demeurèrent là un long moment, main dans la main, tandis que les flocons leur tombaient sur la tête et les épaules. Puis elles rentrèrent se réchauffer avec une bonne tasse de thé et Alex alluma un feu dans la bibliothèque. Il y avait quelque chose de très doux à se retrouver dans la maison de son enfance.

Alex resta trois semaines, ce qui leur laissa l'occasion de décider qui s'occuperait de la gestion du domaine, puisque Victoria ne s'en sentait pas capable et qu'Alex vivait si loin. L'homme qui épaulait Edward jusque-là accepta de s'en charger et d'écrire à Alex pour les questions importantes.

La jeune femme profita aussi de son séjour pour consulter son vieux médecin. Il l'assura que la grossesse se déroulait pour le mieux : à quatre mois, son ventre commençait à présenter une jolie bosse, et le bébé suivait apparemment une croissance normale.

Le reste du temps, au manoir, sa mère et elle aidaient les jeunes à préparer leurs examens et à rédiger des lettres de motivation pour différentes écoles. Le soir, Victoria tricotait pour le bébé pendant qu'Alex se plongeait dans un livre. Plusieurs voisins, qui passèrent rendre visite à sa mère, furent surpris et heureux de voir Alex. Le week-end, la jeune femme prit la voiture pour emmener Victoria et les trois jeunes au cinéma de Lyndhurst.

Enfin, le moment de repartir arriva.

— Je ne veux plus te quitter aussi longtemps, murmura Alex en serrant sa mère dans ses bras.

— Où que tu sois, je viendrai te voir, promit Victoria.

Alex interdit à sa mère de l'accompagner jusqu'à l'aéroport, car le retour en train dans le Hampshire aurait été pour elle trop déprimant.

— Je t'enverrai des photos du bébé. Si c'est un garçon, nous lui donnerons le prénom de papa.

À ces mots, les larmes de Victoria redoublèrent.

Elle regarda ensuite Alex s'éloigner dans son taxi, lui adressant un signe de la main depuis le perron. Lorsque la voiture eut disparu au bout de l'allée, Victoria alla s'asseoir à la table de la cuisine et sanglota, la tête dans les bras. Reverrait-elle sa fille ? Connaîtrait-elle son petit-fils ? Quel que soit le prochain poste de Richard, ils seraient bien loin d'elle…

Ces mêmes questions occupèrent Alex tout au long du trajet jusqu'à Londres. Elle se culpabilisait terriblement de l'abandonner. Mais son devoir était de rester avec Richard. Elle lui avait envoyé un nouveau télégramme précisant son heure d'arrivée à Delhi, et elle espérait qu'il viendrait la chercher. Elle dormit pendant toute la durée du dernier vol.

Alex aperçut Richard dès qu'elle posa le pied dans le terminal de l'aéroport de Delhi.

— Tu m'as tellement manqué…, souffla-t-il en l'enlaçant de ses bras puissants.

Raghav, leur chauffeur, les attendait à la sortie. Richard lui tendit la valise, puis le couple monta à l'arrière de la voiture.

— T'es-tu servi de mon Sten ? murmura Alex.

— Je n'y ai même pas touché. Je ne suis pas un danger public comme toi ! Comment va ta mère ?

— Nous avons beaucoup pleuré. Si tu savais comme je m'en veux de la laisser toute seule. J'espère qu'elle viendra voir le bébé, quelle que soit notre prochaine affectation...

De retour à la maison, ils se retirèrent dans leur chambre, où Isha avait monté à Alex un bol de soupe et quelques en-cas variés qui pourraient lui faire envie. En l'occurrence, l'appétit de la jeune femme était revenu : elle dévora tout.

Après le repas, elle s'aperçut que Richard restait bien silencieux.

— Quelque chose ne va pas ?

— Non, non, on ne peut pas dire ça... C'est juste que je viens d'apprendre où je vais être muté. J'espérais quelque chose de vraiment différent d'ici... Peut-être l'Europe, pour nous rapprocher de ta mère.

— Ne me laisse pas mariner ! Où allons-nous ?

— Au Pakistan, lâcha-t-il, visiblement dépité. Nous sommes restés longtemps ici, et cela ne représente pas vraiment un changement. Mais maintenant que les tensions sont apaisées, et dans la mesure où nous avons vécu la transition, le ministère trouve judicieux de m'envoyer là-bas. J'aurais préféré quelque chose de nouveau. De plus, je crains que notre vie ne soit pas aussi confortable, puisque Karachi n'était pas une capitale jusqu'à présent. Enfin, je suis promu haut-commissaire adjoint. Ce n'est pas si mal…

— C'est même une très belle promotion, déclara Alex en l'embrassant.

En effet, le poste de haut-commissaire était le grade le plus élevé au sein de la hiérarchie de la diplomatie du Commonwealth, l'égal de l'ambassadeur pour d'autres pays.

— Quand partons-nous ?

— Dans trois mois, en mai. Tu en seras au septième mois. L'idée d'accoucher là-bas ne t'ennuie pas ?

— Là-bas ou ailleurs, qu'cst-ce que cela change ?

— L'ambassade a son propre médecin, et il est britannique : tu n'auras pas à accoucher en ourdou ou en bengali !

— Je crois que le bébé s'en ficherait complètement, répondit-elle en riant.

— Tu es vraiment une guerrière ! lança Richard.

Tous deux furent tristes de quitter leurs amis de Delhi – du moins ceux qui restaient, car beaucoup étaient déjà repartis. La communauté diplomatique composait une mosaïque de personnalités en perpétuel changement, ce qui rendait ce mode de vie passionnant.

Alex regrettait particulièrement de se séparer d'Isha et Sanjay, avec qui s'étaient nouées de très fortes relations de confiance et d'affection. Elle promit de leur écrire et de leur envoyer des photos du bébé.

À l'arrivée à Karachi, Alex fut agréablement surprise. La maison n'était pas aussi jolie, luxueuse, et pourvue en personnel que celle de Delhi, mais elle était spacieuse et confortable, et le nombre de domestiques était largement suffisant. Elle choisit aussitôt la pièce qui deviendrait la chambre d'enfant et se rendit dès les premiers jours au marché pour acheter un berceau très charmant, en bois, sculpté à la main.

Richard apprécia tout de suite le haut-commissaire, Sir Laurence Grafftey-Smith. Le diplomate était en poste depuis l'époque de la partition et de l'indépendance du Pakistan. Il ne repartirait que l'année suivante.

La vie sociale à Karachi se révéla moins animée qu'à Delhi, ce qui convenait parfaitement à Alex. Une fois qu'ils eurent fini d'emménager, elle se sentit trop épuisée pour avoir envie de sortir. Elle accompagna Richard à quelques cocktails et à un dîner, avant de s'estimer dispensée de mondanités. À huit mois de grossesse, elle se faisait l'effet d'une baleine échouée en plein soleil.

Elle rencontra le médecin britannique de l'ambassade, qui constata que le bébé était de belle taille, et qu'il n'y avait aucun problème apparent. Alex devait accoucher à la clinique que fréquentaient toutes les épouses de diplomates, et où toutes les infirmières étaient françaises ou anglaises.

La villa de Karachi présentait une agréable galerie couverte à l'avant de la maison. C'est là qu'Alex se reposait avec Richard, au frais sur une chaise longue, lorsqu'elle perdit les eaux. Ils appelèrent le médecin, qui leur recommanda d'aller directement à la clinique. Comme il s'agissait d'un premier bébé, il s'attendait à ce que cela prenne du temps. Richard aida Alex à monter en voiture et prit lui-même le volant. L'établissement était d'une propreté irréprochable. Les sages-femmes examinèrent Alex : le travail n'avait pas encore commencé, Richard pouvait lui tenir compagnie un moment. Pour la première fois, la jeune femme regretta de ne pas vivre en Angleterre, près de sa mère. Tout à coup, elle se sentait loin de chez elle, et elle avait peur. Elle avait bravé l'ennemi des centaines de fois, s'était retrouvée dans des situations dans lesquelles la plupart des hommes auraient perdu leurs moyens, mais là, en ce moment précis, alors qu'elle s'apprêtait à mettre un enfant au monde, elle doutait d'elle-même. Richard perçut cette terreur dans son regard.

— J'espère que tu as apporté ta mitrailleuse ? souffla-t-il, réussissant à la faire rire.

— Mon pistolet est dans mon sac.

— Très bien, n'hésite pas à menacer le médecin s'il t'énerve !

— Oh, Richard, je voudrais être à la maison, avec ma mère…

Une larme roula sur sa joue. Elle paraissait soudain très jeune et très vulnérable.

— Et moi, je souhaiterais pouvoir rester avec toi.

Il en avait déjà fait la demande, sans succès. Les pères étaient priés de patienter dans la salle d'attente, ou de rentrer chez eux. Richard avait promis à Alex de ne pas bouger de la clinique.

La jeune femme s'assoupit pendant une heure, puis fut réveillée par les contractions aux alentours de minuit.

— Alors, on dirait que ce bébé est pressé d'arriver ? commenta le médecin en entrant. Nous allons vous transporter en salle de naissance. Monsieur, je vais vous demander de nous laisser.

Richard s'exécuta docilement et il lui sembla entendre Alex pousser un cri de douleur peu de temps après, alors qu'il faisait les cent pas. De guerre lasse, il finit par s'asseoir. Toutes les infirmières qui passaient lui promettaient de le tenir au courant dès que le bébé serait né.

Après deux heures d'attente, le médecin arriva en personne, un grand sourire aux lèvres.

— Félicitations, monsieur Montgomery. C'est un gros garçon de près de 4 kilos. Votre femme s'est bien battue.

Fou de joie et d'émotion, Richard réprima une grimace : cela n'avait pas dû être une partie de plaisir !

— Quand puis-je la voir ?

— Nous allons la ramener dans sa chambre d'ici peu.

Le médecin ne dit pas au nouveau père qu'ils étaient encore en train de lui faire des points de suture : le passage de ce gros bébé avait occasionné une vilaine déchirure, au terme d'un accouchement aussi intense que rapide. Une infirmière lui apporta alors le bébé, enveloppé dans une couverture bleue. Il avait un visage tout rond, avec sur le crâne un duvet blond, de la couleur des cheveux d'Alex. On aurait dit un caneton potelé. Le cœur de Richard fondit à sa vue. Aussitôt après, l'infirmière l'emmena à la nurserie.

Richard dut attendre deux heures de plus avant de voir Alex, encore sonnée par l'éther qu'on lui avait fait inhaler pour la recoudre. Elle avait les yeux cernés de noir et semblait exténuée.

— Est-ce que ça va ? demanda-t-il en déposant un baiser sur son front.

— Je crois que oui…

Elle ne voulait pas l'inquiéter, mais Richard ne s'attendait pas à la retrouver à ce point affaiblie. Alex elle-même n'était absolument pas préparée à l'épreuve qu'elle venait de traverser. « Accoucher, c'est aussi facile que d'écosser des petits pois », avait prétendu Samantha. Alex savait maintenant que son amie lui avait menti sans vergogne. Quant à Victoria, elle avait prévenu sa fille que la première fois était la plus compliquée, mais sans donner de détails de peur de l'effrayer.

— Il est magnifique et tu es la plus jolie maman du monde, souffla Richard avant de l'embrasser à nouveau.

Il resta assis à lui tenir la main, jusqu'à ce qu'elle replonge dans le sommeil. Peu à peu, les premières lueurs de l'aube inondèrent la chambre, telle une bénédiction divine. Ils avaient un fils ! En regardant sa jeune épouse dormir, il avait conscience de vivre le moment le plus précieux de toute sa vie.

13

Pour honorer sa promesse, Alex baptisa son fils Edward William Geoffrey Montgomery. Richard le photographia dans les bras d'Alex et envoya un tirage à Victoria. Edward tétait goulûment, si bien qu'on lui aurait donné 3 mois lorsque Alex rentra avec lui à la maison une semaine après l'accouchement.

Richard avait pris ses marques au travail et commençait à bien connaître la ville. Les tensions religieuses étaient encore palpables à la suite de la partition, notamment en raison de l'arrivée massive des personnes déplacées.

Alex ne manquait pas d'aide pour s'occuper du bébé, et Richard était ravi de les retrouver tous les soirs. Elle se sentait heureuse dans sa bulle familiale et elle n'était guère pressée de revenir aux mondanités.

En octobre, elle se décida à accompagner de nouveau Richard dans les soirées, ne serait-ce que pour reprendre ses rapports au MI6. Elle fut particulièrement impressionnée par sa rencontre avec le Premier ministre du Pakistan, Liaquat Ali Khan. Cet avocat de métier avait été ministre des Finances du gouvernement d'intérim de l'Inde avant la partition, et ministre de la Défense du Pakistan. Artisan principal de la création du pays, il jouissait d'une immense popularité. Alex fit de lui un portrait très élogieux dans son rapport au MI6.

Six mois plus tard, en janvier 1951, Sir Gilbert Laithwaite remplaça l'ancien haut-commissaire du Pakistan. Irlando-britannique, né à Dublin, il avait été célébré comme un héros de la Première Guerre mondiale. Au cours des trente dernières années, il avait occupé différents postes au sein du gouvernement britannique des Indes, avant de devenir le secrétaire privé principal du vice-roi. Richard éprouva tout de suite une grande admiration pour lui et comprit qu'il aurait beaucoup à apprendre de lui.

En février, une tentative de coup d'État secoua le pays.

Malgré cela, Richard et Alex se consacraient à la joie de voir grandir leur petit Edward, qui s'était mis à marcher au mois de juillet, une semaine après son premier anniversaire.

En octobre, le Premier ministre pakistanais, celui qui avait tant impressionné Alex, fut assassiné. Il reçut le titre de martyr de la nation et sa mort donna lieu à quarante jours de deuil national.

Peu de temps après cette tragédie, Edward fut pris d'un accès de fièvre si violent que Richard et Alex décidèrent de le conduire à l'hôpital. Quand ils arrivèrent, le petit délirait. Alex et Richard étaient paniqués et le diagnostic du médecin n'arrangea rien : Edward avait le choléra, une maladie qui circulait encore fréquemment en Inde et au Pakistan. L'enfant perdit connaissance. Aucun traitement ne semblait pouvoir calmer sa fièvre. Richard et Alex restèrent à son chevet toute la nuit, tentant de faire baisser sa température avec des linges mouillés. Au matin, le petit garçon était plongé dans un profond coma. Il mourut à midi dans les bras de ses parents.

Alex mit plus d'une heure avant d'accepter de relâcher son étreinte. Le médecin assura qu'ils avaient fait tout leur possible. Alex et Richard étaient inconsolables, mais ils durent trouver la force d'organiser les obsèques. Deux jours plus tard, Edward fut incinéré. Les parents gardèrent l'urne près de leur lit. Alex resta ensuite allongée, les yeux fermés, à se repasser le film de la courte vie de son petit garçon, jusqu'à cette terrible nuit où ils n'avaient pas pu le sauver. Elle aussi avait l'impression d'être morte.

Enfin, elle appela une amie de sa mère dans le Hampshire et lui demanda d'aller prévenir Victoria. La jeune femme ne voulait pas lui annoncer la nouvelle du drame par télégramme. Il fallait que ce soit quelqu'un qui s'en charge en personne pour être à ses côtés et la soutenir.

Dès qu'elle reçut la visite de son amie, Victoria téléphona à Alex et tenta de lui apporter un peu de réconfort. Elle-même avait perdu deux de ses enfants... Et voilà que c'était au tour de son petit-fils, qu'elle n'avait pas eu le temps de connaître. La vieille dame culpabilisait de n'être jamais venue voir le petit Edward, mais sa santé était fragile : elle souffrait de problèmes cardiaques depuis la mort de son mari.

Mère et fille s'entretinrent longuement, pleurant à chaudes larmes à des milliers de kilomètres de distance. Une semaine plus tard, alors qu'il rentrait du travail, Richard trouva Alex dans la chambre d'Edward, en train de ranger ses affaires dans une malle. Il la prit dans ses bras, puis tous deux finirent de plier les petits vêtements. Alex ne voulait pas les jeter, mais ne supportait pas de les voir quotidiennement. Puis elle referma la porte, prête à entamer son deuil. Tous les soirs, cependant, Richard voyait bien qu'elle avait pleuré. Au bout de trois mois, elle accepta de l'accompagner à un ou deux événements notables, mais elle évitait toujours de sortir. Comment pourrait-elle recommencer à être heureuse un jour ? Les funérailles du roi Georges VI, en février 1952, n'entamèrent pas son apathie.

Plusieurs semaines passèrent et Alex eut un coup au cœur : elle était à nouveau enceinte. Richard et elle s'étaient promis d'avoir un autre enfant, mais pas si vite... Elle pleurait encore son premier-né, et savait au fond d'elle-même qu'il en serait toujours ainsi. Elle ne se sentait pas capable d'accueillir tout de suite un nouveau bébé. Mais le destin, encore une fois, en avait décidé autrement.

Si elle fut épargnée par les nausées, elle était en revanche comme absente de sa propre grossesse. Elle faisait comme si de rien n'était, elle ne parlait jamais de son état, même pas de l'enfant à venir. Comment pourrait-elle se laisser aller à aimer un petit être de toute son âme, alors que la mort risquait de le lui arracher d'un instant à l'autre ?

— Est-ce que tu préférerais accoucher en Angleterre, cette fois ? suggéra Richard.

Alex secoua la tête. La naissance était prévue pour octobre 1952, soit un an après la disparition d'Edward. Le médecin prétendait que cet heureux événement la tirerait de sa dépression. Richard avait du mal à y croire, il ne l'avait jamais vue ainsi. Que faire ? Ne devrait-il pas la convaincre de rentrer dans le Hampshire pendant quelque temps ? Pouvait-il prendre ce genre de décision à sa place ? Alex était pratiquement mutique, et tout l'indifférait.

Ils agissaient comme des automates et faisaient comme si tout était normal. Richard devait gérer seul l'organisation des soirées qu'imposait sa fonction. Ils entreprirent même un voyage jusqu'à Delhi, sur l'invitation du haut-commissaire qui donnait là-bas une grande fête. Richard pensait que la présence de ses anciennes amies ferait du bien à Alex, d'autant que la capitale indienne était plus animée que Karachi.

Alex était resplendissante, mais Richard voyait bien que rien de tout cela ne l'intéressait plus. Une partie d'elle-même était morte avec le petit Edward.

La nuit, quand ils étaient allongés l'un contre l'autre, Richard sentait parfois les coups de pied du bébé, mais Alex ne prenait plus la main du futur père pour la poser sur son ventre, comme c'était le cas lors de sa première grossesse. Ils ne commencèrent à rassembler quelques affaires pour le bébé que deux semaines avant le terme, après s'être débarrassés de celles d'Edward.

Un soir, alors que Richard était en train de finir le nouveau berceau et qu'Alex rangeait des langes dans la commode, elle se retrouva avec une mare à ses pieds. Elle leva vers son mari un regard paniqué.

— Je vais appeler le médecin, annonça-t-il d'une voix rassurante. Que dirais-tu d'aller t'allonger en attendant ?

— Je ne suis pas prête…, souffla-t-elle. Je ne peux pas… Je ne peux pas recommencer…

— Tout va bien se passer, affirma Richard.

Son accouchement précédent ne s'était-il pas déroulé sans encombre ? Et la mort d'Edward n'avait aucun rapport avec cette naissance.

Au téléphone, l'épouse du médecin expliqua à Richard que son mari n'allait pas tarder à revenir.

— Il est en visite, mais nous devrions quand même aller à la clinique, répéta Richard à l'intention d'Alex.

— Nous ne devons rien du tout. Je ne remettrai plus les pieds dans cet endroit ! répliqua Alex, avec une véhémence qui effraya son époux.

— Enfin, ma chérie, tu ne peux tout de même pas accoucher à la maison !

Mais Alex avait perdu la raison. Elle se comportait comme un animal acculé, prêt à attaquer ou à s'échapper.

— Bien sûr que si, je peux accoucher à la maison. Tout le monde le fait, ici.

— Tous les gens que nous connaissons vont à la clinique.

— Eh bien je l'ai détestée, cette clinique. Les Pakistanaises n'y vont pas, elles mettent leurs bébés au monde chez elles.

Richard se retint de lui répondre que l'Inde et le Pakistan présentaient les taux de mortalité maternelle et infantile parmi les plus élevés de la planète. Le visage d'Alex se tordit de douleur. Le travail avait commencé et Richard ne souhaitait pas perdre davantage de temps à discuter avec elle. D'un autre côté, il pouvait difficilement l'emmener contre son gré…

— Alex, je m'y oppose. C'est dangereux pour toi et pour le bébé. J'ai mon mot à dire là-dessus.

— Certainement pas. C'est de mon corps qu'il s'agit, et je ferai bien ce que je voudrai.

— Oui, mais il s'agit aussi de notre bébé. Je t'en prie, ne prenons pas de risque inutile. Je ne te serais d'aucune aide si quelque chose se passait mal.

Alex éclata en sanglots.

— Je ne peux pas retourner là où il est né… C'est trop tôt. C'est comme si j'allais le revoir… Je ne suis pas prête pour ce bébé… Et si celui-là mourait aussi ?

— Cela n'arrivera pas, répliqua Richard, le regard suppliant.

— Qu'est-ce que tu en sais ? Il pourrait tomber malade, tout comme Edward. Je t'en prie, Richard, je veux que les choses se passent différemment. Je ne veux pas en perdre un autre.

Alex déversait toute l'angoisse et le chagrin contenus au cours des derniers mois… Enfin, elle communiquait ses émotions à Richard, mais il ne se serait jamais attendu à son refus d'aller à l'hôpital, qui le laissait complètement démuni. Certes, cette grossesse n'était pas planifiée, mais le bébé n'en était pas moins sur le point d'arriver. Et le comportement irrationnel d'Alex risquait d'aboutir précisément au drame qu'elle redoutait. Richard eut soudain une illumination.

— Et si je restais avec toi, cette fois ?

— Ils ne voudront pas, marmonna Alex alors qu'une nouvelle vague de douleur la submergeait.

— C'est moi qui refuserai de te quitter. Je le jure solennellement !

Dès que la contraction fut passée, Richard souleva Alex du lit où elle était allongée. Elle ne se débattit pas, assommée par la souffrance. Il descendit l'escalier, la tenant toujours dans ses bras.

— Va chercher Amil, intima-t-il au valet qui accourait à sa rencontre. Nous allons à la clinique.

Le chauffeur, qui attendait à la cuisine avec le reste du personnel, se présenta aussitôt, suivi d'une servante qui leur tendit une pile de serviettes de toilette. Tout se passait beaucoup plus vite que la première fois, à tel point que Richard se demandait s'ils arriveraient à la maternité à temps.

— Accélère ! ordonna Richard à Amil.

Calée contre son mari sur la banquette arrière, Alex sembla se détendre.

— Pardon d'avoir fait autant d'histoires, murmura-t-elle d'un air pitoyable. Je ne suis plus tout à fait moi-même, tu sais…

— Je sais.

Elle fut prise d'une nouvelle contraction, et empoigna la main de Richard.

— Je… je crois qu'il arrive, fit-elle en haletant.

— Maintenant ? s'alarma Richard.

— Bientôt.

Il vit au fond de ses yeux qu'elle était revenue à elle, prête à faire face à la situation malgré son chagrin.

Alex n'émit plus un son jusqu'à la clinique. Elle serrait la main de Richard comme dans un étau. Dès qu'ils arrivèrent, Amil ouvrit la portière et Richard bondit à l'extérieur, Alex dans ses bras.

— Ma femme est en train d'accoucher, annonça-t-il à la réception.

L'infirmière pressa un bouton d'appel et les précéda au pas de course jusque dans une salle d'examen, bientôt rejointe par quatre collègues. Dès que Richard l'eut déposée sur la table, deux infirmières déshabillèrent Alex aussi vite qu'elles le purent.

— Parfait. Merci, monsieur. Vous pouvez sortir, maintenant.

— Non, je reste. Je vais vous le dire clairement : ma femme a vécu une expérience traumatique, et je ne la quitterai pas, martela-t-il.

— Hum, je m'en souviens : c'était un très gros bébé...

— Notre pauvre petit est mort. Je ne bougerai pas d'ici.

L'infirmière n'en crut pas ses yeux. Alex, sur la table d'examen, poussa un cri atroce. Deux des infirmières accoururent pour voir ce qui sc passait tandis qu'une troisième la recouvrait d'un drap et lui mettait les pieds dans les étriers. Dès que la douleur s'apaisa, Alex adressa un sourire franc à son mari.

— Merci. Si tu es là, je sais que je vais y arriver.

— Je ne veux être nulle part ailleurs.

Mais la contraction suivante s'abattait déjà sur Alex, qui se mit instinctivement à pousser.

— Ah non, pas tout de suite ! la réprimanda l'une des infirmières. Le docteur n'est pas encore là !

Mais Alex ne l'entendait plus. Elle continuait à pousser en serrant la main de Richard. Elle laissa échapper un nouveau cri, auquel se mêla un vagissement. L'infirmière souleva le drap et sortit le bébé.

Richard ne se souciait guère de savoir si c'était une fille ou un garçon. L'important était que le bébé soit en bonne santé. Il n'avait jamais rien vu d'aussi beau de toute sa vie ! Alex, le visage baigné de sueur, exultait d'avoir réussi.

— C'est une fille ! annonça l'une des infirmières à l'instant où le médecin entrait.

— Que se passe-t-il ? Et que faites-vous ici ? demanda-t-il en avisant Richard.

— J'assiste à la naissance de ma fille, répondit le jeune père avec un large sourire.

Après le choc de l'accouchement, Alex reprenait ses esprits. Elle versait des larmes de joie et d'émotion à la vue de sa petite fille. Celle-ci ne ressemblait en rien à Edward, avec ses cheveux et ses yeux sombres qu'elle tenait de Richard, et c'était un véritable soulagement. Cette fois, tout serait différent.

— Puis-je examiner votre femme, à présent ? intervint le médecin en faisant signe à Richard de se retirer.

— Vous pouvez, mais je reste ici, répondit ce dernier avant de confier le bébé à une infirmière.

— Comment allons-nous l'appeler ? demanda-t-il à Alex lorsqu'ils se retrouvèrent seuls.

— Que dirais-tu de Sophie ?

— C'est très joli..., dit-il en déposant un baiser sur ses lèvres. Et tu as été extraordinaire. Pour ça aussi, tu mérites une médaille.

Elle laissa échapper un petit rire fatigué, et Richard vit une ombre passer dans son regard. Il l'embrassa à nouveau, avant de chuchoter :

— Lui aussi, c'était un enfant magnifique. Mais cette petite nous a choisis comme parents.

Alex hocha la tête. Alors qu'elle pressait la main de Richard dans la sienne, une larme roula sur sa joue. Au même instant, l'infirmière revint lui apporter la petite Sophie. Toute proprette et bien emmaillotée dans une couverture rose, elle les scrutait de ses minces yeux noirs comme si elle les avait déjà rencontrés quelque part. Le regard plongé dans celui de sa fille, Alex se sentit vivante, et en paix, pour la première fois depuis un an.

14

Sophie était âgée de 18 mois lorsqu'ils quittèrent Karachi. C'était une enfant pleine de vie, et qui gagnait l'affection de tous. Le séjour au Pakistan avait été terriblement éprouvant pour Alex. Sans compter qu'elle avait perdu successivement son père et son petit garçon, ce qui l'avait plongée dans une profonde dépression. La grande fête donnée en l'honneur du couronnement de la jeune reine Élisabeth II était venue ponctuer un mandat au demeurant plutôt calme pour Richard. Les personnalités les plus influentes du pays s'étaient réunies à l'ambassade pour un bal, les hommes en fracs et nœuds papillons blancs, les femmes en sublimes robes de soirée rehaussées de bijoux précieux. Un an après, on en parlait encore !

À présent, le Maroc les attendait et ils étaient enchantés à l'idée de partir pour une destination bien différente de toutes celles qu'ils avaient connues jusque-là. Après huit ans aux Indes, ils avaient soif de nouveauté. Alex avait promis à sa mère de venir la voir avec Sophie dès que possible. Elle n'était rentrée qu'une seule fois depuis qu'ils vivaient à l'étranger, et si la mère et la fille s'écrivaient souvent, cela ne remplaçait évidemment pas le temps passé ensemble.

Alex était plus fière que jamais de son mari : après huit ans dans le corps diplomatique, Richard accédait au titre d'ambassadeur du Royaume-Uni ! De son côté, elle avait averti le MI6 de son déménagement : les services secrets étaient très curieux de savoir ce qui se déroulait dans ce coin du Maghreb.

Une fois encore, le couple arrivait dans un pays aspirant ardemment à l'indépendance. Le Maroc était en effet divisé en deux protectorats depuis 1912 : l'un français, l'autre espagnol. Au cours des deux dernières années, le vent de la révolte n'avait pas cessé de souffler. En décembre 1952, à la suite de l'assassinat de Farhat Hached, leader syndical et militant indépendantiste tunisien, les manifestations s'étaient propagées d'un protectorat à l'autre, entraînant deux jours d'émeutes à Casablanca. Le gouvernement français avait répliqué par la dissolution du tout nouveau parti communiste marocain ainsi que celle de l'Istiqlal, un parti indépendantiste, conservateur et monarchiste. Un an après cette double dissolution, la France avait contraint le futur Mohammed V, sultan et chef religieux très apprécié des Marocains, à s'exiler en Corse puis à Madagascar. Il avait été remplacé par l'impopulaire Mohammed ben Arafa.

Lorsque Richard arriva à Rabat, la capitale, l'atmosphère était insurrectionnelle. Les citoyens marocains semblaient prêts à prendre les armes pour obtenir l'indépendance et le retour du sultan.

Alex et Richard trépignaient d'excitation. L'ambassade était un bijou d'architecture mauresque, délicieusement exotique. Quant à la résidence de l'ambassadeur de Grande-Bretagne, c'était un véritable petit palais aux innombrables pièces : Alex avait hâte d'y donner des réceptions princières ! Le corps diplomatique britannique était sympathique et accueillant, et Richard apprécia tout de suite l'efficacité de son équipe. De plus, Rabat était une station balnéaire d'ambiance festive, particulièrement prisée des vacanciers français.

Le palais de l'ambassadeur, comme la plupart des belles demeures, était entouré de somptueux jardins fleuris. Une grande partie de ces maisons dataient du XVIIe siècle, tandis que la ville avait été fondée par les musulmans chassés d'Espagne, ce qui expliquait l'omniprésence du style mauresque. Quant à la « ville nouvelle », elle était née à la suite du protectorat français établi en 1912.

Alex tomba immédiatement sous le charme de Rabat, en particulier celui de la médina, c'est-à-dire le centre historique, un conglomérat de boutiques, de cafés et de restaurants tous plus pittoresques les uns que les autres. Elle avait hâte d'explorer la région, dont l'histoire était riche. Même si elle était bien décidée à ajouter la langue arabe à son répertoire, le fait que tout le monde à Rabat parle français constituait un avantage appréciable pour Alex. Sans compter que la petite Sophie apprendrait ainsi la langue de Molière en même temps que l'anglais.

Avant de quitter les Indes, Alex avait acheté des kilomètres de cotonnades imprimées, dans lesquelles elle prévoyait de se faire tailler des sarouels, ainsi que d'amples robes qu'elle porterait quand elle aurait des invités à la maison. Il lui semblait qu'au Maroc elle pourrait se permettre une plus grande liberté vestimentaire qu'au Pakistan, alors plus conservateur.

Le pays correspondait exactement au genre de destination dont elle avait rêvé quand Richard lui avait annoncé qu'il entrait dans le corps diplomatique. Elle s'y plut davantage qu'en Inde, où la tension était palpable. Une fois encore, ils disposaient de toute une armée de domestiques à leur service, dont plusieurs adorables jeunes femmes pour s'occuper de Sophie.

Alex employa les premiers mois de son séjour à visiter les ruines antiques, la ville de Salé, ainsi que les sites phéniciens et carthaginois, sur les rives du Bouregreg. Dans la médina, elle avait déniché quelques trésors, dont un somptueux caftan ancien, entièrement brodé à la main, qu'elle avait envoyé à sa mère : cela ferait à Victoria une élégante robe d'intérieur. Pour elle-même, elle avait choisi plusieurs corsages orientaux, ainsi que de superbes babouches en cuir, le tout rehaussé d'adorables petits grelots.

À la maison, elle s'occupait à déplacer les meubles et à rafraîchir la décoration du palais. Chaque jour, elle cueillait elle-même des fleurs dans le jardin et composait des bouquets pour les différentes pièces. Richard ne l'avait jamais vue aussi heureuse. Le soir venu, ils discutaient de politique. Richard était certain que le Maroc obtiendrait très bientôt son indépendance, tout en évitant les conflits qui avaient ensanglanté l'Inde et le Pakistan. C'était un endroit merveilleux pour élever Sophie, d'autant que le climat était d'une douceur paradisiaque. La petite passait le plus clair de son temps à jouer dans le jardin sous l'œil attentif de l'une de ses nounous, et elle connaissait déjà plusieurs mots en français. Alex, quant à elle, progressait rapidement dans son apprentissage de l'arabe. Une fois de plus, Richard était très impressionné par la capacité de sa femme à s'adapter à une nouvelle culture. Alex était littéralement tombée amoureuse du pays, et le rôle d'épouse de diplomate lui allait comme un gant.

Presque aussitôt après leur arrivée, Richard lui demanda ce qu'elle penserait d'avoir un autre enfant. Rabat représentait le cadre idéal pour élever une famille, et Sophie était une petite fille déjà si facile à vivre. À 38 ans, Alex n'était pas aussi enthousiaste. Sophie la comblait de bonheur, et elle se sentait trop vieille pour essayer de faire un bébé. Richard lui répliquait que c'était ridicule : elle paraissait dix ans de moins. Mais tel n'était pas le ressenti d'Alex. Elle avait tant souffert de la mort d'Edward qu'elle ne voulait pas prendre le risque d'avoir un autre enfant. Sophie lui suffisait, c'était son cadeau du ciel.

Les Montgomery menaient une vie sociale intense. Ils devinrent rapidement les hôtes les plus populaires de Rabat. Alex se lia d'amitié avec l'épouse de l'ambassadeur de France, qui avait été active dans la Résistance pendant la guerre et se prénommait Marie-Laure. Les deux femmes partageaient beaucoup de points communs.

Six mois après son arrivée, Alex maîtrisait assez d'arabe pour faire quelques achats en ville. Et la petite Sophie babillait maintenant aussi bien en français qu'en anglais.

Ils étaient à Rabat depuis un an lorsque le gouvernement français autorisa le sultan à revenir d'exil. À l'arrière-plan, Richard avait participé aux négociations pour encourager les Français dans ce sens. Juste avant le retour triomphal du sultan, Alex reçut un message codé du MI6, lui demandant de rencontrer un membre haut placé du parti communiste marocain, dans un café de la médina. Ils voulaient s'assurer qu'il n'y aurait pas d'émeutes si le sultan revenait. Depuis qu'elle travaillait pour eux, c'était la première fois qu'ils l'envoyaient à un tête-à-tête dans un lieu public. Alex estima qu'elle ne pouvait pas refuser, toutefois elle espérait que personne de sa connaissance ne la verrait en compagnie de l'homme en question. Le message lui demandait de porter un pull rouge, de tenir un livre bleu à la main et de s'asseoir à une table.

L'entrevue était fixée au lendemain : Alex dut annuler son cours d'arabe et décaler son rendez-vous chez le coiffeur pour pouvoir l'honorer. À l'heure dite, en entrant dans le café indiqué, elle se remémora soudain ses rencontres clandestines en Allemagne, pendant la guerre, avec des agents qui lui transmettaient de faux papiers.

Deux minutes plus tard, un homme d'apparence ordinaire, en costume occidental tout simple, prit place face à elle. Alex supposa qu'il avait guetté son arrivée dans la rue. Ils s'identifièrent par leur nom de code. Alex lui communiqua alors les questions posées par le MI6. L'homme assura qu'il n'y aurait aucun problème. Le parti ne s'opposait pas au retour du sultan, dans la mesure où cela favoriserait selon lui l'accession du pays à l'indépendance.

Alex le remercia et il repartit quelques minutes après être arrivé. Puis elle commanda un thé à la menthe, avant de flâner dans les boutiques et de rentrer chez elle sans avoir rien acheté. La mission était facile, Alex envoya son rapport dès son retour et le MI6 en accusa réception rapidement.

Peu après, chez le coiffeur, elle tomba sur l'épouse de l'ambassadeur de France, qui la regarda d'un drôle d'air en lui demandant si c'était bien elle qu'elle avait aperçue en compagnie d'un homme dans un café de la médina. Alex se mit à rire.

— Oh, je vois de quoi vous parlez ! Je m'étais arrêtée pour boire un thé et il a essayé de me vendre une montre, probablement volée. Heureusement, il n'a pas insisté.

Marie-Laure parut soulagée.

— Vous ne devriez pas aller seule dans les cafés de ce quartier. On y croise toutes sortes de gens louches, et parfois les femmes y sont enlevées pour devenir esclaves sexuelles. Soyez prudente, ma chère, nous ne voulons pas vous perdre !

Toutes deux se mirent à rire : en réalité, aucune d'entre elles ne croyait au mythe de la traite des Blanches. Mais Alex trouva utile de savoir qu'on l'avait vue : si Richard lui posait des questions, il faudrait qu'elle lui tienne le même discours. Voilà plusieurs années qu'elle n'avait pas eu à lui mentir…

Le sultan revint à Rabat trois jours plus tard. Il négocia l'indépendance sur la base d'une coopération avec la France. Le Maroc devint alors une monarchie constitutionnelle incluant un système de représentation démocratique. La déclaration commune franco-marocaine du 2 mars 1956 reconnut la caducité du protectorat. Le roi prit une part active à la modernisation du pays, sans laisser trop de place au parti communiste ni aux indépendantistes. Au cours de cette première année, Alex eut bien des choses à raconter au

MI6. Comme toujours, elle glanait un grand nombre d'informations lors des réceptions qu'elle donnait, et des dîners auxquels elle assistait.

Un mois après la signature de l'accord franco-marocain, ce fut au tour de l'Espagne de reconnaître à son tour l'indépendance des territoires marocains qu'elle contrôlait. En octobre 1956, la ville de Tanger fut également réintégrée, et le sultan fut couronné roi l'année suivante, ce qui donna lieu à de fastueuses célébrations auxquelles les Montgomery participèrent.

Ils avaient encore assisté à des changements spectaculaires dans leur pays de résidence, mais cette fois la transition était restée largement pacifique.

Richard tirait une grande satisfaction de tout ce qu'il avait accompli au cours de son mandat, en particulier son rôle de médiateur dans les délicates négociations pour l'indépendance. Lorsqu'ils quittèrent Rabat, en 1958, le bilan de leurs quatre ans de séjour était plus que positif. Ils avaient noué des amitiés qu'ils n'oublieraient jamais, tant au sein de la communauté diplomatique que parmi les Marocains.

Le diplomate reçut sa prochaine affectation. Leur nouvelle destination se situait à l'autre bout du monde : Hong Kong, alors colonie britannique depuis 1842. Entre-temps, Alex put passer un mois dans le Hampshire en compagnie de Sophie et sa mère. Hélas, Victoria semblait plus fragile que jamais.

La jeune femme avait bien l'intention d'apprendre une langue qui lui soit utile à Hong Kong. Le cantonais était intéressant, mais le mandarin présentait l'avantage d'être compris et parlé partout en Chine. Lorsqu'ils quittèrent Rabat, Alex maîtrisait couramment l'arabe et la petite Sophie était bilingue en anglais et en français, du haut de ses 5 ans passés. Pendant leur séjour, les Montgomery avaient accumulé de nombreux objets de décoration et autres trésors dénichés dans la médina, et comptaient bien les emporter avec eux. Tous deux avaient hâte de découvrir leur nouvelle destination, mais rien n'aurait pu les préparer au bouillonnement exubérant de cette métropole surpeuplée, qui leur sauta au visage dès qu'ils atterrirent à l'aéroport de Kai Tak.

Pendant la Deuxième Guerre mondiale, l'occupation japonaise avait été rude pour les habitants hongkongais. Ceux qui le pouvaient s'étaient enfuis, et ceux qui étaient restés avaient enduré humiliations et malnutrition. Toutefois, à l'issue de la guerre civile, Hong Kong avait connu un afflux migratoire provenant du régime communiste et la population avait quadruplé. On comptait déjà plus de trois millions de personnes, et les migrants constituaient une main-d'œuvre abondante et bon marché. Cette colonie britannique prospérait plus que jamais, l'économie était en plein boom, les investisseurs s'étaient détournés de Shanghai pour Hong Kong. Ceux qui avaient fui la ville avant l'occupation japonaise étaient de retour. Les gratte-ciel avaient poussé comme des champignons, l'argent coulait à flots. L'industrie s'était bien implantée, en particulier dans le secteur textile. Ce centre économique devenait alors une pièce maîtresse pour l'empire britannique, d'autant plus que l'île avait une position stratégique. Elle représentait un pont entre le géant communiste et le reste du monde.

En 1956, Hong Kong avait été secouée par des émeutes en réaction aux salaires trop bas, aux journées de travail trop longues et aux conditions de logement précaires. Mais deux ans plus tard, c'est-à-dire au moment où les Montgomery arrivèrent, le calme était revenu. En tant que haut-commissaire, Richard aurait cependant un point noir à surveiller étroitement : il s'agissait des fameuses « triades », des groupes mafieux puissants chassés de Chine continentale par le gouvernement de Pékin.

À Hong Kong, les postes clés du pouvoir étaient occupés par des Britanniques et des Européens ; les Écossais étaient nombreux parmi les entrepreneurs les plus anciennement implantés.

Mais contrairement à l'Angleterre, où la vieille garde aristocratique méprisait les affaires et s'éteignait à petit feu, l'argent et le commerce étaient rois à Hong Kong. Les fêtes et soirées étaient l'occasion de faire des rencontres et de nouer des partenariats – ce qui aurait paru incongru à Londres, où l'on ne mélangeait pas le travail et les mondanités. Certains assistaient à deux ou trois réceptions au cours d'une même soirée. Parfois, un simple cocktail débouchait sur un contrat.

Dans la plus pure tradition britannique, les hommes d'affaires se devaient d'appartenir à l'un ou l'autre des clubs de la ville. Il y avait des clubs sportifs, des *dining clubs,* ou encore des *night-clubs* qui étaient de véritables lieux de sociabilité élitistes. Bien entendu, les *gentlemen's clubs* traditionnels tenaient le haut du pavé. Le plus prestigieux et vénérable d'entre eux se nommait simplement Hong Kong Club, suivi de près par le Royal Hong Kong Yacht Club. En tant que haut-commissaire, Richard adhérait automatiquement aux deux. Son poste l'amènerait à travailler en étroite collaboration avec le gouverneur britannique, Sir Robert Brown Black.

La maison du haut-commissaire, où les Montgomery venaient d'emménager, était située dans le nouveau quartier résidentiel du Peak, à deux pas de la demeure du gouverneur. La ville comportait encore de très belles demeures anciennes, même si la population vivait de plus en plus en appartement, dans les hauts immeubles qui se dressaient partout.

Le smoking était de rigueur dans quasiment toutes les fêtes, la musique et la danse figuraient presque systématiquement au programme. L'épouse de l'ambassadeur français à Rabat avait donné à Alex l'adresse d'une petite couturière, qui copiait les derniers modèles de la haute couture parisienne pour une bouchée de pain. Alex avait hâte d'aller la voir pour lui commander la garde-robe dont elle aurait besoin à Hong Kong, où la vie sociale était bien plus frénétique et formelle qu'à Rabat.

La Croix-Rouge britannique était très active dans la ville, et quelqu'un avait soufflé à Alex qu'elle pourrait peut-être y donner de son temps comme bénévole. Les différents clubs étant exclusivement masculins (en dehors d'événements exceptionnels), l'organisation caritative constituait un lieu de réunion pour les dames de la haute société.

Les Montgomery furent enchantés de leur nouvelle maison juchée sur le Peak, avec vue sur le port. Ils disposaient de nombreux domestiques, venus pour la plupart de Chine continentale après la guerre civile. Ils parlaient tous un anglais irréprochable. Il y avait un majordome, des femmes de chambre, des valets et un excellent cuisinier, qui avait travaillé pour un grand restaurant français. La nounou de Sophie, prénommée Yu Li, avait elle-même l'air d'une enfant. Au début, la petite ne lui adressait la parole qu'en français et l'adorable jeune fille, en riant, lui répondait en anglais. Alex espérait que Sophie apprendrait aussi le chinois. Le plurilinguisme ne pouvait être qu'un atout, elle était bien placée pour le savoir !

Comme toujours, Alex transmit des rapports réguliers au MI6, et ce dès le jour de leur arrivée. Mais, à sa grande surprise, ses supérieurs lui demandèrent alors de jouer un rôle plus actif que par le passé. Ils lui envoyèrent une liste de personnes qu'elle devrait tenir à l'œil, dont trois qu'elle devrait essayer de rencontrer en tête à tête et plusieurs qu'elle devrait inclure à sa liste d'invités. Un seul des noms était chinois, tous les autres britanniques – et il n'y avait que des hommes, ce qui représentait un défi supplémentaire. Les *gentlemen's clubs* ne lui étaient pas ouverts, et Alex ne voulait pas passer pour une femme aux mœurs légères.

Dès les premiers jours de leur arrivée, les Montgomery reçurent des dizaines d'invitations. Richard encouragea Alex à en accepter le plus possible. Tout le monde avait hâte de rencontrer l'actuel haut-commissaire. Souvent, on prenait contact lors d'un cocktail, puis on rendait l'invitation, avant de prévoir un dîner plus formel. Au bout d'un mois, leur vie était devenue un tourbillon, Alex n'avait plus le temps de faire autre chose qu'organiser des soirées, essayer de nouvelles tenues, envoyer invitations et cartons de remerciements.

Elle tomba par hasard sur deux des hommes figurant sur la liste du MI6 dès le premier cocktail où Richard et elle furent invités. Le premier était un Écossais qui travaillait à la Shanghai Banking Corporation, que tout le monde à Hong Kong désignait simplement comme « la Banque ». Le second, un industriel irlandais qui avait fait fortune dans le textile après la guerre. L'Écossais, un certain Ronald McDuffy, avait l'âge d'un monsieur qui aurait pu être son père. Il buvait un whisky sec tout en scrutant Alex avec intérêt. Outre la finance, il n'avait pas beaucoup de sujets de conversation. Le second, dénommé Patrick Kelly, était quant à lui un Irlandais plutôt bavard, du même âge qu'Alex. Il l'invita à déjeuner dès cette première rencontre, ce qu'elle refusa poliment. Néanmoins, un peu plus tard dans la soirée, Alex se posta dos à lui, dans un autre groupe, pour épier ce qu'il disait à l'un de ses amis. Il évoquait une transaction qu'il espérait conclure à Pékin. Elle mémorisa les conversations et les restitua aussi fidèlement que possible au MI6 le soir même. Puis elle rejoignit Richard, qui était en train de lire ses dossiers au lit pour se mettre à jour de la vie hongkongaise et des enjeux politiques avec la Chine.

Lors du premier dîner officiel donné par les Montgomery, les deux cibles principales d'Alex arrivèrent accompagnées de leurs épouses. Celles-ci n'étaient pas particulièrement intéressantes, mais c'étaient de très belles femmes, habillées selon les dernières tendances de la mode. Les deux hommes, investisseurs influents, s'étaient installés à Hong Kong bien avant la guerre. Ils y étaient revenus après leur mobilisation et le retrait des troupes japonaises. L'un des deux, Arthur Beringer, invita discrètement Alex à boire un verre le lendemain soir. Elle ne put décliner une telle occasion. Il lui faudrait trouver une excuse pour manquer un cocktail auquel Richard et elle étaient invités…

Richard était tellement pris par son travail qu'il ne s'étonna même pas du prétexte de sa femme : une réunion au sujet de la collecte de sang qu'elle avait accepté d'organiser pour la Croix-Rouge.

Le lendemain, en pénétrant dans le bar du très prestigieux hôtel Peninsula, Alex se revit plusieurs années en arrière, lorsqu'elle avait brièvement dû flirter avec un officier SS à Paris. D'ailleurs, cet Arthur Beringer lui ressemblait un peu. C'était lui aussi un très bel homme… Il la salua avec une certaine intensité dans le regard et la complimenta sur sa petite robe noire – la couturière chinoise de Marie-Laure l'avait réalisée en deux jours, d'après une photo découpée dans un magazine.

Sans demander son avis, Beringer commanda une coupe de champagne pour Alex et un gin pur pour lui.

— Très chère, puisque vous venez d'arriver à Hong Kong, je tenais à vous faire connaître quelques-unes des formidables opportunités offertes par cette ville. Pour le dire simplement : on peut gagner des fortunes. Si nous jouons les bonnes cartes, chacun d'entre nous pourra rentrer en Angleterre avec des gains colossaux.

La métaphore était on ne peut plus appropriée, dans la mesure où Beringer s'adonnait notoirement aux jeux de hasard, et Alex croyait savoir qu'il avait amassé son magot au prix de risques considérables, en lien avec des personnalités douteuses. La suite de son discours confirma cette réputation :

— Oui, vraiment, il y a des affaires juteuses à faire, si vous ne craignez pas les alliances, disons... peu orthodoxes. Certains de nos amis à Pékin comprennent fort bien les mérites du capitalisme, à condition de le pratiquer discrètement.

Alex fut assez surprise de la confiance qu'il lui accordait en dévoilant ces transactions illicites avec des Chinois du continent. Il faut croire que sa position d'épouse du haut-commissaire promettait à Beringer de nombreuses connexions, afin d'élargir encore son champ d'action. Il jouait à quitte ou double, succombant à la beauté du visage d'ange d'Alex...

— Je crains que mon mari et moi-même ne soyons à même de faire des investissements, répondit-elle avec un sourire timide.

Au même moment, elle se souvint du bracelet en diamant qu'elle avait renvoyé à l'officier pendant la guerre. Arthur Beringer ne reculait devant rien pour obtenir ce qu'il voulait.

— Je m'en doutais, madame Montgomery. Les revenus des diplomates ne sont pas toujours à la hauteur de leur noble mission. Toutefois, votre position vous amènera à faire de nombreuses rencontres. Et si vous me présentez aux bonnes personnes, vous pourrez bénéficier d'une commission plus qu'honorable.

— Et… comment expliquerai-je ces revenus à mon mari ?

— Certaines banques offrent la possibilité d'ouvrir des comptes discrets, sous un faux nom ou un simple numéro. Faites-moi confiance, mon petit stratagème pourrait faire de vous une femme riche.

— Il faut que j'y réfléchisse, monsieur Beringer, mais je dois reconnaître que votre proposition est alléchante. Du moment que personne n'est au courant…

— J'ai quelques amis très *bas* placés, dit l'homme en souriant à sa propre plaisanterie. Vous ne pouvez pas mesurer à quel point cela peut se révéler utile.

— Les triades ? demanda Alex en se référant aux gangs chinois.

Beringer fit signe au barman de renouveler sa consommation.

— Peut-être… Ne vous inquiétez pas pour les détails. Envoyez-moi les investisseurs, et l'argent apparaîtra comme par magie sur votre compte secret. Personne ne posera de questions, votre mari n'en saura rien.

Alex imagina combien de personnes autour d'elle faisaient déjà affaire avec cet individu. Peut-être plus qu'elle ne le croyait… Hong Kong grouillait d'ambitieux avides de faire fortune, qu'importe la manière d'y parvenir. Jetant un coup d'œil à sa montre, elle récupéra sa pochette sur le bar et s'excusa.

— Prenez le temps de réfléchir à mon offre. Nous pourrions en reparler lors d'un déjeuner…

Beringer ne mélangeait pas explicitement la séduction et les affaires, mais la façon dont il la regarda au moment de prendre congé, en posant la main sur son épaule nue, ajoutait juste ce qu'il fallait d'ambiguïté pour laisser la porte ouverte. Il y avait en lui quelque chose de louche et de profondément inquiétant...

Ensuite, le chauffeur conduisit Alex au consulat français, à bord de la Rolls-Royce dont elle disposait personnellement. Dès qu'elle eut retrouvé Richard au buffet où l'on servait les hors-d'œuvre, elle vit Beringer et sa femme. Lorsqu'on passa à table, cette dame couverte de diamants flirta avec le consul français, près de qui elle était assise. Pour sa part, Arthur Beringer se contenta d'un signe de tête poli en direction de Richard et Alex, et ne leur adressa pas la parole de la soirée. Rien ne pouvait laisser supposer qu'il lui avait offert un verre au Peninsula une heure plus tôt.

Le dîner dura jusqu'après minuit. Sur le chemin du retour, les Montgomery parlèrent des gens qu'ils avaient rencontrés. Alex en profita pour demander à Richard ce qu'il pensait d'Arthur Beringer et de sa femme.

— Il ne m'a pas l'air très net, commenta Richard sans y attacher une importance particulière. Quant à elle, on dirait qu'elle cherche par tous les moyens à tromper son ennui...

Alex sourit : c'était bien son impression. Épuisé, Richard alla se coucher dès leur retour à la maison, tandis qu'Alex prenait son temps dans son dressing, comme souvent quand elle avait des messages urgents pour le MI6. Après avoir enfilé un déshabillé, elle sortit son transmetteur du tiroir et envoya un rapport détaillé de son entrevue avec Beringer au Peninsula. À Londres, on accusa réception sans commentaire. Il ne restait plus qu'à décliner l'offre de cet individu.

Le lendemain, cependant, elle consulta l'appareil après le petit déjeuner, selon une routine devenue quotidienne au cours des dernières années. Elle s'aperçut alors qu'elle avait reçu une notification.

Le message était bref : « Ne répondez pas tout de suite. Faites semblant d'hésiter. » Voilà qui était facile… Une semaine plus tard, Beringer finit par l'appeler en milieu de matinée, à une heure où il savait que Richard serait sorti.

— Avez-vous réfléchi à notre petite conversation ? demanda-t-il sur un ton détaché.

— En effet, fit-elle d'une voix tremblotante. Mais… je ne voudrais pas créer de problèmes à mon mari…

— Ne vous inquiétez pas, je ne suis pas un amateur. Personne n'en saura rien.

— Et si ce n'était pas le cas ? Le bureau des Colonies est très strict sur les rapports avec la Chine communiste. Vous avez évoqué vos « amis de Pékin »… Mon mari pourrait perdre son travail si l'on ébruitait son implication dans des affaires avec certains dignitaires chinois.

— Si nous nous y prenons bien, votre époux n'aurait même plus besoin de son emploi ! Et je vous assure que je ne laisse jamais rien au hasard.

Voilà qu'il insistait sérieusement… Irait-il jusqu'au chantage ? Alex l'en croyait capable.

— Réfléchissez quelques jours, conclut-il. Ce serait folie que de refuser, madame Montgomery.

Elle ne pouvait en être certaine, mais Alex décela effectivement une menace dans cette dernière exhortation. Bien entendu, elle rapporta aussitôt les détails de cet échange au MI6, avant de descendre déjeuner. Dans l'après-midi, après sa leçon de cantonais, elle consulta encore son transmetteur : « Continuez à temporiser, ou rencontrez-le à nouveau. Ne laissez pas le poisson vous filer entre les doigts. Ne dites ni oui ni non, restez ambiguë. » Alex sentit que ce petit jeu pouvait se révéler dangereux. La patience ne semblait pas être le point fort d'Arthur Beringer. Prenant son courage à deux mains, Alex rappela l'homme à son bureau. Elle se dit tentée, quoiqu'un peu effrayée. Elle avait besoin d'éléments supplémentaires pour être tout à fait rassurée.

— Déjeunons ensemble, madame Montgomery.

— Je vous en prie, mes amis m'appellent Alex.

Voilà bien longtemps qu'elle n'avait pas ainsi usé de son charme pour amener un homme à se dévoiler, mais c'était toujours aussi excitant. Pourvu que Richard ne s'en aperçoive jamais ! Même s'il soupçonnait vraisemblablement son activité d'espionnage, il n'était pas question qu'il la surprenne à ce genre de petits jeux. Elle avait trop peur de le blesser.

Le lendemain midi, Alex rencontra Arthur dans le restaurant discret qu'il avait suggéré. Il portait un costume bleu sombre à la coupe impeccable, qui semblait venir tout droit de chez un tailleur de Savile Row à Londres. Après avoir tenté la carte de la séduction pendant tout le repas, il n'évoqua son offre de collaboration qu'à la toute fin. Son ton était encore plus pressant que la fois d'avant.

— Alex, j'ai besoin de faire équipe avec quelqu'un d'insoupçonnable. Quelqu'un comme vous ! Il se trouve que je voudrais transférer une somme importante depuis Shanghai sur un compte hongkongais, auquel certaines personnes bien placées pourront avoir accès sans problème. Je vous en offrirai une part conséquente si vous acceptez de m'aider. C'est un cadeau pour sceller notre amitié. Les commissions viendront plus tard. Seulement, il faut vous décider rapidement.

— Donnez-moi jusqu'à demain, finit par dire Alex alors que, sous la table, Arthur lui posait la main sur le genou.

Pourvu qu'il n'essaie pas d'aller plus loin… Et d'ailleurs, qui était impliqué dans cette histoire ? Des dignitaires du parti communiste chinois ? Des membres des triades ? Sans doute des personnalités que le MI6 voulait épingler…

— Arthur, je suis mariée, murmura-t-elle en le regardant droit dans les yeux.

— Et moi donc, Alex ! Mais votre mari travaille trop, il ne vous accorde pas toute l'attention que vous méritez. Lui aussi a dû commencer à recevoir toutes sortes de propositions. C'est comme cela que les choses se font à Hong Kong, si vous ne l'aviez pas encore compris. Alex, vous êtes une très belle femme, nous pourrions faire des affaires formidables ensemble, et bien plus…

Elle aurait voulu lui cracher au visage qu'elle n'était pas à vendre, mais jugea préférable de se taire. Il fallait jouer le jeu jusqu'au bout ; le MI6 comptait sur elle. Elle remercia Arthur pour le déjeuner et déclara qu'il était l'heure de partir. Alors qu'elle se levait, il la saisit brutalement par le poignet.

— Dites oui, vous ne le regretterez pas.

Avec un léger signe de tête, elle se dégagea et quitta le restaurant sans un mot de plus. Dans l'après-midi, elle eut toutes les peines du monde à se concentrer sur son cours de mandarin. Et le soir, alors qu'ils sortaient dîner, Richard la trouva bien silencieuse. Elle aurait voulu passer plus de temps avec Sophie, mais depuis qu'ils habitaient Hong Kong il fallait toujours courir. Heureusement, la petite adorait sa nouvelle nounou.

— Fatiguée ? s'enquit Richard dans la voiture. Il est vrai que nous ne sommes presque jamais chez nous…

Contrairement à lui, qui raffolait du tourbillon de la vie diplomatique hongkongaise, Alex commençait à regretter de ne pas avoir davantage de vie privée. Par chance, Arthur Beringer n'était pas invité au même dîner qu'eux ce soir-là.

Le lendemain, Alex eut un choc en lisant le journal. Arthur Beringer avait été assassiné, on ne savait par qui. Peut-être un coup des triades. Un long article évoquait ses connexions douteuses ainsi que son immense fortune. Ce matin-là, après le départ de Richard, Alex reçut un appel de la police, qui souhaitait s'entretenir avec elle dès que possible. Le cœur battant, elle demanda de quoi il s'agissait. L'enquêteur lui répondit qu'il cherchait à contacter toutes les personnes ayant vu M. Beringer au cours des vingt-quatre dernières heures de sa vie, et qu'il avait des raisons de croire que la victime avait déjeuné avec elle.

Alex s'abstint de confirmer, mais accepta de recevoir les policiers chez elle à 17 heures. Aussitôt après avoir raccroché, elle courut à son dressing pour envoyer un message au MI6, en priant pour que la réponse arrive rapidement. Il fallait agir sans tarder, car les rumeurs circulaient à toute vitesse dans le microcosme des élites hongkongaises. Si l'on apprenait que l'épouse du haut-commissaire avait rencontré Beringer plusieurs fois, c'était le scandale assuré. Alex était si angoissée qu'elle songea à démissionner des services secrets. Elle avait signé pour récolter des informations, pas pour être utilisée comme appât ! La guerre était finie, Alex était maintenant mère de famille et n'avait pas envie de risquer sa vie, son couple ou la carrière de son mari.

Par chance, la réponse fut presque immédiate. « Nous reprenons les choses en main. Mission terminée. » Une heure plus tard, Alex reçut un appel de la secrétaire du chef de la police pour annuler le rendez-vous : c'était une erreur, le commissaire s'excusait pour le dérangement. Le même journal publia peu de temps après un article expliquant que Beringer blanchissait des fonds à la fois pour les triades et plusieurs dirigeants communistes corrompus : il avait été pris dans les feux croisés d'un règlement de comptes.

En lisant la nouvelle, Richard déclara que ce type lui avait fait mauvaise impression depuis le début. Alex hocha la tête sans commentaire, soulagée que le MI6 ne l'ait pas laissée tomber. Elle n'avait jamais été aussi près d'être démasquée. Elle ne revit jamais l'épouse de Beringer : on dit qu'elle avait quitté Hong Kong et totalement disparu de la circulation après la mort de son mari. Cet épisode rappela à Alex que, même en temps de paix, l'espionnage comportait sa part de danger.

15

Pendant un certain temps, le MI6 se contenta de demander occasionnellement à Alex un rapport sur telle ou telle personne qu'elle devait inviter, en plus de l'envoi de ses comptes rendus quotidiens. Toutefois, neuf mois après son arrivée à Hong Kong, ses supérieurs la sollicitèrent pour qu'elle rencontre, en tête à tête, une femme chinoise au profil suspect. Elle avait investi dans l'industrie textile en exploitant des usines près de Shanghai. Le MI6 voulait savoir jusqu'à quel point elle était en lien avec les gouvernants communistes. Alex fut fascinée par le personnage. Elle devait avoir un peu plus de 30 ans. Son père, riche propriétaire terrien, avait fui la Chine continentale à l'arrivée des révolutionnaires, mais le MI6 la soupçonnait d'avoir noué des contacts étroits avec les nouveaux dirigeants. Lors de leur premier et unique rendez-vous, il devint clair pour Alex que cette femme avait été la maîtresse d'un important membre du Parti, ce qui lui avait permis d'installer illégalement son entreprise sur le sol de la République populaire. Démasqué, l'homme avait perdu son poste avant de disparaître, tandis que son amante s'était établie au Royaume-Uni. C'était une très belle femme, qui dégageait un parfum sulfureux.

Par la suite, les rencontres de ce genre restèrent exceptionnelles. Bien sûr, Alex s'en voulut de mentir à Richard, mais elle ne se sentit en danger qu'une seule fois. Ce fut lors d'une entrevue avec un mafieux des triades chinoises. Par chance, elle n'eut pas besoin de recourir à son poignard ni à son pistolet...

Le reste du temps, elle jouait à la perfection son rôle de maîtresse de maison et d'épouse modèle. En à peine plus d'un an, elle avait acquis une maîtrise du cantonais et du mandarin qui impressionnait les locuteurs natifs. Seul Richard ne s'étonnait pas d'une telle prouesse : il avait pleinement conscience du talent de sa femme.

Après deux ans à Hong Kong, les Montgomery reçurent des nouvelles de Victoria. Elle n'était pas en grande forme, sa santé déclinait rapidement. Alex alla passer le mois de juillet dans le Hampshire avec Sophie. La fillette s'y ennuya beaucoup, et affirma qu'elle détestait la campagne, où il y avait trop de bestioles à son goût. Elle n'appréciait pas autant l'équitation que sa mère, ni aucun des divertissements anglais classiques. Les petits réfugiés de la Deuxième Guerre mondiale avaient bien grandi et étaient tous partis depuis longtemps. Même s'ils donnaient souvent des nouvelles, la vieille dame se retrouvait seule, entourée d'une gouvernante et d'un domestique. Le régisseur du domaine venait voir Victoria une fois par semaine et écrivait fréquemment à Alex, qui s'appuyait aussi sur les conseils avisés de Richard pour gérer le patrimoine familial.

Victoria faisait plus que ses 72 ans et Alex s'en voulait d'être si peu à ses côtés. Voilà plus d'une décennie déjà qu'elle était veuve, et chaque fois qu'Alex l'invitait chez elle, elle répondait qu'elle n'aimait pas voyager sans Edward. Pour sa part, à 44 ans, Alex s'épanouissait plus que jamais à Hong Kong. Sophie était bilingue, car sa mère ne lui parlait pratiquement qu'en français et elle commençait à maîtriser quelques éléments de conversation en cantonais grâce à ses nounous. Au cours de ce mois de vacances dans le Hampshire, Alex se rendit compte que la petite n'avait presque aucun lien avec la Grande-Bretagne, si ce n'était sa nationalité. À 8 ans, elle n'y était venue que trois fois, et n'y avait aucune attache hormis sa grand-mère. Elle connaissait mieux le Pakistan, où elle était née, le Maroc et Hong Kong. À plus d'un titre, c'était un mode de vie enviable, mais n'était-il pas étrange, pour Sophie, de grandir au sein de cultures qui n'étaient pas celle de ses parents ? C'était en tout cas l'avis de Victoria.

— Tes racines sont en Angleterre, celles de Richard aussi. Mais qu'en est-il de Sophie ? Ce n'est pas parce que tu l'habitues à prendre le thé à 17 heures qu'elle aura le sentiment d'être anglaise. Surtout quand on a un éléphant ou un dromadaire dans le jardin ! Vous menez une belle vie dans les colonies, avec beaucoup de confort et des serviteurs, mais rien de tout cela ne vous appartiendra jamais... Contrairement à ce domaine, dont tu hériteras un jour. J'espère que tu ne le vendras pas. Nous l'avons depuis trois siècles, et tu sais combien on y est attachés.

Alex songeait que Sophie ne voudrait pas entendre parler du domaine quand elle serait plus grande. En l'occurrence, la fillette ne demandait qu'à rentrer à Hong Kong, et sa mère, sans pouvoir l'avouer à Victoria, désirait la même chose. Elle avait perdu presque tous ses liens émotionnels avec son pays d'origine.

Alex passa néanmoins un été très agréable en compagnie de sa mère et fut très triste au moment de la quitter. Victoria était maintenant si mince, si frêle... La reverrait-elle un jour ? Alex souffrait d'être la seule survivante de sa fratrie : c'est sur ses épaules que reposaient toutes les responsabilités envers sa mère, et elle n'arrivait pas à se défaire de son sentiment de culpabilité. Rien ne remplaçait le contact humain, et Sophie connaissait à peine sa grand-mère. Alex avait remarqué que Victoria conservait religieusement, dans une boîte, toutes les lettres et photos qu'elle lui avait envoyées depuis qu'elle ne vivait plus au manoir.

Le retour à Hong Kong donna donc lieu à des émotions mitigées, avec d'un côté la tristesse de quitter Victoria et de l'autre la joie de retrouver la vie trépidante qu'ils menaient là-bas. Les fêtes et les soirées semblaient se multiplier. Alex continuait son travail pour le compte du MI6, mais elle n'eut plus affaire à des personnalités susceptibles de compromettre la carrière de Richard. Ses supérieurs avaient compris qu'ils étaient allés trop loin en lui demandant d'enquêter sur Beringer. Ainsi, les deux dernières années du mandat passèrent bien plus vite qu'ils ne l'auraient voulu.

Au bout de quatre ans, ils s'étaient fait des dizaines d'amis qu'ils quittaient à regret. Alex ne disposa cette fois que d'une semaine pour rendre visite à sa mère avant de retrouver Richard. En effet, son prédécesseur était parti soudainement pour des raisons de santé, et le ministère souhaitait le remplacer dans les plus brefs délais. Sa mission ne s'annonçait pas facile, mais ô combien passionnante : Richard s'apprêtait à devenir l'ambassadeur de Grande-Bretagne en Union soviétique.

Contrairement à ses parents, Sophie, maintenant âgée de près de 10 ans, ne voyait pas l'intérêt de ce déménagement. Alex dut lui promettre qu'ils reviendraient à Hong Kong un jour. Après leur semaine chez Victoria, la mère et la fille rejoignirent Richard à Moscou. En venant les chercher à l'aéroport, il leur expliqua que la maison où ils allaient vivre était un ancien bâtiment qui avait dû être splendide avant la révolution. Désormais, elle offrait l'image de la grandeur déchue au milieu de ce pays communiste où la population opprimée souffrait de la pauvreté, de la faim et de la surveillance omniprésente du KGB. Ces quatre années s'annonçaient très prenantes. En pénétrant dans la résidence de l'ambassadeur britannique, située comme les autres dans le quartier de l'Arbat, Alex découvrit les meubles fatigués, les rideaux défraîchis et le tapis élimé. Elle comprit qu'elle n'allait pas s'ennuyer ! Il faisait ce jour-là un temps gris et froid. Sophie se réfugia dans les bras de sa mère. À peine arrivée à Moscou, elle avait déjà cette ville en horreur. Si Alex y voyait un tournant dans la carrière de Richard, Sophie n'était qu'une enfant qui devait s'adapter à un tout nouveau mode de vie, dans un pays inconnu et inhospitalier.

— Pourquoi vous m'avez emmenée ici ? cria-t-elle. Je vous déteste !

Ses parents échangèrent un regard : ils s'attendaient à ce genre de réaction en quittant Hong Kong, qui était de loin leur étape préférée depuis qu'ils avaient commencé leur vie d'expatriés. Cette mission prévoyait d'être la plus ardue.

Cela va sans dire, le MI6 était particulièrement satisfait du nouveau lieu de résidence d'Alex. Dès son arrivée, son contact à Londres lui annonça qu'ils avaient beaucoup de travail pour elle. Tout comme Richard, elle espérait être à la hauteur de la tâche.

16

Alex et Richard arrivèrent à Moscou en 1962. Ils connurent alors l'une des périodes les plus cruciales de l'histoire du pays depuis la révolution de 1917. Cela faisait longtemps que la guerre froide pesait telle une chape de plomb sur les relations internationales. Mais elle avait pris un tour plus angoissant encore en 1960, quand les Russes avaient abattu un avion de reconnaissance américain et capturé son pilote, Gary Powers. Depuis, la tension était à son comble entre l'URSS et les États-Unis. L'incident avait compromis la tenue du sommet prévu à Paris deux semaines plus tard. La réunion avait eu lieu malgré tout : le président Khrouchtchev avait alors exigé des excuses pour cette attaque. Le président Eisenhower refusa, s'entêtant même à poursuivre les missions de reconnaissance aérienne au-dessus de l'URSS. Les délégations se retirèrent du sommet sur un échec.

Lorsque Richard arriva à Moscou, les relations étaient encore tendues et la guerre froide ne cessait de s'intensifier. La Grande-Bretagne était elle aussi impliquée : l'URSS avait réussi à embaucher comme espions plusieurs personnalités britanniques, dont des scientifiques et des diplomates. La technologie nucléaire de l'ennemi retenait toute l'attention des services de renseignement.

Des agents doubles, qui espionnaient pour le compte des deux camps, venaient ajouter une complexité supplémentaire à la situation.

Et, d'un côté comme de l'autre, la répression était brutale pour les agents démasqués. Pendant la Deuxième Guerre mondiale, les services secrets l'avaient clairement signifié à Alex : « Si l'on vous arrête, nous ne pourrons plus rien faire pour vous. » En URSS comme au Royaume-Uni, les pires représailles s'appliquaient aussi bien aux espions ennemis qu'aux traîtres.

Les exemples célèbres s'enchaînaient. Au sein de l'élite anglaise, un groupe de transfuges entrerait dans l'Histoire sous le nom des « Cinq de Cambridge ». En 1957, l'attaché naval de l'ambassade de Grande-Bretagne avait été condamné à dix-huit ans de prison pour avoir transmis des informations sensibles à l'Union soviétique. Et en 1961, à peine un an avant l'arrivée de Richard à Moscou, l'agent double George Blake, de nationalité britannique, en avait pris pour quarante-deux ans.

Il faut dire que le KGB ne reculait devant rien pour dévoyer le personnel des bureaux MI5 et MI6 : de part et d'autre du rideau de fer, le vol d'agents secrets était devenu une sorte de compétition à l'échelle mondiale.

Mais ce n'était qu'une guerre « froide », et non une guerre ouverte. On s'efforçait de maintenir des relations diplomatiques, avec les fastes que cela impliquait. À Moscou, la Spaso House, où vivait l'ambassadeur américain, menait la danse, en organisant bon nombre des festivités les plus prestigieuses de la ville. Le 4 juillet, jour de la fête nationale aux États-Unis, la résidence américaine accueillait une garden-party dont la réputation était enviée. Depuis 1935, une salle de bal avait été construite au sein de cette superbe demeure. Les ambassadeurs successifs y donnaient aussi bien des soirées dansantes que des projections cinématographiques. En dépit de la situation pour le moins tendue, Nikita Khrouchtchev avait pour habitude de se rendre à tous les événements auxquels l'invitaient les Américains.

Dès le lendemain de l'arrivée du couple Montgomery, l'ambassadeur des États-Unis et son épouse furent les premiers à leur rendre visite. Ils le firent à l'improviste, au moment où Alex était en train de fouiller le grenier à la recherche de meubles plus à son goût. Elle s'excusa de sa tenue.

— Vous êtes ravissante, très chère.

Tandis que sa femme tendait un paquet cadeau, l'ambassadeur fit un geste explicite : il désigna l'extérieur de la main puis posa un doigt sur ses lèvres. Il prit la parole :

— Que diriez-vous de visiter votre nouveau quartier ? On peut y voir quelques très belles demeures.

— Avec plaisir, je vais chercher nos manteaux, répondit Richard en hochant la tête d'un air entendu.

Sophie était en train de déballer ses jouets et de décorer sa chambre avec des affiches de cinéma en compagnie de sa nouvelle nounou, qui parlait relativement bien anglais.

Un instant plus tard, les deux couples de diplomates se promenaient sur la place de l'Arbat, suivis à une distance courtoise par un garde du corps. Tandis que l'Américaine invitait Alex à dîner la semaine suivante, son époux conversait à mi-voix avec Richard.

— Navré de vous avoir kidnappés, s'excusa-t-il. J'imagine que vous en avez été averti par votre propre gouvernement, mais nos résidences sont truffées de dispositifs d'enregistrement placés par le KGB. À notre arrivée, nous avons trouvé des centaines de microphones et de caméras. Dans les cheminées, les plantes en pots, sous les canapés, dans les murs et les bouches d'aération… partout ! Vous ne pouvez rien dire, même chez vous, si vous ne voulez pas que le Parti l'entende. J'ai pensé qu'il était de mon devoir de vous prévenir de l'ampleur du phénomène.

— Ces histoires d'espionnage sont assommantes, commenta Richard. Ils font tout pour nous voler nos agents… et parfois ils y arrivent.

— Nous avons tous les mêmes problèmes. Attendez-vous à trouver des mouchards dans la chambre de votre fille, et ne faites confiance à aucun de vos domestiques.

C'est toute une nation que l'on a poussée à épier et dénoncer ses voisins. Quelle tristesse ! Et ils n'hésiteront pas à fouiller vos effets personnels plusieurs fois par jour.

Alors qu'ils marchaient, la conversation glissa sur la situation diplomatique à Moscou. Les Britanniques visaient en grande partie les mêmes objectifs que les Américains : promouvoir l'exportation de leurs produits, développer les échanges scientifiques et culturels, influencer la politique étrangère de l'Union soviétique. La base, en somme, jusqu'à ce que vous ajoutiez les questions d'espionnage et de contre-espionnage... C'est pourquoi le poste d'ambassadeur en URSS représentait à la fois un honneur et un défi à relever.

L'Américain proposa à Richard les services de son « décorateur » : il fallait entendre par là, en réalité, un agent entraîné avec son équipe à dénicher et désactiver les systèmes d'écoute. Le KGB n'avait pas encore trouvé de parade à ce stratagème. Richard accepta avec gratitude.

— Ne vous inquiétez pas, vous vous y ferez très vite. La communauté des expatriés est très sympathique. Aucun d'entre nous n'est ici par hasard : c'est pour nous punir d'avoir été trop bons sur nos postes précédents !

Alors que l'ambassadeur riait de sa propre plaisanterie, Richard esquissa un sourire dépité.

Après une demi-heure de promenade, le couple américain prit congé, mais Richard et Alex continuèrent à marcher.

— Tu devrais remiser ton pistolet en lieu sûr, Alex, et pas forcément à la maison… Il risque de susciter la curiosité.

— J'y ai pensé. Il est bien caché, ainsi que mon couteau.

— Ah bon ? Où ça ?

— Sur moi ! Je ne les quitte plus, voilà tout.

Un accord bilatéral interdisait aux agents du KGB de fouiller l'épouse d'un diplomate, à moins d'avoir la preuve que c'était une espionne.

— Et ton autre, hum… accessoire ?

Il désignait ainsi son Sten, qu'elle disait préserver en souvenir de la guerre.

— Figure-toi qu'il se démonte très bien, et peut se ranger dans une bible à reliure de cuir.

— Impressionnant… Mais pourquoi les conserves-tu ? Tu n'es plus bénévole en temps de guerre.

— On ne sait jamais ce qui peut arriver !

— Il ne faudrait pas que les Russes te prennent pour une espionne…

— Je ne suis pas une espionne. Je suis prudente, voilà tout.

— Prends garde à ce que personne ne le trouve.

— Ne t'inquiète pas. Et je préviens Sophie que la maison est sur écoute. Comment vas-tu pouvoir travailler si ton bureau est lui aussi truffé de micros ?

— Nos techniciens vont s'en charger.

Richard lui parla alors des « décorateurs ».

Au dîner, ils s'aperçurent que le cuisinier de l'ambassade était excellent, à leur grande surprise. Richard veilla tard, ce soir-là, pour continuer à lire d'épais dossiers et essayer de se mettre à jour.

Le lendemain, Alex reçut un message codé du MI6, qui lui donnait rendez-vous avec une certaine Prudence Mikki, ainsi qu'un mot de passe qui leur permettrait de se reconnaître comme des agents du gouvernement britannique. Étrangement, le message précisait l'heure, mais pas le lieu.

À 11 heures, elle était en train d'écrire une lettre dans son petit bureau lorsque l'une des servantes lui annonça que l'épouse de l'ambassadeur de Finlande venait lui rendre visite. C'était bien elle ! Alex descendit dans le hall, où elle trouva une jolie blonde, qui lui tendit un bouquet.

— J'adore les marguerites en hiver, pas vous ? demanda-t-elle avec un sourire chaleureux.

— Moi aussi ! C'est très aimable de votre part, répondit Alex en soutenant son regard.

Elles échangèrent quelques plaisanteries et Prudence donna à Alex plusieurs bonnes adresses à Moscou : salon de coiffure, pâtisserie, boutiques de mode… La question de la scolarité de Sophie était déjà réglée puisqu'une préceptrice lui ferait la classe à l'ambassade. De nombreuses autres familles de diplomates étaient venues à Moscou sans leurs enfants, mais Alex ne se voyait pas laisser Sophie à la garde de sa mère, encore moins l'inscrire en pension. Pour s'occuper, elles prendraient des leçons de russe ensemble.

Après avoir passé un moment à discuter avec elle, Alex raccompagna la visiteuse à sa voiture.

— Méfiez-vous de tout, ne faites confiance à personne, et ne vous croyez pas à l'abri dans votre véhicule, prévint cette dernière. Je pense que nos amis de Londres vous donneront souvent du travail, comme ils le font pour moi.

Alex ne répondit rien, mais elle espérait qu'on ne lui confierait pas trop de missions particulières. S'il y avait bien un endroit où elle craignait de commettre une erreur et de finir en prison, c'était en Union soviétique. Cette pensée la fit frissonner. Les deux femmes s'embrassèrent et Alex agita la main tandis que le chauffeur de Prudence démarrait. Un peu plus tard, elle la remercia pour les fleurs par téléphone. Au moins, elle s'était déjà fait une amie !

Alex trouva de ravissants tissus sur un marché que lui avait recommandé la secrétaire de Richard. Elle fit faire de nouveaux rideaux pour les pièces de réception, et découvrit que d'autres meubles de l'ambassade étaient entreposés dans un débarras. Alex réinstalla une partie du mobilier d'origine, déroula de jolis tapis, puis adressa à sa mère une liste de choses à lui envoyer. Elle demanda à la secrétaire de Richard d'acheter des fleurs deux fois par semaine. La résidence commençait à prendre tournure, et Alex avait déjà prévu d'organiser sa première fête. En poussant les meubles, ils pourraient faire de la place pour danser. L'épouse de l'ambassadeur américain avait proposé de lui prêter son orchestre. De nouveau, les agents du MI6 transmirent à Alex une liste de personnes à inviter, cette fois bien plus longue qu'à Hong Kong. Alex nota les noms sans poser de questions. Il était important de connaître un maximum de gens, et le plus vite possible. Alex s'était aperçue que les occasions n'étaient pas aussi fréquentes ici qu'à Hong Kong, et que les relations semblaient toujours manquer de spontanéité, sous la pression d'une surveillance constante.

Une semaine avant la fête, le MI6 ajouta deux noms à la liste. C'était le jour de la réception à l'ambassade américaine : Richard et Alex avaient hâte de rencontrer leurs homologues des autres pays. Sur place, ils furent accueillis par deux majordomes aux traits asiatiques, qui officiaient avec un décorum et une précision digne de Buckingham Palace. L'épouse de l'ambassadeur expliqua que ces messieurs étaient chinois, mariés à des femmes russes, mais qu'ils ne pouvaient pas obtenir de visa pour quitter le pays. Piégés à Moscou, ils préféraient encore travailler pour les Américains. Alex l'envia un peu : le personnel de l'ambassade du

Royaume-Uni était bien moins efficace, et avait l'air davantage attaché à les espionner qu'à les servir correctement.

L'atmosphère de la soirée à Spaso House fit le plus grand bien à Alex. La maison était magnifiquement décorée, selon un style américain chic et moderne. L'ambassadeur et sa femme avaient même fait venir leurs propres tableaux, et tout le monde semblait plus détendu : ici, on ne sentait plus la main de fer du régime et du KGB. Alex décida aussitôt qu'elle suivrait cet exemple. Elle voulait montrer à toute la communauté diplomatique à quoi ressemblait une maison anglaise traditionnelle. Elle allait donner régulièrement des *five o'clock*, des déjeuners pour les dames, des cocktails aussi élégants que ceux de Hong Kong et des dîners plus formels pour les hôtes de marque. Elle rentra chez elle avec une foule d'idées nouvelles, bien décidée à faire souvent appel au petit orchestre de l'ambassade américaine : leur chanteuse avait une voix de velours digne de Billie Holiday.

— Tu as l'air heureuse, remarqua Richard, lui-même très satisfait d'une soirée qui lui avait permis de rencontrer des personnalités soviétiques en plus de tous ses confrères.

— Je suis en train de projeter notre vie sociale des six prochains mois, expliqua Alex sans cesser de sourire. J'ai adoré la chanteuse.

— Moi aussi, reconnut Richard. Mais peut-être devrions-nous nous orienter vers quelque chose d'un peu plus… britannique ?

— Ces Américains, tout de même, ils savent s'y prendre !

Les Montgomery prenaient soin de ne jamais aborder entre eux de sujets plus sérieux, à moins de marcher dans la rue. Alex était donc de bonne humeur en rentrant chez elle, jusqu'à ce qu'elle consulte les messages du MI6. Elle y trouva le nom d'un homme russe qu'elle devait rencontrer au prétexte de l'embaucher comme guide pour visiter un musée. Ainsi, les choses sérieuses commençaient, et ce n'était pas fait pour la rassurer.

Alex se rendit docilement au musée le lendemain, mais plutôt que de nommer la personne qu'elle cherchait, elle demanda si l'un des guides parlait anglais. L'employée de l'accueil passa un coup de fil, un monsieur petit et mince apparut et se présenta : par chance, c'était lui ! Après qu'Alex se fut présentée à son tour, il lui expliqua fièrement qu'il avait prévu un audioguide en anglais – une toute nouvelle technologie –, mais qu'il l'accompagnerait tout de même pour lui donner des informations supplémentaires ou répondre à ses questions. Alex et lui entrèrent dans la première salle du musée. Toutes les œuvres, datant d'après la révolution bolchévique, avaient pour thème le travail, dans le plus pur style du réalisme socialiste. *Ce que c'est laid !* songea aussitôt Alex. Ils se postèrent devant le premier tableau et l'homme pressa un bouton pour déclencher la lecture de l'enregistrement : cela n'avait rien à voir avec l'art ! Il s'agissait en réalité d'un très long message à transmettre au MI6, au sujet de réunions sur les armes nucléaires qui contrevenaient aux traités récemment signés. Sans jamais rien montrer de sa surprise, elle évolua ainsi de salle en salle en regardant les tableaux. Elle eut le loisir d'écouter le message deux fois, ce qui lui suffit pour en mémoriser chaque mot par cœur, ainsi qu'elle avait appris à le faire. Quand ils arrivèrent dans la dernière salle, elle remercia l'homme et lui tendit l'audioguide.

— Souhaitez-vous conserver la cassette en souvenir de la visite, madame ?

— C'était passionnant, mais non, ça ira.

Il effaça aussitôt le message compromettant. Alex n'était pas rassurée : c'était clairement l'un de ces Russes qui espionnaient pour le compte du Royaume-Uni, mais il pouvait aussi bien être un agent double ! Elle n'avait d'autre choix que de s'en remettre à la confiance que le MI6 plaçait en lui. Pour elle comme pour Richard, elle avait gros à perdre. Toujours est-il que son rôle n'était pas de juger la vraisemblance des informations, elle devait se contenter de les transmettre.

Alex sortit du musée, rentra à la résidence, se fit couler un bain pour couvrir le bruit que faisait son transmetteur alors qu'elle tapait, et transcrivit en code l'intégralité du message. La réponse arriva deux minutes plus tard : « Bien reçu. Bravo et merci. »

Elle fixa l'appareil pendant une bonne minute. Elle en avait assez de se mettre ainsi en danger, mais d'un autre côté, quelque chose la poussait inexorablement à continuer.

— Toi, si tu pouvais aller au diable..., lâcha-t-elle en remisant la machine dans son étui, qui ressemblait à une trousse de secours.

À l'instar d'Alex, cette chose cachait bien son jeu ! La vie de plusieurs personnes en dépendait. Elle comprit à cet instant que son séjour à Moscou s'annonçait bien plus dangereux qu'elle ne l'avait d'abord imaginé.

17

Les responsables du MI6 prirent rapidement conscience de la situation délicate dans laquelle ils avaient mis Alex. Elle était l'une de leurs meilleures espionnes, et il leur fallait rester vigilants s'ils voulaient la garder parmi eux. Elle allait devoir se faire discrète pendant quelque temps, si bien qu'ils ne lui confièrent plus que des missions où le danger était moindre. Elle devait glaner des informations lors des événements mondains organisés par les cercles diplomatiques et, parfois seulement, rencontrer un agent du MI6.

Si elle ne revit jamais l'homme du musée, il y eut toutefois d'autres infiltrés. Une fois, on lui donna rendez-vous dans la file d'attente d'une boucherie, où elle dut faire le pied de grue pendant des heures, alors que Richard et elle étaient invités à dîner à l'ambassade de Turquie. Il fut très contrarié de la voir rentrer si tard – et pas du tout apprêtée pour sortir. Alex expliqua qu'elle était allée acheter de la viande elle-même, parce que le cuisinier ne rapportait que des morceaux de piètre qualité. Quand Richard répliqua qu'elle aurait pu s'en occuper dans la matinée, Alex ne broncha pas. Son mari avait les nerfs à fleur de peau car sa tâche s'apparentait à un numéro d'équilibriste. Il devait en permanence essayer de défendre les intérêts de la Grande-Bretagne tout en cherchant à apaiser les tensions de la guerre froide. Et Sophie aussi pâtissait de ce stress ambiant à la maison.

Il fallut seulement six mois à Alex pour se débrouiller en russe, ce qui lui permit de commencer à épier certaines conversations. Richard, lui, ne parvenait à dire que quelques mots de politesse et devait à tout moment être accompagné d'un interprète. Il en employait plusieurs à tour de rôle, mais pas un seul ne lui inspirait confiance. Ils avaient beau être attachés à l'ambassade et venir d'Angleterre, il ne pouvait s'empêcher de les soupçonner d'être des agents doubles. Il leur préférait sa secrétaire, quoique en URSS on ne pouvait jamais être absolument certain de l'honnêteté des gens. Face à cette impossibilité de parler librement à ses collaborateurs et compatriotes, Richard gérait tant bien que mal son nouveau poste. Rien d'étonnant à ce que son prédécesseur soit tombé malade. Bien sûr qu'il était nerveux... De son côté, Alex ressentait également cette pression. Le MI6 recommençait à la solliciter et elle craignait à tout instant d'être découverte. À chaque mission, aussi minime soit-elle, elle sentait le poids de la responsabilité l'accabler, tiraillée entre son devoir pour son pays et sa loyauté envers son mari. À vrai dire, elle redoutait surtout de lui causer du tort. Mais, de façon assez remarquable, aucune catastrophe ne se produisit. Alex ne fut jamais soupçonnée, ou du moins, jamais inquiétée.

L'année suivant leur arrivée, en novembre 1963, l'assassinat de John F. Kennedy ébranla le monde entier, et bien des espoirs furent anéantis. Cc fut la fin d'une certaine innocence, pour peu qu'elle ait jamais existé. Alex pleura devant le poste de télévision, où l'image tragique de Jackie, en habit de deuil, tenant ses deux enfants par la main, passait en boucle. Elle aperçut même son amie, l'épouse de l'ambassadeur des États-Unis en URSS, puisque tous deux avaient fait le voyage jusqu'à Washington. En URSS aussi, l'assassinat du président américain fut accueilli avec un profond désarroi. Les cloches de Moscou sonnèrent pour rendre hommage à cet homme de paix. Après la mort de ce personnage charismatique, Khrouchtchev craignait qu'un dirigeant plus belliqueux ne le remplace à la tête des armées américaines.

Ce mandat parut aux Montgomery plus court que les précédents, tant les journées étaient pleines et les enjeux élevés. Ils avaient un peu l'impression de vivre en terrain miné, et tous deux furent soulagés quand le moment de partir approcha. La Russie était clairement l'un des postes les plus prestigieux que le gouvernement pouvait proposer à Richard.

Delhi, Karachi, Rabat, Hong Kong, Moscou… Voilà vingt ans qu'ils menaient une vie d'expatriés. Alex en avait 50 et Richard huit de plus, le ministère ne tarderait donc pas à les rappeler en Grande-Bretagne. En attendant la retraite, il deviendrait haut fonctionnaire et gratifierait ses collègues de sages conseils tirés de son expérience. D'ici là, ils avaient encore une mission à assumer. Richard ne put s'empêcher de sourire en recevant sa lettre d'affectation, la dernière qu'il aurait à ouvrir. Le résultat dépassa ses espérances. Ses supérieurs lui étaient vraiment reconnaissants pour ses bons et loyaux services.

Il en fit part à Alex après le dîner, alors qu'ils se promenaient. Cela faisait longtemps qu'ils n'avaient pas eu un moment aussi intime.

— J'ai quelque chose à te dire, annonça-t-il en calant la main d'Alex dans le creux de son bras.

— Tu es amoureux de ta secrétaire ! plaisanta Alex.

— Mon Dieu, non ! Tu l'as regardée ?

— Tu entres dans les ordres ?

— Seulement si nous devions rester ici. Non, nous partons à Washington !

— En vacances ?

— Tu crois vraiment que j'ai demandé à faire un second mandat à Moscou ? D'ailleurs, même si je l'avais voulu, ils ne me l'auraient pas permis. Non, très chère, je pense que c'est mon dernier mandat, étant donné mon âge, et ils nous ont gardé le meilleur pour la fin. C'est un poste très convoité, qui aura un petit goût de paradis après quatre ans sous l'œil du KGB.

— Tu vas être ambassadeur de Grande-Bretagne à Washington ?!

De joie, elle avait presque crié cette phrase. Richard s'arrêta de marcher pour la serrer dans ses bras. Après avoir traversé ensemble tant de moments difficiles, ils formaient un couple plus uni que jamais. Il faut dire que le corps diplomatique avait déjà brisé plus d'un mariage. Les infidélités étaient courantes dans ce monde-là, surtout quand les deux époux ne partageaient pas les mêmes aspirations. Mais Alex avait facilement adopté le style de vie imposé par la carrière de Richard.

— Oui, ma chérie, répondit-il enfin. Nous allons manger des hamburgers, regarder des matchs de baseball, et sans doute dîner à la Maison-Blanche de temps à autre !

Tout sourire, ils rentrèrent à la maison pour annoncer la nouvelle à Sophie. De peur que le KGB l'apprenne avant que ce soit officiel, Alex écrivit le message sur un morceau de papier et le tendit à sa fille. L'adolescente exulta. À bientôt 14 ans, les États-Unis représentaient pour elle le symbole de la liberté, et surtout le pays le plus cool du monde ! Et voilà qu'elle allait y vivre. En bonne petite Anglaise, elle vénérait les Beatles, mais elle avait tous les disques d'Elvis et adorait Nat King Cole, Frank Sinatra, Rock Hudson, Doris Day...

— Quand ? demanda-t-elle à mi-voix.

— Dans quelques semaines, j'imagine.

Sophie sauta au cou d'Alex.

— Et pour une fois, je parle la langue du pays, youpi !

La jeune fille n'était pas à l'aise avec le russe, mais elle avait de beaux restes en cantonais et son français était impeccable. Elle espérait ne plus avoir à se servir d'aucune de ces langues, à part peut-être le français. Elle prit le morceau de papier des mains de sa mère et griffonna à son tour : « Je pourrai aller dans un lycée américain normal ? »

— Oui, bien sûr.

— Génial ! Je commence à faire mes bagages !

En riant, Alex quitta la chambre pour rejoindre Richard.

— Ta fille est folle de joie, annonça-t-elle.

— Quand nous serons là-bas, elle ne voudra plus jamais repartir. Pourtant, je préférerais qu'elle rentre avec nous en Angleterre le moment venu.

— Pourquoi dis-tu cela ? Elle est anglaise, pas américaine.

— Mais elle n'a jamais vécu en Angleterre.

— Tous les colons finissent par revenir. Elle n'échappera pas à la règle.

— À ta place, je n'en serais pas si sûre. Au moins, je pense qu'elle va bien s'amuser !

Tous les trois étaient heureux de refermer le chapitre russe. Alex laissait la résidence dans un meilleur état qu'elle ne l'avait trouvée en arrivant, et Richard avait assumé avec brio sa fonction d'ambassadeur en période de guerre froide.

Alex envoya le soir même un message au MI6 pour leur annoncer la nouvelle. La réponse ne se fit pas attendre : « Félicitations à M. l'Ambassadeur. »

Ce soir-là, elle alla se coucher en rêvant de Washington, et de la belle vie qu'ils auraient là-bas.

Alex et Richard assistèrent encore à une pléthore de dîners dans chacune des ambassades. La communauté diplomatique était particulièrement soudée à Moscou, et tous leurs collègues et homologues s'attristaient de les voir repartir.

Les dirigeants soviétiques aussi vinrent leur faire leurs adieux. Ils avaient apprécié Richard, qui avait œuvré en faveur de la détente. Il n'en demandait pas davantage, et remercia à son tour ses équipes. Avant le départ, il disposa de deux jours pour passer le témoin à son successeur et tout laisser en bon ordre.

Puis les Montgomery montèrent dans un avion à destination de Londres, où ils restèrent quelques jours. Richard prit ses instructions concernant le séjour à Washington tandis qu'Alex et Sophie faisaient des emplettes. Ils rendirent visite à Victoria pendant une petite semaine, puis s'envolèrent pour New York, trépignant d'excitation. À eux le rêve américain !

L'ambassade britannique à Washington, située sur Massachusetts Avenue, était un splendide bâtiment en briques avec un fronton à colonnade néoclassique, entouré de superbes jardins. Marbre, bois, vitrages : pour sa construction, commencée dans les années 1930, l'architecte avait utilisé essentiellement des matériaux britanniques. Depuis, de nouveaux bureaux avaient été adjoints, et l'ensemble venait tout juste d'être achevé lorsque les Montgomery arrivèrent. Richard vit dès son premier jour que les employés constituant son équipe étaient soigneusement sélectionnés. Il fit sa première visite officielle au président Johnson et trouva la Maison-Blanche encore plus spectaculaire qu'il ne l'avait imaginée. La famille s'installa avec bonheur dans la résidence de l'ambassadeur, que l'occupant précédent avait laissée dans un état irréprochable. Alex supposa qu'elle n'aurait que très peu de travail à faire pour le compte du MI6, dans la mesure où les États-Unis étaient une puissance alliée qui communiquait en toute transparence avec la Grande-Bretagne. En somme, l'espionnage n'était plus à l'ordre du jour et, tout comme Richard, Alex éprouvait un immense soulagement à ne plus vivre dans un pays hostile.

Quelques jours après leur arrivée, Alex accompagna Sophie pour visiter plusieurs lycées. Voilà quatre ans que la jeune fille n'avait pas fréquenté l'école, puisque à Moscou elle était instruite par une préceptrice anglaise mariée à un Russe.

Sophie eut le coup de foudre pour la Sidwell Friends School, l'un des meilleurs établissements privés de Washington. Richard aussi vint le visiter, car il voulait s'assurer que ce lycée permettrait à Sophie d'intégrer par la suite le système universitaire britannique. Les deux parents reconnurent que c'était une très bonne école et inscrivirent aussitôt leur fille aux tests d'entrée. Elle obtint ses équivalences haut la main dans toutes les matières, en dépit de sa scolarité quelque peu inhabituelle. Ses cours dans un « vrai lycée américain » commenceraient en septembre, ainsi qu'elle l'avait rêvé. Ses parents ne l'avaient jamais vue aussi heureuse. De son côté, Alex avait eu l'impression de se débarrasser d'un poids en quittant Moscou, après avoir craint pendant quatre ans d'être arrêtée et emprisonnée. Mais elle avait tenu bon et prévoyait maintenant de prendre congé du MI6 lorsque le mandat de Richard arriverait à son terme et qu'ils rentreraient en Angleterre. Elle y pensait sans amertume, tant sa carrière d'espionne avait été longue et belle.

Avec la même ferveur qu'à Hong Kong, les Montgomery furent immédiatement pris dans le tourbillon de la vie mondaine de Washington : dîners à l'ambassade, banquets officiels, fêtes et réceptions en tout genre. L'un des événements les plus glamour auxquels ils furent conviés eut lieu deux semaines après leur arrivée : le mariage de Luci Baines Johnson, la fille du Président, où pas moins de 700 invités se réunirent dans l'East Room de la Maison-Blanche !

Richard et Alex se firent rapidement des amis, aussi bien au sein de la communauté internationale que parmi les locaux, en particulier les autres parents d'élèves du lycée de Sophie. L'adolescente s'épanouissait à vue d'œil. Elle avait le sentiment d'être récompensée pour la drôle d'éducation qu'elle avait reçue, du Pakistan à la Russie en passant par le Maroc et la Chine. Elle ne parlait jamais de sa vie d'avant à ses amis – elle avait déclaré à Alex qu'elle préférait l'oublier, et s'établir au même endroit pour le restant de ses jours.

Comme Alex s'y attendait, son travail pour le MI6 devint presque anecdotique : elle avait l'impression d'être en vacances. Elle n'avait qu'à rendre compte des politiciens et diplomates qu'elle rencontrait, des dîners à la Maison-Blanche auxquels elle assistait. Mais son intervention n'était plus indispensable pour résoudre des situations de crise.

Les Montgomery eurent ensuite le privilège de participer à un second mariage à la Maison-Blanche : celui, en grande pompe, de Lynda Bird Johnson, l'autre fille du Président.

Le temps défilait bien trop vite à leur goût. En 1969, Richard Nixon devint le trente-septième président des États-Unis. La dernière année de leur séjour, quand Sophie passa en classe de terminale, une bataille en règle s'engagea entre elle et ses parents : elle souhaitait faire son premier cycle universitaire aux États-Unis, comme tous ses camarades. Richard, de son côté, ne voyait pas pourquoi elle ne rentrerait pas en Angleterre avec eux, et n'avait pas l'intention de céder.

— C'est absurde ! Tu es anglaise, pas américaine. Tu n'as passé que trois ans dans ce pays.

— Ça m'est égal, papa ! Je veux rester ici. À Londres, je ne connais personne et je ne veux pas vivre dans le Hampshire avec Grand-Mère. Je ne veux pas aller dans une université anglaise, je veux m'inscrire et vivre dans un vrai campus américain, et c'est maintenant que je dois constituer mes dossiers de candidature.

Elle suppliait aussi sa mère, sans plus de succès : Alex n'aimait pas l'idée de la laisser seule aux États-Unis. Elle souhaitait garder un œil sur elle, la voir grandir et la guider dans sa vie de jeune adulte.

— Ici, nous n'avons pas de famille, ma chérie. Et si tu tombes malade ?

— Tu n'auras qu'à venir me soigner !

Sophie avait connu deux ou trois flirts depuis leur installation à Washington, mais ce n'était pas pour un garçon qu'elle s'entêtait. Elle tenait simplement à ses amis, et à un style de vie qu'elle adorait. Par comparaison, l'Angleterre lui paraissait sinistre et elle n'éprouvait aucun attachement pour ce pays dans lequel elle n'avait jamais vécu.

Ses parents en parlèrent longuement entre eux, jusqu'à ce que Richard lui propose un compromis.

— D'accord pour que tu ailles à la fac ici. Mais dans quatre ans, quand tu auras obtenu ton diplôme, je veux que tu rentres en Angleterre pour y trouver du travail. Et sans discuter. Je refuse de passer mes vieux jours à 5 000 kilomètres de toi.

Sophie bondit de joie, puis courut téléphoner à sa meilleure amie pour lui annoncer la bonne nouvelle. Alex se tourna alors vers Richard.

— C'est pourtant ce que ma mère a fait… Elle a vieilli à des milliers de kilomètres de son unique fille pendant vingt-trois ans, complètement seule depuis la mort de mon père…

— Nous rentrons dans un an. Nous pourrons encore profiter d'elle.

Mais Alex savait bien que l'on ne rattrapait jamais le temps perdu.

Leurs derniers mois en Amérique passèrent comme dans un rêve. Ils devaient s'en aller en juin, juste après la remise de diplôme de Sophie. La jeune fille avait un été chargé : elle prévoyait de partir en Californie avec quelques amies, puis de passer le mois d'août avec une autre dans une maison de famille près du cap Cod.

Sophie fut admise dans la plupart des universités où elle avait postulé et se décida pour le Barnard College de l'université Columbia, à New York. Elle aurait sa chambre sur le campus et avait prévu de rentrer en Angleterre pour célébrer avec ses parents les fêtes de Noël ainsi que ses 18 ans. De son côté, Alex viendrait lui rendre visite au milieu de l'automne. Sa fille lui manquait déjà et elle comprenait désormais ce que sa mère avait dû vivre...

Richard et Alex assistèrent à leur dernier dîner à la Maison-Blanche. Richard s'entendait aussi bien avec le président Nixon qu'avec son prédécesseur.

Si la remise de diplôme de Sophie avait pour eux un parfum doux-amer, la jeune fille savourait quant à elle une joie pure. Elle quitta Washington avant eux pour son grand voyage en Californie. Le matin de son départ, Alex s'était mise à faire ses cartons, mais elle s'arrêta pour dire à Richard, les larmes aux yeux :

— J'ai l'impression que nous venons de la perdre.

— Mais non, répondit-il en prenant sa femme dans ses bras. Elle finira par revenir, notre petite Anglaise.

Alex se demanda si son propre père avait prononcé de telles paroles de réconfort quand elle-même était partie pour l'Inde. D'un autre côté, elle était plus âgée à l'époque, et déjà mariée, de sorte que ce n'était pas tout à fait la même chose : il était de son devoir de suivre son mari. Sophie, elle, poursuivait ses rêves, ce qui paraissait bien plus dangereux aux yeux de sa mère.

Deux semaines plus tard, Alex et Richard quittèrent Washington pour rejoindre Londres. Ils descendirent quelques jours à l'hôtel Claridge, et trouvèrent rapidement un appartement à acheter, dans lequel ils pourraient emménager à la rentrée. Richard disposait en effet de deux mois de vacances avant de prendre son poste au ministère des Affaires étrangères. Alex avait promis à Victoria de séjourner au manoir presque tout l'été. Hormis quelques excursions à travers l'Angleterre pour rendre visite à de vieux amis, et peut-être un bref passage en Italie ou en France, ce serait son port d'attache jusqu'en septembre. Richard n'avait pas vu son domaine agricole depuis plus de vingt ans, la gérance ayant été confiée à l'agent immobilier local : il ne connaissait même pas les fermiers actuels. Maintenant qu'il pouvait aspirer à une retraite confortable, il envisageait de vendre cette propriété dans laquelle il ne comptait pas passer ses vieux jours.

Ils descendirent ensemble dans le Hampshire en voiture. Alex prit peur en voyant sa mère. Victoria était effroyablement pâle et émaciée, elle marchait avec beaucoup de difficulté. De toute évidence, elle était gravement malade, bien qu'elle prétendît le contraire. Alex finit par consulter le médecin de famille. Il lui révéla que celle-ci souffrait d'un cancer de l'estomac depuis plusieurs mois.

— Pourquoi ne m'en as-tu pas parlé ? s'indigna Alex, de retour au manoir. Je serais rentrée pour m'occuper de toi !

— Ma chérie, tu ne pouvais pas laisser Richard et Sophie tout seuls à Washington, répondit Victoria, très sereine.

Sa mère avait fait preuve d'une telle abnégation... Elle était restée seule, assistée de la gouvernante dans la journée, mais sans personne sur qui compter si elle avait été prise d'un malaise la nuit.

Victoria dormait beaucoup, mais parvenait tout de même à accompagner Alex, à tout petits pas, jusqu'aux tombes d'Edward, de Willie et de Geoff. Elle avait maintenant 82 ans et nombre de ses amis étaient déjà partis. Mais au moins Alex était de retour. Enfin ! Voilà près de deux décennies qu'elles vivaient séparées. Tel était le plus grand regret d'Alex, avec la mort de son petit garçon. Ceci mis à part, elle reconnaissait avoir vécu jusque-là une très belle vie.

Victoria s'éteignit paisiblement dans son sommeil trois semaines après le retour d'Alex, comme si elle l'avait attendue pour mourir.

Alex appela Sophie pour lui annoncer la nouvelle, et la jeune fille interrompit ses vacances en Californie pour venir assister aux funérailles de sa grand-mère, qui ne réunirent qu'une poignée de personnes dans la petite église du village. Sophie resta au manoir quelques jours avant de repartir en Amérique, où elle rejoindrait son amie directement au cap Cod depuis Boston. Alex l'accompagna à l'aéroport de Heathrow et la serra fort contre son cœur.

— Sois prudente. Je t'aime très fort, ma grande.

En la regardant courir attraper son avion, cheveux au vent, Alex comprit pour la première fois que le plus beau cadeau d'une mère consistait en fait à laisser ses enfants poursuivre leurs rêves. Voir Sophie s'éloigner était l'une des choses les plus difficiles qu'elle ait vécues. Elle en éprouvait d'autant plus de respect pour sa propre mère, qui l'avait laissée partir à l'autre bout du monde alors qu'elle avait déjà perdu deux fils.

Après avoir déposé Sophie, au lieu de reprendre la direction du Hampshire, Alex entra dans Londres au volant de la Bentley. Elle n'avait que trop retardé ce rendez-vous… Après s'y être consacrée corps et âme pendant toute la guerre, puis de façon moins intensive pendant les vingt-quatre dernières années, il était temps pour elle de faire ses adieux à sa carrière dans l'espionnage. On ne lui avait jamais versé de grosses sommes pour ses services ; elle n'avait agi que par amour de sa patrie.

Elle tendit sa lettre de démission et la personne lui serra la main, avec une expression pleine de gratitude.

— Merci pour tout ce que vous avez fait pour nous.

Ainsi, on pouvait mettre un terme à trente ans de sueurs froides par une simple lettre et une poignée de main… Mais Alex avait fait son temps et devait maintenant laisser la place aux jeunes.

Sur la route du retour, elle se sentit à la fois nostalgique et délestée d'un poids, comme si une boucle était bouclée. Sa mère lui manquait, elle regrettait toutes ces années où elle n'avait pas été près d'elle. Mais elle avait fait son propre chemin, une drôle de vie aux multiples facettes, entre son rôle de femme de diplomate, de mère de famille et d'agent secret.

Richard était en train de revenir de l'étang, sa canne à pêche sur l'épaule, quand Alex se gara dans la cour. Il lui adressa un grand sourire avec l'air d'un gamin qui fait l'école buissonnière.

— Tu en as mis du temps. Le vol de Sophie a eu du retard ?

— Non. J'étais à Londres, pour un rendez-vous trop longtemps repoussé.

Le visage de Richard s'assombrit soudainement.

— Chez un médecin ?

Elle secoua la tête. Le moment était enfin venu de lui dire la vérité.

— Non, je viens de démissionner du MI6, lâcha-t-elle en scrutant sa réaction. J'ai travaillé pour eux pendant trente ans.

Des larmes brillaient au coin de ses yeux. Ces missions avaient si longtemps donné un sens à sa vie.

— Oh, ma chérie... Je l'ai toujours su. Mais que pouvais-je faire, à part prier pour que tu ne sois pas arrêtée, et que tes activités ne nous fassent pas extrader du pays qui nous accueillait ? Je dois dire qu'à Moscou je n'en menais pas large.

— Moi aussi, j'ai eu quelques frayeurs, avoua-t-elle en riant. Et pourtant, tu ne m'as jamais rien dit...

— Demander à son épouse si elle ne serait pas espionne ? Comme c'est vulgaire ! Et de quoi aurait-il pu s'agir, sinon ça ? La plupart des femmes ne transportent pas un semi-automatique dans leurs bagages. Je me suis douté de quelque chose dès les années de guerre, et je savais bien que tu n'avais pas le droit de m'en parler.

— Pendant la guerre, je travaillais pour le SOE. Espionnage et sabotage derrière les lignes ennemies. Encore un cran au-dessus en matière de danger…

— Je ne veux même pas y penser, dit Richard d'un ton grave.

Il la serra contre lui et l'embrassa, avant de reprendre :

— C'est bel et bien fini, alors ? Un jour, il te faudra parler de cette double vie à Sophie.

— Peut-être. Je ne suis pas sûre qu'elle ait envie de le savoir. Elle a sa propre vie, maintenant, et sans doute ses propres secrets…

— Tout de même, tu es un sacré phénomène ! Il va falloir te trouver une nouvelle occupation. De préférence quelque chose qui n'implique pas le port d'armes !

Bras dessus, bras dessous, ils entrèrent dans la maison, qui appartenait désormais à Alex. Ils prévoyaient de vivre à Londres en semaine, et de revenir passer les week-ends dans le Hampshire. Le manoir avait certes besoin de quelques réparations et rénovations intérieures, mais maintenant qu'ils étaient sur place, il leur serait plus facile de veiller sur le domaine. Toute sa vie, même quand elle était à l'autre bout du monde, c'est cet endroit qu'elle avait désigné comme « la maison », et aujourd'hui encore elle y sentait la présence bienveillante de ses parents. Elle regrettait seulement que Sophie ne soit pas attachée à ces vieux murs. Peut-être qu'avec le temps… Mais Alex ne pouvait pas décider à sa place.

18

Alex avait eu plus de flair que son mari concernant les choix de leur fille. Après avoir obtenu son diplôme à Barnard, Sophie n'avait bien sûr aucune intention de s'installer en Angleterre. Tous ses amis du lycée et de l'université vivaient aux États-Unis. Elle voulait rester à New York, au moins une année de plus. Il faut dire que Sophie était tombée amoureuse d'un garçon qui suivait un double master de droit et de commerce à Columbia. Leur histoire semblait on ne peut plus sérieuse.

Les Montgomery rencontrèrent Steve Bennett lors de la remise de diplôme de Sophie, et ils l'invitèrent à déjeuner en compagnie de ses parents après la cérémonie. Le père de Steve était un général diplômé de l'académie militaire de West Point – le jeune homme, qui était fils unique, avait lui aussi grandi aux quatre coins du globe. Et, à l'instar de Sophie, il avait détesté ces déménagements permanents. Il venait d'être embauché par un cabinet d'avocats new-yorkais et ne demandait pas mieux que de s'établir. Richard et Sam Bennett, le père de Steve, parlèrent de leurs souvenirs de la guerre et des endroits où ils avaient vécu. Comme Sam travaillait au Pentagone, son adorable épouse et lui résidaient à Washington. Toute la famille fit une excellente impression sur Alex et Richard.

Pour Sophie, Steve représentait la stabilité. Ils aspiraient aux mêmes choses. Steve semblait un peu écrasé par la personnalité de son père, et il détestait l'aperçu qu'il avait eu de l'armée. En aparté, Sam avait avoué à Richard que c'était pour lui une source de déception, car toute sa lignée avait été formée à West Point. Pourtant, Steve n'avait pas à rougir de ses brillantes études ni de sa carrière prometteuse.

Sophie avait déjà décroché son premier emploi comme traductrice au siège des Nations unies, en mentionnant qu'elle possédait un niveau correct en chinois et en russe. Steve était très impressionné par la maturité de sa bien-aimée. Âgé de 27 ans, lui avait travaillé dans une banque pendant deux ans entre son premier et son second cycle universitaire. C'était un garçon solide et ils étaient visiblement très amoureux l'un de l'autre.

Si Richard continuait de s'opposer avec virulence à ce que sa fille reste à New York, Alex savait pour sa part que la bataille était perdue d'avance. Elle finit par le convaincre qu'ils étaient bien obligés de la laisser faire ce qu'elle voulait. Après tout, Sophie avait déjà 22 ans et devait suivre sa propre voie. Alex en avait bien fait autant, quand elle avait délaissé le Hampshire pour s'installer à Londres.

— Cela n'a rien à voir, c'était la guerre, objecta Richard.

— Je ne suis pas sûre que j'aurais agi différemment en d'autres circonstances. J'étais prête à quitter le nid, la guerre n'a été qu'un prétexte. Notre Sophie doit prendre son envol, conclut Alex avec un soupir résigné.

Steve et Sophie vinrent passer deux semaines dans le Hampshire au mois d'août, au cours desquelles le jeune homme demanda la main de Sophie à Richard. Celui-ci donna sa bénédiction, la larme à l'œil. À son grand dam, Alex avait raison sur toute la ligne.

Les deux tourtereaux se fiancèrent officiellement à Noël et se marièrent l'été suivant, en juin 1975, à New York. Alex et Richard auraient adoré fêter l'événement dans le Hampshire, mais ils durent reconnaître que cela n'avait pas de sens dans la mesure où presque tous les amis des mariés demeuraient à New York. Comme Richard se plaignait que sa fille soit trop jeune pour convoler, Alex lui fit remarquer qu'eux-mêmes n'auraient pas attendu aussi longtemps si la guerre n'avait pas retardé leur union.

— Ne te souviens-tu pas que nous descendions dans des hôtels bon marché, prétendant être mariés, vivant chaque jour dans la peur que l'autre soit tué ? Je préfère voir ma fille heureuse et libre ! Elle est jeune, mais elle sait ce qu'elle veut. Je pense que nous l'avons dégoûtée des voyages. Cette petite a besoin de s'enraciner.

— Le corps diplomatique était la seule voie qui me semblait accessible après la guerre, marmonna Richard, l'air de s'excuser.

— Pour nous, c'était le bon choix, même si cela ne l'était pas forcément pour elle. Tu vois bien comme elle s'épanouit. Et Steve est un brave garçon, qui saura bien s'occuper d'elle.

Un an jour pour jour après leur mariage, Sophie mit au monde une petite fille. Steve suivait en cela le modèle de ses parents, qui l'avaient eu assez tôt. Tous deux se sentaient prêts pour la grande aventure de la parentalité. Alex prit l'avion pour New York dès qu'elle reçut la nouvelle et pleura à chaudes larmes lorsqu'elle tint pour la première fois l'enfant dans ses bras. Elle n'aurait jamais cru ressentir un jour une émotion aussi forte. La petite Sabrina ressemblait trait pour trait à sa mère, elle était tellement craquante !

Elizabeth naquit deux ans plus tard, nimbée de bouclettes blondes, comme une princesse de conte de fées. Enfin, il y eut la petite Charlotte, qui n'était certes pas prévue au programme mais que tout le monde accueillit avec joie lorsqu'elle vint compléter la famille. Ils emménagèrent alors dans le Connecticut. Sophie avait cessé de travailler dès sa première grossesse. Elle était heureuse de s'occuper des filles à plein temps, assistée d'une jeune nounou d'origine irlandaise. Juste après la naissance de Charlotte, Sophie obtint la nationalité américaine, ce qui manqua briser le cœur de son père. La seule consolation de Richard fut qu'elle conserva aussi son passeport britannique.

Alex chérissait les trop rares moments qu'elle passait avec ses petites-filles, quand elle se rendait à New York deux ou trois fois par an. Elle aurait voulu les avoir plus près d'elle, mais New York n'était-il pas seulement à quelques heures d'avion de Londres ? Pas question pour elle de commettre la même erreur que Victoria, qui n'était jamais venue leur rendre visite. Alex reconnaissait tout de même qu'ils vivaient alors dans des endroits plus difficiles d'accès. Le bonheur de Sophie lui faisait chaud au cœur : la jeune femme menait exactement la vie qu'elle avait choisie et respirait la sérénité.

En fille modèle, Sophie ne manquait cependant jamais d'emmener ses enfants voir leurs grands-parents, chaque mois de juillet. Steve, qui travaillait dur toute l'année, venait les rejoindre pour la deuxième quinzaine, puis la famille rentrait aux États-Unis pour passer une partie du mois d'août sur la côte sauvage du Maine.

Alex adorait les personnalités bien marquées de ses petites-filles, toutes radicalement différentes les unes des autres. À l'adolescence, cela s'affirma plus que jamais. Sabrina, la plus sérieuse, paraissait presque conservatrice. Comme Alex à son âge, elle était passionnée par l'équitation et profitait chaque été des chevaux que ses grands-parents avaient achetés en revenant s'installer au manoir. Alex s'était remise à monter chaque jour, et par tous les temps, mais elle n'aimait rien tant que les promenades en compagnie de Sabrina.

Elizabeth était la petite princesse de la famille, et ses sœurs la taquinaient fréquemment pour son goût immodéré de la mode et des fêtes. Elle avait beaucoup de succès avec les garçons et ne rêvait que de se marier dans une belle robe blanche. Au manoir, elle ne se lassait pas de regarder l'album de photos d'Alex, où elle pouvait voir sa grand-mère lors de sa présentation au bal de la reine Charlotte. Alex elle-même trouvait cela ridiculement démodé, mais la jeune Lizzie espérait pouvoir vivre la même chose. Sophie aussi, au cours de sa première année universitaire, avait fait son entrée dans le monde lors du bal international donné chaque année à Washington.

Charlotte était quant à elle l'aventurière du groupe : culottée, intrépide, toujours prête à faire les quatre cents coups et à élargir son horizon. Elle adorait écouter son grand-père parler des différents endroits où ils avaient vécu.

Les filles étaient respectivement âgées de 14, 12 et 11 ans l'été où Richard leur révéla, ainsi qu'à Sophie, qu'Alex avait été espionne pendant une trentaine d'années. Stupéfaites, les petites voulurent tout savoir à ce sujet et Sophie fut horrifiée en découvrant les exploits accomplis par sa propre mère pendant la guerre. Alex avait toujours minimisé le rôle qu'elle avait joué. Sabrina déborda d'admiration pour sa grand-mère, Elizabeth trouva cela épouvantable et Charlotte n'en perdit pas une miette, harcelant Alex pour connaître tous les détails.

— Pourquoi n'ai-je jamais rien su de tout cela ? lui reprocha Sophie.

— Eh bien… c'est un peu le principe des services secrets…, plaisanta Alex. Je m'étais engagée à ne rien dire de ces activités pendant une période de vingt ans après la guerre. Pas même ton père ne pouvait être informé. Mais lui, il se doutait de quelque chose… Je ne le lui ai avoué que le jour de ma démission.

Sur l'insistance de Richard, Alex montra ses médailles aux filles, ce qui donna un côté encore plus concret à toute cette histoire.

Âgé de 82 ans, Richard était en excellente santé. Ils avaient toujours leur appartement à Londres mais ne s'y rendaient que très peu car depuis qu'il avait pris sa retraite, Richard préférait passer son temps à la campagne. Alex montait parfois seule à la capitale, pour faire les boutiques ou rendre visite à de vieux amis comme Bertie. Alex, à 74 ans, profitait de la liberté qui lui était offerte et paraissait toujours aussi jeune. Le meilleur moment de l'année était pour elle le mois de juillet, quand Sophie venait la voir – même si le cœur de cette dernière demeurait aux États-Unis, auprès de Steve.

Sabrina, en revanche, adorait l'Angleterre. Dès qu'elle le put, elle s'inscrivit à la faculté d'archéologie d'Oxford. Elle venait régulièrement au manoir passer un week-end ou une semaine de vacances avec ses grands-parents, et un beau jour elle arriva accompagnée d'Anthony, son amoureux rencontré à l'université. Le jeune homme incarnait le type même de l'aristocrate anglais que la mère d'Alex aurait adoré avoir comme gendre. Deux générations plus tard, le rêve de Victoria se réalisait. Le père du garçon possédait un titre de marquis, ainsi qu'une vaste propriété.

Tout comme sa mère, Sabrina se maria jeune, mais contrairement à Sophie, elle tint absolument à célébrer la noce au manoir des Wickham, à la plus grande joie de Richard et Alex.

Pour ne pas être en reste, Elizabeth se maria à son tour un an plus tard. Elle venait de finir son premier cycle universitaire et s'apprêtait à entrer dans un magazine de mode à l'automne. Matthew, de dix ans son aîné, issu d'une grande famille de banquiers new-yorkais, la gâtait tant qu'il pouvait. Tous deux apparaissaient régulièrement dans la presse people, où ils étaient présentés comme le couple parfait. Il revint à Sophie d'organiser à New York un mariage quasi princier, mais elle ne demandait pas mieux !

Richard tomba d'accord avec Alex pour décider qu'à 90 ans passés sa santé était devenue trop fragile pour qu'il puisse assister à un événement de 400 personnes de l'autre côté de l'océan. Il chargea donc son épouse de le représenter et de lui rapporter les photos du grand jour.

Alex arriva une semaine avant la noce pour aider Sophie, et put ainsi profiter un peu de Charlotte, qui venait de finir ses études en sciences politiques à Harvard avec un an d'avance.

— Ne me dis pas que tu vas te marier toi aussi ! s'exclama Alex le jour de son arrivée.

Charlotte éclata de rire.

— Pas de danger, Grandma. J'ai d'autres projets, je veux découvrir le vaste monde. À ce propos, j'ai une idée : que dirais-tu d'aller à Hong Kong avec moi, un jour ? Je veux voir où Grand-Père et toi avez vécu, là où maman a grandi... Elle me parle toujours de Hong Kong. Elle ne vous a pas pardonné d'avoir quitté cette ville pour l'emmener à Moscou ! Elle n'a pas du tout aimé la Russie.

Cette fois, c'est Alex qui se mit à rire.

— Nous non plus, je dois dire. Les conditions de vie là-bas étaient vraiment un peu... spéciales. J'aimerais beaucoup t'accompagner à Hong Kong un jour, mais ton grand-père est trop fragile, je ne veux pas le laisser seul si longtemps. Mais dis-moi plutôt : quels sont ces fameux projets ?

— Je veux trouver un travail à Pékin, déclara-t-elle sans l'ombre d'une hésitation.

Alex savait que Charlotte avait étudié le mandarin à la fac et qu'elle le parlait très bien. La Chine, c'était l'avenir, un pays en pleine ébullition.

— Oh, je ne suis jamais allée à Pékin, même quand j'habitais Hong Kong, fit remarquer Alex. À l'époque, la frontière était fermée.

À 84 ans, elle avait encore soif de voyage, alors que Richard ne pouvait plus la suivre, pas même à Londres : ils n'avaient pas mis les pieds dans leur appartement depuis un an. La gouvernante s'occupait bien de lui, mais Alex n'aimait pas s'absenter trop longtemps.

Sophie se joignit à Charlotte et Alex, tenant à la main ses plans de table.

— Qu'est-ce que vous mijotez, toutes les deux ?

— On part en Chine ! répondit Charlotte.

— Maintenant ? s'étonna Sophie.

— Non, je ne peux pas quitter ton père, intervint Alex. Nous étions seulement en train de rêver un peu.

— Maman, je voulais te demander si cela te dérangerait d'être assise à côté de mon beau-père ? reprit Sophie.

— Mets-moi où tu veux, tout me va ! déclara Alex de bonne grâce.

Ils avaient loué une immense propriété dans les Hamptons. Ils dresseraient de grandes tentes de réception sur les pelouses. Pour éviter aux invités de prendre le volant, plusieurs bus feraient la navette avec Manhattan. Alex déclara que tous ces préparatifs lui rappelaient l'organisation du Débarquement de Normandie ! Mais Sophie gardait la tête froide et prenait plaisir à s'occuper de tout pour sa fille cadette.

Le mariage fut splendide. Elizabeth s'était fait faire à Paris une robe sur mesure : un fourreau de satin blanc rehaussé d'un voile en dentelle et d'une traîne de 6 mètres de long. Elle avait vraiment l'air d'une princesse au moment de rejoindre l'autel au bras de son père ! La noce n'avait rien à voir avec la garden-party champêtre et *so british* donnée en l'honneur du mariage de Sabrina : pour les épousailles de Lizzie, on se serait cru à Hollywood. Le magazine *Vogue* couvrait l'événement, et toute l'assistance retint son souffle en voyant apparaître la mariée, telle une star de cinéma. Ses deux sœurs, en robes de satin bleu pâle, tenaient le rôle de demoiselles d'honneur. Sophie portait une tenue en organza vert émeraude, et Alex un tailleur en dentelle bleu marine qui soulignait sa silhouette parfaite. La mère du marié, plus théâtrale, avait choisi une crinoline en lamé. Pour tous les messieurs, le smoking était de rigueur.

Après la cérémonie, le dîner gastronomique, servi à des tables nappées de blanc et ornées d'orchidées, fut animé par un grand orchestre, après quoi les noceurs auraient la possibilité de prolonger la soirée sous un barnum séparé, avec un DJ célèbre aux manettes. Il avait fallu deux jours rien que pour installer les éclairages et la sono. Alex sourit en voyant Sophie tournoyer sur la piste dans les bras de Steve. De toute évidence, ces deux-là étaient encore amoureux après vingt-quatre ans de mariage. Richard et elle-même en comptaient déjà cinquante-quatre !

Alex était enchantée de la place que sa fille avait choisie pour elle : le général Bennett, le père de Steve et grand-père de la mariée, était de fort bonne compagnie. Il avait pris sa retraite de l'armée depuis quelques années, mais officiait comme consultant au Pentagone. Par ailleurs, il était membre de nombreux conseils militaires et avait pour la première fois donné un cours à l'académie de West Point l'année précédente. Depuis le décès de son épouse, il fallait bien qu'il s'occupe pour ne pas se laisser aller... Lui aussi semblait très satisfait de son placement à table.

— Notre petite-fille Charlotte m'a dit quelque chose de fort intéressant l'année dernière, commença-t-il en fixant sa voisine d'un regard intense, alors que l'on servait le gâteau des mariés.

— Charlotte ne dit jamais que des choses intéressantes, rétorqua Alex en souriant. Pas plus tard qu'hier, elle a essayé de me convaincre de partir en Chine avec elle...

— Je tiens de Charlotte que vous étiez une espionne pendant la guerre, poursuivit Sam sans se laisser distraire. Est-ce la vérité ?

— Il semblerait que oui…, fit Alex, un peu embarrassée. J'ai travaillé pour le compte du SOE derrière les lignes ennemies pendant la guerre, puis pour le MI6 de 1946 à 1970.

Impressionné, Sam siffla légèrement entre ses dents. Il connaissait le SOE de réputation et avait lui-même collaboré avec le MI6.

— Chapeau bas ! Et Richard le savait ?

— Quand j'ai pris ma retraite, et que je le lui ai révélé, il m'a dit qu'il s'en était toujours douté. Il me connaît si bien. Bon, et le semi-automatique qui me suivait dans tous nos déménagements a dû lui mettre la puce à l'oreille…

— L'indépendance de l'Inde, la guerre froide… Pendant que Richard s'occupait de la diplomatie, vous avez, vous aussi, joué un rôle dans l'histoire de nombreux pays !

— On peut le dire comme ça. J'avoue que j'ai parfois eu très peur d'être démasquée, surtout quand nous habitions en URSS. On ne savait jamais à qui se fier… La roulette russe, en somme !

— Espionner derrière les lignes ennemies pendant la guerre ne devait pas être de tout repos non plus.

— Non, en effet, confirma Alex sans entrer dans les détails.

— Charlotte m'a appris que vous aviez tout de même reçu deux médailles !

Cette fois, Alex était carrément gênée. Elle n'avait jamais parlé de ces décorations qu'à sa famille proche.

— Oui, elles doivent se battre en duel au fond d'un tiroir…

— Ne rougissez pas, vous devriez être très fière des services rendus à votre pays.

— Dans la bouche d'un général, c'est très flatteur. Mais je suis certaine que ma contribution à la victoire fut bien moindre que la vôtre.

— J'en doute. Voudriez-vous en débattre sur la piste de danse ? J'aimerais profiter de l'orchestre avant que ce mariage ne se transforme en boîte de nuit !

En riant, elle le suivit sur le parquet. Sam ne faisait pas ses 79 ans et dansait avec la prestance d'un jeune homme. Ils parlèrent de politique et des différents endroits où ils avaient vécu, puis ils montèrent ensemble dans l'une des navettes qui les ramena en ville. De la station de bus, ils partagèrent un taxi et Sam déposa Alex à son hôtel, le St Regis.

— J'ai passé une excellente soirée, Alex. Il n'y a pas beaucoup de femmes avec lesquelles je peux parler d'espionnage, ou qui comprennent ce que c'est que de traverser une guerre.

— Tout cela remonte à bien longtemps… J'ai moi aussi passé un bon moment. Appelez-nous si vous venez en Angleterre !

— Je n'y manquerai pas.

Le dimanche, un brunch fut servi à l'hôtel Carlyle pour la famille et les amis proches. Alex s'y rendit, mais Sam était déjà reparti à Washington. Les mariés, quant à eux, s'étaient envolés tôt le matin pour leur lune de miel à Paris et dans le sud de la France. Alex félicita Sophie d'avoir organisé un si beau mariage et téléphona à Richard pour lui raconter. Le lundi, elle prit l'avion et arriva tard au domaine du Hampshire.

— Tu m'as manqué ! déclara-t-elle en déposant un baiser sur les lèvres de son mari.

Richard sourit.

— Vous avez réussi à faire un plan de table ? À côté de qui étais-tu assise ?

— Le père de Steve. Il te passe le bonjour. Charlotte lui avait parlé de mon travail au SOE et au MI6, ce qui nous a fait un sujet de conversation.

— Il n'avait déjà aucun mal à trouver quoi te dire l'année dernière, au mariage de Sabrina, glissa Richard. Il en pince pour toi, ma chère.

— Ne dis donc pas de sottises. Je suis une vieille femme, tu ne crois tout de même pas qu'il me court après !

— S'il le pouvait, je pense qu'il ne s'en priverait pas.

— J'espère que tu dis cela parce que tu es jaloux, mon chéri. Sinon, sache que cela ne m'intéresse pas.

Elle l'embrassa à nouveau, puis lui offrit son bras pour monter l'escalier. Il semblait encore plus fatigué que d'habitude, comme s'il n'avait cessé de s'étioler ces derniers mois. Elle l'aida à se préparer, puis lui parla un moment du mariage de Lizzie ; il s'endormit peu après en l'écoutant.

Le lendemain, il paraissait en meilleure forme et ils firent ensemble une agréable promenade. Richard avait toute sa tête, seul son corps faiblissait, telle la flamme vacillante d'une bougie. Pour la première fois, ils sentaient leur différence d'âge.

La semaine suivante, Richard prit froid et dut garder le lit. Alex appela le médecin, qui déclara que tout allait bien et que le malade devait seulement rester au chaud quelques jours. Alex le força à se reposer, lui apportant ses repas sur un plateau. Mais l'état de santé de Richard se dégradait de jour en jour. Il semblait avoir vieilli de plusieurs années en l'espace de quelques semaines. Alex passait tous ses après-midi à son chevet, au cas où il aurait besoin de quelque chose, mais la plupart du temps il somnolait et elle lisait.

— Demain, j'aimerais que l'on aille se promener, dit-il un soir, alors qu'elle l'aidait à se recoucher. J'en ai assez d'être cloué au lit.

— Voilà une excellente idée, répondit Alex en le bordant.

Elle déposa un baiser sur sa joue, se coucha et lui prit la main. Quelques minutes plus tard, son souffle très calme lui indiqua qu'il dormait. Allongée près de lui, elle aurait tant voulu qu'il puisse retrouver son énergie, ou lui donner un peu de la sienne. Elle lui caressa doucement la joue, avant de s'endormir à son tour.

Au matin, il semblait apaisé : il était parti. Elle l'avait accompagné jusqu'à son dernier soupir, et remerciait le Ciel qu'il ne soit pas mort à New York, au mariage de leur petite-fille. Elle resta contre lui encore un moment avant de se lever, de l'embrasser et de quitter la pièce sur la pointe des pieds, comme si elle craignait de le réveiller. Elle avait toujours su que ce moment viendrait, mais elle n'était pas prête. Elle avait l'impression d'étouffer...

Elle s'assit à la grande table de cuisine, téléphone à la main, pour prévenir Sophie.

Elle n'était pas préparée à ce choc.

— Oh maman... Je prends l'avion aujourd'hui.

Alex opina, et les larmes se mirent à rouler le long de ses joues. La douleur, intolérable, la ramenait à la perte de son petit Edward.

— Ma chérie... Comment vais-je vivre sans lui, après cinquante-quatre ans de mariage ? Je... je n'y arriverai jamais...

Alex appela ensuite le vicaire et l'entreprise de pompes funèbres. Elle revêtit une robe noire toute simple pour la mise en bière, et se tint sur le perron lorsqu'ils emmenèrent l'amour de sa vie. Après le départ du corbillard, elle se promena dans le parc, alla jusqu'au lac, et sentit la présence de Richard à ses côtés.

19

Ce soir-là, pour la première fois depuis très longtemps, Alex s'endormit seule dans leur grand lit. Sophie arriva dans la matinée, accompagnée de Charlotte. Elles avaient voyagé toute la nuit. Sabrina et Anthony avaient promis de venir de Londres dans l'après-midi. Elizabeth et Matthew interrompirent sur-le-champ leur voyage de noces à Paris. Quant à Steve, il quitterait New York à temps pour l'enterrement. La veille de ce triste jour, le manoir débordait de vie : Alex était entourée de sa fille, de son gendre, de ses trois petites-filles et de deux de leurs compagnons. Si seulement Richard avait pu être là pour les voir ! Cette maison était faite pour vibrer de jeunesse et de chaleur humaine… On l'enterra au domaine, parmi la famille d'Alex, près de la pierre tombale qu'elle avait fait ériger en mémoire du petit Edward à leur retour du Pakistan.

Après la cérémonie, on servit au manoir le buffet que Sophie avait commandé au traiteur local. Puis la famille passa la fin de la journée dans l'intimité, à se promener, exactement comme Richard avait l'intention de le faire la veille de sa mort. Lorsque toute cette belle et grande famille se sépara, le manoir des Wickham dégagea une terrible impression de vide.

Pendant les six mois suivants, Alex se retrouva seule dans cet immense domaine, déambulant comme un fantôme. Elle se sentait complètement perdue. Elle essaya de se rendre régulièrement à son appartement de Londres, se disant que ce serait moins déprimant… Mais rien n'y faisait. Sophie l'invita à passer Noël à New York ; elle décida de rester dans le Hampshire, avec ses souvenirs.

Un an plus tard, Charlotte reçut son master de sciences politiques à Harvard et Alex fit le déplacement pour assister à la cérémonie. Sam Bennett était présent également. Il lui présenta ses condoléances et lui demanda si elle tenait le coup.

— On fait aller…

— C'est très dur, au début. Très étrange, aussi. On a l'impression que le monde ne tourne plus rond. Et puis, peu à peu, on arrive à fonctionner malgré tout, et la vie continue.

Alex acquiesça. Sam avait parfaitement décrit ce qu'elle était en train de vivre, lui qui était devenu veuf deux ans plus tôt. Comme Alex, il avait l'impression d'avoir perdu la meilleure moitié de lui-même.

— Quand partons-nous pour la Chine, Grandma ? demanda Charlotte lors du déjeuner qui suivait la cérémonie.

Comme la question laissait sa grand-mère pensive, elle poursuivit :

— Je commence mon premier vrai travail en novembre, à Pékin ! Et je dois encore me former un peu avant de prendre mon poste. Nous devrions y aller cet été !

— C'est vrai ? Quel type de travail ?

— Dans un journal, répondit vaguement Charlotte. Ils avaient une place pour un collaborateur étranger, et c'est moi qui l'ai décrochée. Si tu n'as pas envie de venir tout de suite, tu pourras me rendre visite plus tard. Ou nous pourrions nous rejoindre à Hong Kong !

— Oui, pourquoi pas… Mais dis-moi : quelle sorte de formation dois-tu suivre ?

— Tu sais, le type de briefing auquel on a droit avant de commencer à travailler dans un pays étranger.

— Pas des cours de langues, j'imagine ? Ton chinois est parfait !

Alex scruta intensément le regard de sa petite-fille, qui se contenta de lui adresser un grand sourire.

— Je vais parler à mes amis, Grandma ! On se retrouve tout à l'heure.

Alex s'aperçut que Sam Bennett n'avait pas perdu une miette de la scène.

— De quel genre de travail s'agit-il, au juste ? lui demanda Alex.

— Puisque vous avez sans doute eu accès à des informations plus sensibles que moi dans votre carrière, je peux bien vous le dire : Charlotte va passer quelque temps à Quantico.

— Quantico ?

Ce nom lui disait vaguement quelque chose.

— Le centre de formation de la CIA.

— Elle va entrer dans la CIA ? répéta Alex en haussant un sourcil.

Sam éclata de rire.

— Je pensais que si quelqu'un pouvait la comprendre, ce serait bien vous… Ce doit être dans les gênes. Elle marche sur vos traces.

— Mon Dieu, c'est de la folie !

— Parce que c'était sage de votre part ? Les jeunes doivent suivre leur propre chemin. Steve n'avait aucune envie de marcher sur mes pas et d'entrer à West Point, Sophie a détesté voyager pendant toute son enfance et ne voulait plus entendre parler de l'Angleterre. Sabrina, quant à elle, est plus anglaise que la reine en personne, et sans doute en ira-t-il de même pour ses enfants. Et maintenant, Charlotte veut devenir espionne, tout comme vous. Peut-être que l'un de nos arrière-petits-enfants finira par entrer à West Point, au bout du compte ! Ils font ce qu'ils veulent *malgré nous*, et jamais *à cause de nous*. De nos trois adorables petites-filles, Charlotte est celle qui vous ressemble le plus. Elle est courageuse, pour ne pas dire intrépide, passionnée et incroyablement intelligente. Je la sais capable de devenir une espionne de haute volée, comme vous. Il faut s'y résoudre : elle ne nous confiera sans doute jamais ce qu'elle fait à Pékin.

Sam avait raison. Et si Alex était inquiète, elle était surtout très fière. Peu après, Charlotte revint s'asseoir près d'elle.

— Je pense que je viendrai à Pékin quand tu auras commencé à travailler, cet automne, déclara sa grand-mère. En ce moment, le climat est trop chaud pour moi. Et de là, nous pourrons faire un saut à Hong Kong ensemble.

Après la fête, Charlotte passa retrouver Alex à son hôtel.

— Je te félicite encore pour tes brillantes études. J'ai un cadeau à t'offrir, lui annonça cette dernière.

— Mais Grandma, tu m'as déjà donné ces sublimes boucles d'oreilles en diamant !

— Attends de voir.

Alex fouilla dans son sac et plaça dans la main de Charlotte un objet que la jeune femme reconnut aussitôt. C'était le petit pistolet, celui qu'Alex gardait toujours sur elle. Elle lui tendit séparément les cartouches, retirées en arrivant à l'hôtel.

— Waouh ! C'est le tien ?

— Ça l'a été, pendant plus de cinquante ans. Une vraie antiquité, comme moi ! Maintenant, il t'appartient. Bonne chance à « la ferme ».

Tel était en effet le surnom de l'académie de la CIA à Camp Peary.

— Comment le sais-tu, Grandma ?

— C'est ton grand-père qui me l'a dit. J'étais espionne, pas voyante ! À part cela, ce petit joujou fonctionne à merveille. Sans me vanter, je n'ai pratiquement jamais raté ma cible.

Charlotte éclata de rire : sa grand-mère semblait rajeunie.

— Quoi que tu fasses, ne le fais jamais pour me ressembler, poursuivit Alex. Suis ton cœur, et tes propres rêves.

— J'ai toujours senti au fond de moi le désir de faire ça, déclara Charlotte, mais quand Grand-Père nous a dévoilé que tu avais été espionne, ç'a été la révélation. Tu sais bien que je ne suis pas faite pour me caser si jeune, comme l'ont fait mes sœurs. J'ai envie de voir du pays, j'ai soif d'aventure ! Tu es sûre de ne plus avoir besoin du pistolet, Grandma ?

— Je ne pense pas avoir besoin de tirer sur qui que ce soit à mon âge. D'ailleurs, j'ai de beaux restes en judo...

— Tu es une femme dangereuse, Grandma !

— Je l'étais parce que je n'avais pas le choix, mais maintenant c'est fini. Sois prudente, ma chérie. Apprends bien tes leçons, et fie-toi toujours à ton instinct.

Charlotte repartit quelques minutes plus tard, après avoir glissé le pistolet et les munitions dans son propre sac. Elle aurait adoré en savoir davantage sur son étonnante grand-mère. Visiblement, celle-ci n'était pas devenue espionne par hasard. Mais elle aimait conserver une part de mystère.

Alex s'envola pour Londres dans la soirée, et arriva dans le Hampshire sous un grand soleil de juillet.

Les filles ne venaient plus la voir en vacances, elle ne montait plus à cheval, mais le jardinage et la marche à pied l'aidaient à se maintenir en forme. À la fin de l'été, elle sentit qu'elle commençait à se remettre doucement de la perte de Richard. Elle était en train de penser à Charlotte lorsque le téléphone sonna. C'était Sam Bennett qui l'appelait de Londres.

— Ça alors ! Quel bon vent vous amène sur notre île, Sam ?

— Je donne une conférence sur la guerre du Vietnam à la Royal Military Academy. Puis-je vous inviter à dîner ?

— Avec plaisir ! Nous nous raconterons nos souvenirs d'anciens combattants. Voudriez-vous venir dans le Hampshire ensuite ? Vous connaissez ma maison, son histoire séculaire, ses jolies promenades et son étang !

En effet, Sam avait adoré le manoir lorsqu'il était venu pour le mariage de Sabrina.

— Un cadre idéal pour deux vieux chevaux de guerre comme nous. J'accepte l'invitation. Je sais que les filles sont très attachées à votre belle demeure, et Sophie aussi, même si elle ne l'avoue qu'à contrecœur. D'ici là, dînons à Londres demain soir ?

— Parfait. J'ai un appartement à Kensington, j'y passerai la nuit. Où êtes-vous descendu ?

— Au Connaught.

C'était un petit hôtel très distingué, digne d'un général en retraite.

— Je viens vous y chercher ? proposa Alex.

— Disons 20 heures ?

— Parfait. Et merci, Sam. Merci pour vos conseils sur Charlotte, qui doit vivre sa vie… Merci de m'inviter à dîner. Je commençais à m'ennuyer, dans ma campagne.

— Nous avons beaucoup de choses à nous dire. « Le Général et l'Espionne » : ce pourrait être le titre d'un roman !

Alex éclata de rire.

— Je ne suis pas sûre d'avoir encore tout un roman à vivre. Mais peut-être reste-t-il quelques pages à écrire…

— Celles-ci, je les attends depuis longtemps. Vous savez, Alex, je dois vous avouer que vous m'avez tapé dans l'œil aux fiançailles de Sophie et Steve. Mais j'aimais ma femme et Richard était un homme respectable. C'est toujours d'accord ? Demain, 20 heures ?

Ainsi, Richard avait vu juste : Sam éprouvait des sentiments pour elle. Où cette aventure la mènerait-elle ? Qu'importe… Elle avait beaucoup d'histoires à lui raconter, il avait mille questions à lui poser, et tous les deux se plairaient bien ensemble.

— Je ne serai pas armée, répondit Alex en riant. J'ai offert mon pistolet à Charlotte, et je vous promets de ne pas apporter mon Sten !

Qu'il était bon de plaisanter ainsi, en toute simplicité…

— Ne vous inquiétez pas, mes intentions sont pacifiques ! À demain, Alex.

— Merci, Sam.

Et elle raccrocha, un sourire aux lèvres.

Très chers lecteurs,

J'espère que vous avez pris autant de plaisir à lire ce roman que j'en ai eu à l'écrire !

Et je suis très heureuse de vous annoncer que nous aurons six rendez-vous en 2023.

Les voici.

— *Royale*, le 5 janvier 2023
— *Les Voisins*, le 2 mars 2023
— *Ashley, où es-tu ?*, le 4 mai 2023
— *Jamais trop tard*, le 29 juin 2023
— *Menaces*, le 25 août 2023
— *Les Whittier*, le 9 novembre 2023

Je vous remercie pour votre fidélité.

Très amicalement,

ROYALE

Été 1943. Le roi et la reine décident d'envoyer leur plus jeune fille, la princesse Charlotte, loin de Londres et de la guerre. Dans l'anonymat, à la campagne, une nouvelle existence commence pour elle. Des drames vont s'en mêler.

Vingt ans plus tard, des secrets remontent à la surface. Une jeune princesse se révèle.

LES VOISINS

Après un violent tremblement de terre à San Francisco, Meredith, ancienne star hollywoodienne qui vit à l'écart du monde, ouvre les portes de sa grande et belle maison à ses voisins. Dans cette nouvelle intimité inespérée, des amitiés et des relations se forment, des secrets sont révélés.

ASHLEY, OÙ ES-TU ?

Melissa Henderson a abandonné sa carrière d'auteure à succès. Elle mène désormais une vie tranquille dans le Massachusetts. Après un incendie et un appel de Hattie, la sœur qu'elle n'a pas vue depuis des années, elle comprend qu'il est temps de rouvrir l'un des plus douloureux chapitres de sa vie.

JAMAIS TROP TARD

Eileen Jackson n'a jamais regretté d'avoir mis de côté ses rêves pour élever ses enfants et se consacrer pleinement à sa famille. Avec son mari, ils ont construit une vie simple mais heureuse dans le Connecticut. Quand elle découvre que son mari la trompe, Eileen comprend que ce bonheur n'était qu'un mirage, et sa vie un mensonge.

À 40 ans, sera-t-il trop tard pour tout recommencer ?

MENACES

L'hôtel Louis XVI est depuis toujours l'un des plus chics de Paris. Récemment rénové, il est prêt à rouvrir ses portes pour accueillir anciens et nouveaux clients – et leur vacances, drames, rendez-vous romantiques ou secrets politiques. Mais le danger plane dans l'hôtel.

LES WHITTIER

Âgés de 20 à 40 ans, les enfants de Preston et Constance Whittier se retrouvent dans le manoir familial de Manhattan après la mort tragique de leurs parents. Désormais orphelins, les six héritiers sont à un carrefour de leurs existences. D'âges et de caractères différents, ils doivent trouver une solution pour réussir à vivre de nouveau ensemble dans cette maison pleine de souvenirs dans laquelle ils ont grandi.

ŒUVRES DE DANIELLE STEEL
AUX PRESSES DE LA CITÉ *(Suite)*

En héritage
Disparu
Joyeux anniversaire
Hôtel Vendôme
Trahie
Zoya
Des amis proches
Le Pardon
Jusqu'à la fin des temps
Un pur bonheur
Victoire
Coup de foudre
Ambition
Une vie parfaite
Bravoure
Le Fils prodigue
Un parfait inconnu
Musique
Cadeaux inestimables
Agent secret
L'Enfant aux yeux bleus
Collection privée
Magique
La Médaille
Prisonnière
Mise en scène
Plus que parfait
La Duchesse
Jeux dangereux
Quoi qu'il arrive
Coup de grâce
Père et fils
Vie secrète
Héros d'un jour
Un mal pour un bien
Conte de fées
Beauchamp Hall
Rebelle
Sans retour
Jeu d'enfant
Scrupules

Vous avez aimé ce livre ?
Si vous souhaitez avoir des nouvelles de Danielle Steel,
devenez membre du
CLUB DES AMIS DE DANIELLE STEEL.

Pour cela, rendez-vous en ligne, à l'adresse :
https://bit.ly/newsletterdedaniellesteel

Ou retrouvez Danielle Steel sur son site internet :
www.danielle-steel.fr

La liste des romans de Danielle Steel publiés aux Presses de la Cité se trouve au début de cet ouvrage. Si vous ne les avez pas déjà tous lus, commandez-les vite chez votre libraire !

Au cas où celui-ci n'aurait pas le livre que vous désirez, vous pouvez (si vous résidez en France métropolitaine) nous le commander à l'adresse suivante :

Éditions Presses de la Cité
92, avenue de France
75013 Paris

Imprimé en France par CPI
en octobre 2022

Composition et mise en pages
Nord Compo à Villeneuve-d'Ascq

MIXTE
Papier issu de
sources responsables
FSC® C003309
FSC
www.fsc.org

L'éditeur de cet ouvrage s'engage dans une démarche
de certification FSC® qui contribue à la préservation
des forêts pour les générations futures.

Pour en savoir plus :
www.editis.com/engagement-rse/

N° d'impression : 3047474